DATE: ○○ / △△
工房の扉をノックして中に入れば、
椅子に座って作業していた師匠が
こちらを振り返って、
私を笑顔で迎えてくれる。
元気そうでよかった。

Kate Starven
ケイト・スターヴェン
アイリスのパートナー。
アイリスと共に彼女の治療費を
サラサに返済していく
Sarasa Feed
サラサ・フィード
新米錬金術師。学校を卒業後、
師匠にもらったヨック村の店舗
で錬金術師のお店を開く
Lorea
ロレア
ヨック村の雑貨屋の娘。
サラサの店でお手伝いをする

Management of Novice Alchemist
Whoa, I Got an Apprentice?!
Iris Lotze
アイリス・ロッツェ
採集者。サラサに命を救われるが、
大きな借金を背負うことに
Misty Hudson
ミスティ・ハドソン
サラサの学生時代の後輩&友人。
実家は、開運を営む割と大きな商会
DATE: ○○ / △△
早速みんなに王都のお土産をプレゼント！
ミスティの紹介で色々いいものが買えたはず。
みんな喜んでくれるといいんだけれど。

Management of Novice Alchemist
Whoa, I Got an Apprentice?!
DATE: ○○ / △△
水着に着替えた私は青い海を臨み、
広い砂浜に立って大きく深呼吸。
夏だ！　海だ！　海水浴だ！

新米錬金術師の店舗経営06

弟子ができちゃった!?

いつきみずほ

ファンタジア文庫

3234

口絵・本文イラスト　ふーみ

Contents

Management of
Novice Alchemist Whoa, I Got an Apprentice?!

第六章

Whoa, I Got an Apprentice?!

弟子ができちゃった!?

06

Management of
Novice Alchemist Whoa, I Got an Apprentice?!

Prologue

プロローグ

私がヨック村に来て一年。

冬の厳しさと厄介事、共に乗り越えた私の元に、春がやってきた――二重の意味で。

――ん？　どういうことかって？

年頃の娘の〝春〟といえば、当然のように恋愛がらみ。

素敵な異性に出会う。恋をする、キラキラした何やかんやがあって、結婚する。

これぞ〝春〟!!

思春期の女の子に訊いたら、きっと八割は賛成してくれると思う！

ってなわけで、結婚しちゃいました――アイリスと。

――おや？　〝素敵な異性〟はどこ行った？　キラキラは？　何やかんやは？

むしろ〝結婚〟以外は行方不明ですよ？

……いや、アイリスのことは好き。それは本当。

物語に出てくるような〝素敵な人〟ではないけど、性格は明るくて素直だし、努力家でもある。年上なのに少し抜けていて、放っておけないところも可愛いし？

ただ、それが恋愛感情かと言われると……うん。

でも、これぐらいの方が案外上手くいくのかな？　とち狂ってフェリク殿下みたいな

『貴公子』に惚れたりしたら、苦労する未来しか見えないしね。

それにこの結婚には、私を慕ってくれる可愛い妹が二人も付いてくる。

義理の母となるディアーナさんも優しげな良い人だったし、とってもお得。

うっかり婚姻届にサインしちゃっても、仕方ないよね？

……うん、問題なし。この結婚は間違ってない！

でも、それによって何か変わったかといえば……お互いの呼び方ぐらい？

普段の生活ではなーんの変化もなし！

当然のように子供を作る予定もなし！

アイリスとは出会って一年ほどだから、ちょっと想像できないかな？

いつかはそんな日が来るかもしれないけど、今の私にはそのために必要な錬成薬を作るだけの技術がないし、まだまだ錬金術師としてのお仕事が楽しいからね！

そんな感じに、少しの変化がありつつも、あまり変わらない日常の中で迎えたヨック村の春は、村全体で見ると、去年とは少し違っていた。

一番の違いはやはり採集者の数。雪解けと共にポツポツと増え始めた採集者は、本格的な春になり一気に倍増。一時期は宿泊場所にも事欠くようになっていた。

それに伴い、採集者向けの賃貸物件も新たに建設が進められたし、中には自分の家を買う人も出てきて、一時は村の人たちが総出で大工仕事に取り組んでいたほど。

ディラルさんの宿屋も食堂が大幅に拡張され、人を新たに雇ったり、私にも魔導コンロの追加注文があったりと――ヨック村はちょっとした採集者特需の様相を呈していた。

そしてそれは、私のお店も他人事ではなく――いや、むしろ発端であり、要因。

私とロレアちゃんに加え、アイリスたちの手も借りながら、一気に増えた採集者への対応に忙殺されているうちに季節は巡り、いつの間にやら夏が目の前に迫っていた。


錬金術師には多くの優遇がある。

学費無料に始まり、王都市民権の保障、店舗購入費用の補助など、その種類は数多いが、中でも経営上重要なのは、領主への納税が不要な点と、領法に縛られない点だろう。

平民の私が、曲がりなりにもカーク準男爵に対抗できたのは、これがあったからこそ。

ただその代わり、およそ一年ごとに王都で税務申告を行う義務が課せられる。

優遇措置が大きいだけに、このあたりはとても厳しい。

これを怠れば錬金許可証は没収の上、即刻牢屋行き。慈悲はない！

ただ、私のように辺境在住の錬金術師もいるので、規則上は『一年以上、二年未満の期間』と余裕を持たせてある――普通は一年半ぐらいで終わらせるけど。

だって、もし期限ギリギリで申告に行って、万一書類に不備が見つかりでもしたら……

その場で対応できれば良いけど、一度自分のお店に戻って確認とかなったら、どうなるか。

王都から遠い町にお店を構えている錬金術師なんて、死んじゃうよね？

そして、片道一ヶ月にもタイムリミットが近付いているわけで――。

その日、旅装を整えた私は、お店の前に立っていた。

「では、行ってきます。皆さん、お店のことはお願いします」

見送りは四人。ロレアちゃん、アイリス、ケイト、そして応援要員のマリス。

先日、ロッツェ家に行った時も来てもらったけれど、今回はあれ以上の長期。

採集者も多い時期だし、さすがに錬金術師不在は困るので、またお願いしたのだ。

「今回こそ、大船に乗ったつもりでお任せ！　ですわ！」

最初に応えたのは、ドヤ顔で胸を張ったマリスさん。

確かに前回の泥船は沈まなかったけど……それは、ロレアちゃんのおかげじゃ？

「酷い中傷ですわ⁉」

「おっと。口に出てた？」

「出てましたわ！　わたくし、ちゃんと真面目にやってましたわ。ねぇ、ロレアさん？」

「はい。やっぱり私だけだと限界があるので……」

ニコリと確認を取るマリスさんに、ロレアちゃんが小さく笑って答える。

そう、そこなんだよね。頼り甲斐という面ではマリスさんを上回るロレアちゃんも、錬金術の技術はもちろん、知識に関してもマリスさんには遠く及ばない。

頑張って勉強してくれてるけど、一年程度でどうにかなるほど錬金術は甘くないしね。

でも、ロレアちゃんのお仕事は店番。普段ならそれで何の問題もない。

ただ、今回のように私がお店を空ける場合にはちょっと困る。特にこの村みたいに、錬金術師のお店が一つしかない場所では、簡単に長期休業することもできない。

でも、税務申告は義務なワケで。

絶対ではないけれど、本人が申告に行くのが望ましい。

たぶん、錬金術師が弟子を取る理由は、これが大きいんじゃないかな？

「……そうですね。信用します。ロレアちゃんと一緒なら」

「やっぱり、まったく信用されてませんわ⁉」

「大丈夫ですよ。サラサさんも、マリスさんの錬金術の腕は信用しているようですし」

握った手をぶんぶん振って不満を表明するマリスさんを宥めるように、ロレアちゃんがその背中をポンポンと叩く——おや？　ロレアちゃんの方がだいぶ年下だよね？

「人間的にも信用してほしいですわ……」

「人間性は信用していますよ？　信用していないのは金銭感覚です」

だからこそ、外付け金銭感覚(ロレアちゃん)がいれば、お店を任せられるわけで。

「それに今回は、アイリスたちも留守番してくれますしね」

「うむ。店の安全は私とケイトに任せてくれ！」

アイリスは力強く頷(うなず)いてくれたが、ケイトはやや苦笑気味である。

「安全と限定するあたり、アイリスも正直よね。錬金素材については多少勉強してるみたいだけど、ロレアちゃんに倣(なら)って錬金術も勉強したら？　サラサの伴侶なんだから」

「……人生の伴侶とは、互いに足りないものを補い合うべきだと、私は思うのだ」

「へー。で、アイリスはサラサの何を補うの？　取り柄の武力でも劣っているのに」

ケイトに平坦(へいたん)な声色で指摘され、視線を彷徨(さまよ)わせたアイリスは悔しそうに呻(うめ)く。

「くっ。私に差し出せるのは、サラサにはない、この豊満な身体(からだ)だけしかないのか⁉」

「おっと、アイリス。初めての夫婦喧嘩(げんか)をご希望ですか？　受けて立ちますよ？」

拳を握って、アイリスに向かってファイティングポーズ。

「そもそも豊満と誇れるほど？　そりゃ、サラサに比べればマシだけど」

背後からも斬り付けられた。

「ケイトまで⁉　酷いです！　私だって、そのうち成長するのに‼」

夫婦でも、言っちゃダメなことって、あると思うなぁ！

私が強く抗議すれば、アイリスとケイトが顔を見合わせて笑った。

「冗談だ。差し出すもなにも、私の身体は既にサラサのものだしな？」

「そうね。ついでに言えば、豊満担当は私かしら？」

「まぁまぁ！　お二人揃って既にそこまで？　サラサさん、尊敬しますわ！」

何故か、目を輝かせたマリスさんが食いついた。

ロレアちゃんまで、恥ずかしそうに頬を染めて、窺うようにこっちを見てるし！

「尊敬しないで⁉　私、そんなにふしだらじゃないから！　もぅ、冗談ばっかり！」

「あら？　冗談でしたの？　貴族ならそれぐらいは別に……」

「別に、じゃないですっ！　これだから生粋の貴族は！」

変な偏見を持たれないのは助かるけど、これはなんか違う気がするよ……。

私は一度ため息をつくと、抜けてしまった緊張感を取り戻そうと、師匠から貰ったリュックを背負い直して気合いを入れる。

「――よしっ！　話が脱線しちゃったけど、私はそろそろ行くね？」

「はい！　サラサさん、お気を付けて！」

「行ってらっしゃい、サラサ。後は私たちに任せて」

「うむ。留守はきっちりと守る。店のことは忘れて、焦らず行ってくると良い」

「ゆっくりしてくるのですわ。帰ってくる頃には、ここはわたくしのお店なのですわ？」

私の言葉に最初に応えてくれたのはロレアちゃん。そしてアイリスたちも口々に激励の言葉をくれる——一部、変な人がいたけど。

「なりません！　サラサさん、安心してください。私がちゃんと守りますから！」

その変な人をロレアちゃんがぐいっと押し退け、両手をギュッと握って力強く宣言。

力の入ったその肩を、私は微笑んでポンポンと叩く。

「ふふっ、任せるよ、ロレアちゃん。いや、店長代理！」

Episode 1

At the Capital

王都にて

久し振りに感じる王都の喧噪は、私の気持ちを妙に浮き立たせた。

ヨック村は当然として、サウス・ストラグと比べても圧倒的に多い人の数。

一年以上の田舎暮らしで、のんびりモードになった私を刺激するような都会の空気。

大きな変化こそないけれど、記憶にないお店もいくつかあり、私の興味をそそる。

「用事が終わったら、色々回ってみようっと。みんなにもお土産を買って帰りたいし……

マリスさんにもいるかな？　助かってるのは間違いないしね」

レオノーラさんには『借金を返せるまでは、扱き使うぐらいでちょうど良い』と言われているけど、一人だけなかったら可哀想だもんね。ぼっちは辛いもん。

他にも色々買っておきたい物はあるし、お店巡りはとても重要——だけど。

最初に行く場所は決まっている。

そこに近付くにつれ、次第に速くなる私の歩み。

やがて逸る気持ちを抑えきれなくなった私は、人混みをすり抜けて駆け出した。

「ここは変わってない……」

変化がない、そのことに安心感を覚えつつ、私は扉を押し開く。

「こんにちは！」

「——あら！　サラサさん、いらっしゃい。到着したんですね？」

私を迎えてくれるのは、こちらも変わりない優しげな声。

「はい！　ついさっき。マリアさん、ご無沙汰しています」

そう、何を措いてもやってきたのは師匠のお店。

私が今、なんとか経営ができているのは、師匠のおかげと言っても過言じゃない。

まずここに挨拶に来ないなんて、嘘だろう。

もちろん、いきなり超辺境のお店を押し付けられた時には、凄く困惑したけどね！

「師匠、いますか？」

「ええ、いますよ。工房にいますから、顔を見せてあげてください」

「はい。じゃあ、お邪魔しまーす」

勝手知ったる師匠の家。店の奥へと進み、工房の扉をノックして中に入れば、椅子に座って作業していた師匠がこちらを振り返って、私を笑顔で迎えてくれた。

「おう、サラサ、無事に着いたか」

「はい。師匠、お久しぶりです。お元気そうで何よりです」

「まあな。で、ここまで来るのに、今回はどれぐらい時間がかかった？」

「いきなりそれですか⁉　もうちょっと再会を喜ぶとかないんですか？」

何の余韻もなく本題に入った師匠に私は不満を表明するが、師匠は肩を竦めて笑う。

「頻繁に手紙を遣り取りしているのに、今更ご機嫌伺いもないだろう」

「それはそうですけど……」

でも、直接会うのは一年ぶり。もう少し何かあっても良くないかな？

私、可愛い弟子だよね？

「なんだ？　感動の再会でもしたかったのか？」

「そんなわけないじゃないですか！　もうっ！」

揶揄うように腕を広げる師匠に私が頬を膨らませると、師匠は楽しそうに笑う。

「ふふっ。で、どうなんだ？　三日とは言わないが、一週間ぐらいで来られたか？」

「師匠と一緒にしないでください！　二週間以上掛かりましたよ……」

「ふむ……。それでも一年前よりは早いじゃないか。成長したな？」

「そりゃ、一ヶ月よりは短いですけど、単純には比較できないですよ？」

一年前は初めて行く場所ということもあって、馬車を乗り継いでの旅。

今回は自分の足で走ったので、単純に『二倍速くなった！』とは言い難いんだよね。

「なるほど、乗合馬車は遅いからな。ならあとは、剣の腕も見ないとな」

「だから、余韻！　なんでそう武に寄りがちなんですか⁉」

感動の再会は必要ないけど、『お疲れ』ぐらいの優しい言葉は欲しいお年頃だよ⁉

「だが、その剣をやった時に言っておいただろう？　『剣の腕を見せてもらう』と」

笑いながら師匠が指さすのは、私の腰にある剣。

そう、前回と違い今回は一人旅。

幸いこれが活躍することはなかったけれど、護身用にきちんと剣は佩いていたのだ。

くっ。こんなことなら、仕舞っておくべきだったかな？

――いや、関係ないよね、師匠なら。

「ええ、覚えてます。『次来た時に』と言ったのも。師匠は来てない！　来たのは私！」

「誤差の範囲だ。それとも、その剣は埃を被っていたのか？」

「いえ、時々はやってましたけど。むしろ、被っていたのは血糊ですけど」

この剣に助けられたことも多かったけど、錬金術師として正しいのかはちょっと疑問。

――私の錬金生活、ちょっとアグレッシブすぎないかな？

「でも、教えを請う相手もいませんし、上達はしてないと思いますよ？」

「だから、私が見てやるんだろう？」

「ええ……。どうせなら、錬金術の方を見てくださいよ。前も言った気がしますけど」

「私も前にも言ったが、行き詰まったのか？　むしろ今は、自分で色々試してみるのが面白い時期じゃないのか？」

そういえば、『行き詰まったら考えてやる』とも言ってたね、師匠。

「む〜、否定はしません。色々やりたいですが、お金と時間が足りないって感じです」

「だろう？　私もそうだったからな」

私の返答に師匠は笑うと、どこか懐かしそうな目で工房を見回し、改めて私を見る。

「ま、それはそれとして、だ。サラサ、王都での宿は決まっているのか？」

「いいえ。王都に着いてから、すぐにこちらに来ましたから」

「ならウチに泊まれ。今のお前なら、宿代ぐらいは大した負担でもないだろうが、お前がいればマリアも喜ぶ。王都に来ると聞いて以降、そわそわしていたからな」

「それは……ありがとうございます。お世話になります」

少し考えて頭を下げる私に、師匠はホッとしたように小さく頷く。

「あぁ、余裕があるなら、ゆっくりしていけ。——少しは肩の力が抜けたか？」

「そうですね。一年前よりは」

あの頃なら、師匠の厚意も素直には受け取れず、自分で宿を取っていただろう。

卒業した直後で、一人で生きていくんだという意識が強かったから。

でも今の私は、自分のお店という帰る場所を得て、アイリスたちとも出会い、自分でやっていける自信も多少は付いた。だからこそ甘えられるというのも変な話だけど、片意地を張る必要がないと思えるようになったのは、大きな変化だと思う。

「良いことだ。お前はまだ若い。頼るところは頼る、というのも必要なことだ。それに年長者からすれば、変に遠慮されるのも嬉しくないからな」

「それは師匠もですか？」

「そうだな。弟子に頼られないのは、師匠として案外寂しいものだぞ？」

師匠は微笑んで私の頭をポンと叩くと、「さて」と言って、隣の椅子を示す。

「営業終了にはまだ時間がある。サラサも手伝え。少し面倒な物を錬成中でな」

師匠の指導は実践形式。学校の授業のような『指導』を受けた記憶なんて、一度もない。

私はすぐに「はい！」と返事をして、師匠の隣に腰を下ろした。

◇　◇　◇

「これは……凄いご馳走ですね！」

営業終了後、お風呂で旅の垢を落とした私を待っていたのは、テーブルから溢れんばかりのマリアさんの手料理だった。とても三人分とは思えない数多くの料理の中には、初めて見る料理も多いけど——うん、食べなくても判る。

これ全部、絶対美味しいやつ！　間違いない‼

ロレアちゃんも料理上手だけど、料理の腕はやはりマリアさんに一日——いや数日の長があるし、使われている材料の質、種類は比較にならないもの。

「マリアはこの日のために、かなり前から準備していたからなぁ」

「うふふ、少し張り切ってみました。たくさん食べてくださいね？」

「はい！　マリアさんのお料理、久し振りで嬉しいです」

微笑みながら料理を取り分けてくれるマリアさんに、私は大きく頷く。

「ふふふ、私も少し良い酒を調達してきたぞ。どうだ、サラサも」

「いえ！　そっちは遠慮します。私、お酒に弱いみたいですし」

悪戯っぽく笑いながらボトルを掲げる師匠に、私はきっぱり首を振る。

一年前の醜態、繰り返してなるものか！

——何をやったかは覚えていないけど！

「そうか？　弟子に美味い酒を飲ませてやろうと思ったんだが。——少しぐらいは？」

「飲・み・ま・せ・ん！　解ってて勧めてますよね？　師匠」

「師匠の愛が理解されないとは残念だ。――余興が楽しめると思ったのに」

「嫌な愛だ！　普通の師弟愛を所望します！」

とはいえ、きっぱり断れば、さすがに師匠もそれ以上は勧めず、お酒は自分とマリアさんのグラスに、私のグラスには別のボトルからジュース――っぽいものを注いでくれた。

「くんくん……。お酒では……ない？」

「疑り深いな。さすがにマリアがいる前で、騙したりはしない」

「なるほど。食事会にはマリアさんの同席が必須ですね！」

「安心しろ。マリアがいなければ料理は出てこないからな！　はっはっは」

それは誇って良いのかな？　師匠。

実際、師匠が料理を作ってくれた記憶なんて、ないけれど！

そんな遣り取りを微笑ましそうに見ていたマリアさんが、グラスを手にして口を開く。

「それでは、久し振りに顔を見せてくれた、私たちの大切な弟子に」

「うむ。最初の一年を、サラサが無事に乗り越えたことを祝して」

そう言った後、師匠とマリアさんは揃って私を見る。

「えっ？　えっと、えっと……師匠とマリアさんの変わらぬ愛に？」

いきなり振られて困った私は妙なことを口走るが、二人は笑ってグラスを掲げる。

「「乾杯！」」

「――ごくごくっ。ぷはー。冷たくて、おいしぃ〜！」

何の果汁かは判らないけど、柑橘(かんきつ)系の清々(すがすが)しい香りが好ましい、甘いジュース。

普通のお店ならよく冷えていることに驚くところだけど、師匠の家だと今更である。

「ふぅ……。改めて、なんとか乗り切りましたねぇ。平穏ではなかったですけど」

場所が場所だけに、経営は楽ではないと解っていたし、初年度はそれなりにトラブルも起きるだろうと考えていたけれど、想像とは別方向にトラブル満載だとは！

アイリスの登場からヘル・フレイム・グリズリーの狂乱、厄介な商人と面倒事(フェリク殿下)。

最初なんて、誰しもあんなものなの？

それとも私が特殊なの……？

これまでのことを思い出し、深いため息をつく私を見て師匠は笑う。

「随分とトラブルに愛されているよなぁ、サラサは」

「あぁ、やっぱり普通じゃないですよね、私って。……一部は師匠のせいですけど」

少なくとも、フェリク殿下がやってきたのは師匠がらみ。

でも、アイリスを助けることができたのは、師匠が色々持たせてくれたから。

トータルで見れば圧倒的にプラスなので、苦情は言いがたい。

──でも、愚痴ぐらいは言わせて？

「私が何をしたわけでもないが……だがその分、成長はできただろう？」

「そうですね。それは否定しません。むしろ色々と助けてもらってますし」

大樹海の素材を始め、なんとか斃したサラマンダーだって、師匠がいなければ売却にも苦労しただろうし、延いてはロッツェ家を助けることもできなかっただろう。

「それは気にしなくても良い。お前の送ってくる素材で、私も多少は儲けているからな」

「……もしかしてこの豪華な料理はそれで、ですか？　利益還元、的な？」

久し振りに会ったからという理由だけでは、少しお金を掛けすぎに思えて尋ねてみれば、師匠はマリアさんと目配せして、ニヤリと笑う。

──む、嫌な予感。

「そうではないが、金はそれなりに掛けているな。──お前の結婚祝いも込みだから」

「ぶふぅ──！　げほっ、げほっ‼　師匠、なんで知ってるんですか⁉」

さらりと言われた言葉に、咳き込む私。

予感はしてたのに、耐えきれなかった！

カーク準男爵の騒動の時、状況によっては転送陣を利用して即座に婚姻を──という案もあったけれど、あれは実行に移していないし、師匠には話していないはず！

マスタークラスの情報収集能力は、あんな辺境まで伸びているというの⁉

「アイリスから手紙が来ていたぞ？　サラサと結婚します。よろしくお願いします、と」

すっごく身近に情報漏洩者がいた！

「ア、アイリス……。でも確かに、アイリスに頼まれて手紙を転送した覚えはある……」

「良い子ですよね。サラサさんには親がいないから、挨拶をするならオフィーリアと私だろうと、丁寧なお手紙を頂きましたよ。いつか直接会いたいとも」

「うぬぬ、とても礼儀正しい。文句も言えないよ……」

呻く私を見て、師匠が小さく笑う。

「もっとも、アイリスから報告がなくても、知ってはいたのだがな？」

「……何でですか？　まさか、裏切り者はロレアちゃんですか？」

たまにロレアちゃんが、マリアさんにお手紙を書いていることは知っているよ？

だからこそ、アイリスの手紙も意識せずに送ってしまったんだけど。

「お前、裏切り者って……。単にフェリク殿下が喧伝しているだけだぞ？」

「――っ！　っ‼」

さすがに不敬となるので、漏れかけた言葉は飲み込む。

いやさ、知っているのは良いよ？　王族だもん。貴族の婚姻を知るべき立場だからね。

でも何故それを言い触らす？　噂好きのおばちゃんなの？

勤勉な王族は、井戸端会議にもご出席ですか？

私が拳を握ってプルプルしていると、師匠とマリアさんが苦笑する。

「錬金術師養成学校は、国力の向上を目的に王族の肝煎りで作られたものだ。そこを孤児のお前が優秀な成績で卒業し、貴族になったという事実は、才ある平民には希望を、地位に胡座をかいている貴族には危機感を与えられる。利用しない理由があるか？」

「うぐぅ……ないですね。事実、それに救われたのが私ですし」

学校に入れなければ、私は孤児院を出た後でどうなっていたか。

きっとまともな仕事に就くこともできず、貧困に喘いでいただろう。

そう考えれば、そのぐらいのことは我慢するべきなんだろうねぇ、やっぱり。

「しかし、まさか私より先に弟子が結婚するとはなぁ……。出会った頃は小さかったお前が、もう乙女ではないとは感慨深い。子供の予定はいつだ？」

「ありません！　とーぶんは、ありません！　まだ乙女です！」

なんでそっちに話を持っていこうとするかな!?

いや、貴族の義務的に、理解はできるけどね！

「そうなのか？　あぁ、まだあの錬成薬には手が届かないか。ご祝儀代わりに私が作ってやろうか？　効果は保証してやるぞ？　男になるのはどっちだ？」

「い・り・ま・せ・ん！　むしろ必要なのは師匠じゃないですか？　若く見えても、結構いい年なんですよね？　子供、できなくなりますよ？」

ニヤニヤと揶揄う師匠に一矢でも報いるべく、ちょっと危険なところを攻めてみる。

しかし師匠は余裕の笑みで、私の頭をグリグリと撫でた。

「ほう、言うじゃないか？　だが、私がいつ、子供がいないと言った？」

「え、いるんですか⁉　だ、誰の⁉　私、てっきり――」

慌ててマリアさんの顔を窺うが、そこにあるのはいつも通り優しげな表情。

つまり、マリアさんが……？　いや、それとも別の？　もしや師匠自身が――。

「いるとも言ってないがな」

「どっちなんですか――！　も～！」

「秘密だ。多少ミステリアスな方が、マスタークラスの錬金術師っぽいだろう？」

「否定できない事実！　師匠、一見すると見えないですもんねぇ……」

私なんて他人から教えられるまで、師匠がそんなに凄い人だと知らなかったし！

「言ってろ。私は、勿体振ることを生き甲斐にしている爺婆とは違うんだよ」

「あら？　マスタークラスは別に、お年寄りばかりではないですよね？」

マリアさんがそう言葉を挟むが、師匠は鼻で笑う。

「ふん。外見はともかく、大半は爺婆と呼んでも問題ないだろうが」

やっぱり、マスタークラスになるには、長い研鑽が必要なんだ——あ。

「そういえば私、他の方々のこと、知りません。どんな人たちなんですか？」

ふとそんなことに気付き、尋ねてみれば、師匠はやや呆れたように私を見た。

「お前、私のことも知らなかったよな？　錬金術師なら、もう少し興味を持ったら——あ、いや、やっぱり持たなくていい。あんな奴らに関わっても良いことはないからな」

「ふふっ、オフィーリア……それは自虐ですか？」

「私以外のマスタークラスに関しては、だ」

「私が思うに、他の方々も同じことを言うと思いますが……」

まぁ、年を重ねた錬金術師、どう考えても一筋縄でいく人物ってことはないよねぇ。

「あ、そういえば私、師匠の本当の年齢を知ら——」

「んん？　サラサ、何か言ったか？　ん？」

私の言葉を遮り、貼り付いたような笑顔で顔を寄せてくる師匠。

ぬあっ、師匠でも気にするんだ⁉

えっと、えっと、他の……別の話題は……そうだ！

「い、以前、師匠に送って頂いた薬草の種の中に、知らない種が一粒入っていたんですけど、あれって何ですか？　何も説明がなかったですけど！」

取り繕った問いではあったけれど、今度会ったら訊いてみようと思っていたのは本当。

種の状態で判別できなかったのはもちろん、ある程度育った今でもさっぱり。

手持ちの本にも載っていなかったので、気になっていたのだ。

だが、突然話題を変えたからか、師匠もすぐには思い出せなかったようで、しばらくの間考え込んでいたが、やがてポンと手を叩き、笑みを浮かべて面白そうに私を見た。

「………………あぁ、あれか。植えてみたのか？」

「はい。なんか木が生えました。しかも、大量の魔力を吸収する特殊なのが」

育苗補助器の魔力をガンガン消費した上に、裏庭に定植した後も、魔力を与えると何故か吸収する不思議な木。その代わりに成長も早いので、たぶん普通の木じゃない。

「ほう、木にまで育ったのか？　それは凄いな」

「師匠が『凄い』と言うような木なんですね。確かにちょっと違う感じでした」

普通ならもっと驚くところだけど、あれは師匠が送ってきた物。

多少の不思議なら『師匠だし』で片付いてしまう。

しかし、続いて師匠が口にした言葉は、そんな心構えを吹き飛ばすものだった。

「あれは、ソラウムの種だ」

「――っ!?　一口食べれば天にも昇る気持ち、天上の果実と呼ばれる、あのソラウム!?」

私の驚きとは対照的に、師匠はとても平然と首を傾げる。

「別に天には昇らんな。美味いことは美味いが、その売り文句はやや大袈裟だ」

「食べたんですか!?　一つあれば家が建つと言われるほどのあの果実を？」

「いや、さすがに家は建たんぞ？　――お前の店ぐらいなら買えるが」

「それ、一万レア以上ってことですよね？　十分高いです！」

しかもソラウムの大きさは、直径三センチほど。

小柄な私ですら、一口、二口で食べられちゃう小ささだよ!?

驚き瞠目する私を面白そうに見て、師匠はニヤニヤと笑う。

「どちらかといえば、ソラウムの価値は、手に入れようと思っても、なかなか手に入らないところにある。だからこそ、サラサにもお裾分けしてやろうと思ってな」

「お裾分けって……どうせなら、果肉の方を分けてくださいよ～」

気持ちは嬉しい。でも、種じゃ全然楽しめない。

思わず愚痴る私に、マリアさんが申し訳なさそうに眉尻を下げた。

「ごめんなさい、サラサさん。果肉の方はオフィーリアが実験に使ってしまって……」

「あ、いえっ、マリアさんは別に悪くないです！　というか、私が文句を言う筋合いじゃないですよね。ただ、ちょっと食べてみたかったかな、って」

「そうは言うが、ソラウムの種は貴重だぞ？　正確なところは私も知らないが、一〇〇個に一個、入っているかどうからしい。お裾分けとしては十分じゃないか？」

想像以上の貴重さ⁉　確かにお裾分けとして十分に価値がある！　でも……。

「そんな凄い物、なんで適当に放り込んであったんですか？」

「ふむ……。サラサはソラウムについて、どれほど知っている？」

私が疑わしげな視線を向けたからか、師匠は少し考えるように訊き返してきた。

「とても貴重で高い、美味しい、栽培が難しいということぐらいです」

「概ね正しいが、栽培が難しいのではない。できないのだ。先ほど言った通り、採種からして難しく、植えたところで芽が出ない。私も試したことはあるが、ダメだったしな」

「……本当ですか？　普通に生えてきましたけど」

「だから驚いたんじゃないか」

ソラウムが貴重な素材と判明して以降、錬金術師の間では、人工栽培の試みが何度も行われてきた。だが、野生のソラウム自体が稀少な上、種を植えても芽が出ず、苗木を移植したところで元々生えていた場所以外では一切育たずに枯れてしまう。

「だから現在、自生地は秘匿され、限られた採集者のみが採取できるようになっている。採りすぎてソラウムを枯らしてしまわないようにな。高価なのはそのせいだ」

「え、でも、果実を採っても木は弱りませんよね？　無理をしなければ」

「それはソラウムの葉が錬金素材になるからだ。葉を毟れば木は弱るだろう？」

「あぁ、それなら納得――ん？　そんな話、初耳なんですけど……？」

さらりと言われて流しかけたけど、私だってそれなりに勉強している。

ソラウムほど有名な果物にそんな特性があれば、覚えてないのはおかしいよね？

「機密事項だからな。果実と違って葉はいつでも採れる。偶然ソラウムを見つけた採集者が、葉を全部毟ってしまっては困るだろう？」

「葉の価値を知らなければ、実が生っていない時点で諦める、と。――えっと、師匠？その情報って、私に言っても良いことなんですか？」

「ふむ……。サラサ、喋るなよ？」

「師匠～！　そんな木を裏庭に植えている私って、かなり困った状況じゃ!?」

「だから、驚いたんじゃないか」

「驚きようが少ない!!　少ないですよ、師匠！　『ほぅ』だけだったじゃないですか！」

師匠は軽く言うけれど、これ、どう考えても厄介事！

かといって、折角育ったソラウムを、伐ってしまうことなんかできないし……。

「何でそんな貴重な種を、適当に放り込んでいるんですか……」

「さっき言った通り、ソラウムは普通に植えても芽が出ない。もし発芽するとするならば、それはきっと必然、そういう星の巡り合わせなのだろう。どのような状況にあろうともな」

つまり、発芽する運命にあるなら、適当に放り込んでいても自然とそうなる、と？

普通に考えれば非合理だけど、相手は不思議果実のソラウム。

確かに、そんなこともあるかも――と、考えた私だったけれど。

「などと、それっぽいことを言っていますが、全部後付けですけどね」

マリアさんがすべてをひっくり返した。

「あっ、おいこら、マリア！」

「ふふふっ、サラサさんに送る種と一緒にテーブルの上に置いていたら、間違えて紛れ込んでしまった、というのが本当です」

抗議を笑顔で受け流したマリアさんに、師匠は不満げに腕組みする。

「まったく、マリアは……私の威厳が減るだろう？」

「師匠……私の感心を返してください」

いや、別の意味では感心したけどね？

貴重品を適当に扱う余裕がある、という意味で！

そんな私のジト目に耐えかねたのか、師匠はやや慌てたように私の肩をポンポン叩く。

「ま、まぁ、良かったじゃないか。無事に育てば、ソラウム食べ放題だぞ？　天上の果実は大袈裟だが、美味いことは間違いないからな」

「厄介事も引き寄せ放題ですけどね！　高級果物、食べられるのは楽しみですけど……どのぐらいで実るんですか？　成長が早いし、数年ぐらいですか？」

「知らん。二〇年とか四〇年とかいう話もあるが――」

「えぇ!?　私、お婆ちゃんになっちゃいますよ！」

「有力なのは一〇〇年以上だな」

「…………」

お婆ちゃんどころの話じゃなかった。

「もっともそれは野生種の場合。手間を掛けて育てれば、もっと早く実るかもしれない」

「本当ですか～？　私、ちょっとだけ、師匠が信用できなくなったんですけど」

「酷いな、サラサ。だが、仕方ないだろう？　ソラウムの栽培記録なんぞ、ないからな。お前がきっちり調べれば、その分野での第一人者になれるんじゃないか？」

「ええ……？　私、錬金術師で、植物学者じゃないですよ？」

「面倒なら、ノルドラッドあたりに教えれば、喜んで調査するんじゃないか？」

「なるほど、あの人なら――って、師匠も知り合いなんですか？」

「あぁ。アイツの書く本は、なかなかに興味深い」

　確かにノルドさんなら大喜びでヨック村に来そうだけど、研究のためならサラマンダーだって復活させるような人。色々と無茶をしそうだし、定住されるのは……ちょっと。

「――教えるのは止めておきます。研究で木を枯らされたら堪りませんし」

「違いない。一応忠告しておくが、ソラウムの存在は下手に漏らさない方が良いだろう」

「持ち込んだ師匠が言う!?　解ってますよ、もう……」

　葉っぱの価値は知られていなくても、本来栽培できないソラウムが人里に生えているというだけでも大事。私が不満げに頬を膨らませると、師匠は笑って言葉を続ける。

「代わりと言ってはなんだが、後でソラウムの葉の使い方を教えてやる。お前が調べたところで、ソラウムに関する情報は見つけられないだろうからな」

「それは……助かります。せめて、なにかしらの利益は欲しいですし？」

　葉の有用性が機密なら、その使用方法なんて公開されているはずもない。

　厄介な存在の代償が、いつ実るかも判らない果実だけなんて、割に合わないよ……。

「そういえば、師匠はソラウムの実を何に使ったんです？　研究って言ってましたけど」

「ん？　大したものじゃないぞ？　お遊び程度のものだ」

師匠のことだけに、何か凄い物を作ったのかな？　と思って視線を向けると、何故か師匠は顔を背けて答えをはぐらかし、マリアさんは「ふふふ」と笑う。

「そうですね。ただのジュースですし」

「え、ジュース？　ただの？　特別な効果があるわけでもない？」

「マリア……。持ち込まれたから買い取ったんだが、使い道がなかったんだよ。別にそのまま食べても良かったんだが、たまには他の使い道を模索しようかと思ってな」

なるほど。師匠ぐらいになると、買い取り不可というわけにもいかないか。

マスタークラスが買い取れないなら、どこでなら売れるのかって話だし。

それにさっきの話が本当なら、果実は葉の価値をカモフラージュするためのもの。

錬金素材としては、そこまで使い道がないのかもしれないけど……。

「すっごく高価なジュースですよね、それ」

「他の果汁も混ぜてましたけど……コップ一杯で、サラサさんのお店が買えますね」

「うわぁ……。そんなの売れないですよね、絶対。私には縁がなさそうです」

貴族が飲む高級酒には、それぐらい高価な物もあるそうだけど、ジュースだしねぇ。

私はそう思いながら、手元のジュースを口に運ぶ。

——うん、これだって十分に美味しい。これ以上を望む必要なんて、別にないよね？

と、そう思った私のコップを、マリアさんがさり気なく指さす。

「ちなみにそれが、そのジュースです」

「——うぐっ‼」

とんでもない発言に喉が詰まる——が、値段を考えたら絶対に吐き出せない！

いや、吐き出してなるものか‼

「ごっきゅんっ。——ゲホッ、えほっ！　ごほっ！」

「ほらマリア。やっぱりこうなったじゃないか」

「でも、折角作ったんですから教えてあげるべきでは？　飲み終わった後で聞くよりも」

「そういうものか？　別に値段で味は変わらないだろう？」

強引に飲み込み、何度も咳き込む私の頭上で、師匠たちが会話を交わす。

でも——二人とも、どっちもどっちだからね‼

翌日、私は一人、王宮を訪れていた。

といっても、もちろん王様になんか会えるわけないし、王子様にも用はない。

目的は税務申告。王宮にある納税部門で、書類の提出と確認をしてもらうのだ。

「錬金術師です。税務申告に来ました」

「ご苦労様です。場所はご存じですか？　左手の建物に入ると案内板が――」

少し緊張しつつ、入り口で錬金許可証（アルケミーズ・ライセンス）を見せると、新人錬金術師への対応は慣れているのか、門番の男性が解りやすく丁寧な案内をしてくれる。

それに従って担当部署を訪ねて書類一式を提出すると、担当者の若い女性が一枚ずつじっくりチェック。暫（しば）しの緊張の時間を経て、彼女はニコリと微笑（ほほえ）んだ。

「はい、結構です。問題ありません。初回にしては、良くできていますね？」

「ありがとうございます。師匠に見てもらったので……」

そう、実は昨晩のうちに、師匠に書類のチェックをお願いしたのだ。

だから間違いないことは判っていた――実際に確認したのはマリアさんだったけど。

「そうですか。素直に頼めるのは良いことです。変に意地を張って、更正に次ぐ更正、最終的に師匠に泣きつく新人も多いですから……。私たちの仕事も減って助かります」

「ははは……。お疲れさまです。やはり、この時期は申告も多かったり？」

申告の間隔は一年半が一般的。

やはり同時期に集中するのかな、と思ったのだけど、彼女はすぐに首を振った。

「いえ、そうでもないですね。師匠から独立する時期は人それぞれ。卒業と同時に開業する人なんて、あなたぐらいですよ。サラサ・フィードさん」

「……私のこと、知っているんですか？」

名前は書類に書いてあるので、知っていて当然。

でも、私が卒業直後に開業したことを知っている人は限られる。

やや警戒するように尋ねた私に、彼女は『何を言っているのか』と苦笑する。

「この部署にいて、ミリス様の弟子であるあなたを知らないなど、あり得ませんよ？」

「そ、そうですか……」

うぬぬ、それがあったね。師匠の知名度があれば、注目もされるかぁ……。

「師匠が偉大だと重圧も大きいでしょうが、あなたの実績はそれに相応しいもののようですね。私程度の耳にも、色々な功績が入ってきますから」

「どんなものか、聞くのが怖いぐらいです」

「やっかみ、嫉妬混じりの話もありますが、公平に見れば悪いものではありませんよ？」

ほ、本当かなぁ？　冷静に考えると、私っていくらでも悪評を立てられそうな……？

盗賊や商人を殺したとか、貴族を潰したとか、サラマンダーを暴れさせたとか。

私が殺ったのは盗賊だけ、後は全部違うけどね！

結果的にそうなっていると、見えるだけだけどね！

ついでにサラマンダーは、私は全然悪くないけどね！

きっと私が微妙な表情になったのだろう。

彼女はおかしそうに「ふふ」と笑うと、書類にポンと判子を捺して私に差し出す。

「はい。お疲れさまでした。これで納税額は確定です。あちらの窓口で納税し、納税証明書を受け取ってください。その後は第八談話室へ。ここを出て左奥になります」

「え、えっと、談話室？　何か別の問題が……？」

「いえいえ、ただの聞き取りです。あなたは辺境ですから。習いましたよね？」

——あぁ、そういえば、学校でそんな話を聞いた覚えが。

税務申告では、王国中に散らばっている知識階級が王都にやって来る。

王宮からすれば、地方の情報を集める良い機会。利用しない理由がない。

全員というわけじゃないので忘れていたけれど、私みたいに王都から遠く離れた場所に住んでいる場合は、よく話を訊かれると言っていたっけ。

私は担当してくれた彼女にお礼を言って税金を納めると、部屋を出て指定された談話室へ。手前から第一、第二と続き、最も奥にあった第八談話室の扉をノックする。

「どうぞ。入ってください」

「……………」

——凄く嫌な予感。なんだか聞き覚えのある声ですよ？

とはいえ、回り右して帰るわけにもいかず、私は覚悟を決めて中に入る。

「失礼します——っ⁉」

予感的中。そこにいたのは面倒くさい人筆頭、フェリク殿下だった。

「おやおや、そのような顔をされると、私でも少し傷つきますね」

——嘘をつけ。その程度で傷つくほど繊細じゃないよね、殿下は！

しかし、相手は王子様。私は笑顔を貼り付け直し、ご機嫌を伺う。

「ご無沙汰致しております、殿下。その後、お加減はいかがでしょうか？」

「ええ、ええ。おかげさまでこの通り」

ふぁさぁ、ふぁさぁと、フサフサになった髪を何度も掻き上げる殿下。

その仕草は貴公子然としているんだけど、以前、天辺ハゲの時に見せた仕草とまったく同じなものだから……が、頑張れ、私の腹筋！　ここが根性の見せ所だぞっ‼

「そ、そうですか。無事に、効果が、出たようで、安心、しました」

よしっ、私の腹筋が勝利！

だが何故か少し不満そうな殿下は、私に椅子を勧めて言葉を続けた。

「あなたをここに呼んだのは、旧カーク準男爵領、現在は王領〝ロッホハルト〟となっていますが、この地域の情報を訊くため――ではありません」

「……そうなのですか？」

「ええ、王領ですから情報は入ります。この機会を利用したのは、あなたを自然に呼ぶためですね。そもそも情報収集のために、王族自ら話を訊いたりはしませんし」

「ですよね。王族の方々だって、お忙しいでしょうし」

私が『納得』と頷くと、殿下は苦笑して小さく首を振る。

「必ずしも……いえ、それはともかく。あなたへの用事は二つ。一つはこれです」

そう言って殿下が示すのは、テーブルの上に置かれていた分厚い二冊の本。

表題は――『サラマンダー　その生態と実験結果に基づく考察』。

「ノルドからあなたとアイリスに。献本だそうです。あなた方の協力があったからこそ、完成した本だ、と。どうぞ、読んでやってください」

本というものは決して安くはない。けど、さすがにこれは受け取っても良い気がする。

それだけの迷惑を掛けられた覚えは、十分にあるからねっ！

　殿下に促されるまま手に取ってパラパラと中を確認してみれば、専門書にも拘わらず、思った以上に読みやすい文章に加えて、立派な挿絵まであり、かなりの出来栄え。

　更に最後の部分には、多数の既刊一覧と概要まで載っている。

「凄くたくさんの本を書かれているんですね。魔物以外にも、植物とかまで……」

「興味がありますか？　よろしければ、一式差し上げますよ？」

「い、いえ、そんな！　受け取れませんよ、こんなにたくさんの本は！」

　私が慌てて首を振ると、殿下は小さく笑って肩を竦める。

「気にしなくて構いませんよ。私の元には同じ本が何冊もありますから。どうせなら、活用してくれる方の手にある方が、ノルドも喜ぶでしょう」

　以前、ノルドさんに聞いた通り、彼は研究結果を提出して褒賞金を貰っているらしい。

　その時に提出される本は王宮に収められているそうで、殿下はそれをいつでも読める立場であることに加え、個人的にも研究資金を提供している関係で、彼の元にはノルドさんから何冊もの献本があるらしい。

「なので、近いうちに纏めて差し上げますよ。折角です、読んでやってください」

「はぁ。――実はノルドさんって、案外凄い人ですか？　師匠も知っていましたし」

「天才となんとかは紙一重というやつですよ。被害以上の成果を出すからこそ、私も後援を続けていますが……あなた方にとっては、天才よりも天災でしょうか」

「では次に来たら、頭を低くして、ただ過ぎ去るのを待つことにしますね？」

暗に『もう協力はしないよ』と伝えた私に、殿下は読めない笑みを浮かべる。

「予定通りにいかないのが、天災の怖いところだと、私は思いますよ？」

――ええ……？　不穏なこと言わないで欲しい。

でも、更に続いた言葉は、そんな不穏すら穏当に思えるものだった。

「それはそれとして、次は本命の用事です。サラサさんは現在、サウス・ストラグを含むロッホハルト全体で治安が悪化し、盗賊が増えていることをご存じですか？」

「いえ、初耳です。ヨック村ではあまり意識しませんが……」

「それはそうでしょう。一人で盗賊を全滅させるサラサさんを筆頭に、ヘル・フレイム・グリズリーの狂乱を退ける採集者が揃っている村を、どんな盗賊が襲いますか？」

なるほど。私が筆頭というのはともかく、ヨック村にいる古参の採集者は、人柄も腕前もそれなりに信頼できる。盗賊がやってきても返り討ちだよねぇ。

「ですが、ヨック村はむしろ例外。他の村や街道を行く商人たちは、盗賊に苦しめられています。故にサラサさんには、治安の回復にご協力を願いたいのです」

「……それは、ロッホハルトの代官の仕事では？」

なんで私に言うのかと尋ねれば、殿下は困ったように苦笑する。

「彼は有能なのですが、如何せん人手不足なのです。前準男爵が処罰された後、代官は領内の改革を一気に行ったのですが、やや性急に事を進めすぎた感がありまして」

悪事に手を染めていた軍人、役人はすべてクビ。犯罪組織にも手を入れてサウス・ストラグの浄化に乗り出した結果、町の治安は改善したものの、手足として使える人材は減り、逆に追い出された悪人たちは盗賊へと転職して、領内の治安を悪化させた。

その点から見れば失策なのだが、前準男爵の処罰理由が国王に対する反逆である。

下手に手心を加えれば残った者たちも疑われかねず、やらざるを得なかったらしい。

「結果として、治安維持を行う人員が大きく減ってしまったわけです。人柄が信頼できたらしい第六警備小隊などは、何故か全員退職してしまいましたし?」

――それ、雪山の人たちだよね？　何故かとか言って、絶対把握してるよね？

しかし、そこを突くと藪蛇。私は別の方向から攻める。

「大変なのは理解しましたが、何故私なのでしょう？　私は一介の錬金術師――」

「ではありませんよ？　あなたの名前は何ですか？」

私の言葉を言下に否定し、殿下は不可解なことを尋ねてきた。

「え？　サラサ・フィード、ですけど……」

「今は、違いますよね？」

「……あ。サラサ・フィード・ロ、ッ、ツ、ェです」

ニコリと笑った殿下に再度確認され、私はそのことを改めて思い出す。

本当はサラサ・ロッツェと名乗るべきなんだろう。

でも、『フィード』の名前も残したかったので、アデルバートさんたちとも相談して、この名前にさせてもらったんだけど、今重要なのは『ロッツェ』の方。

訂正した私に、殿下は満足げに頷く。

「その通り。先日提出された婚姻届で、あなたはロッツェ家の人間となっています。同時にあなたに家督を譲る申請も行われ、それは既に陛下により承認されました」

――え、それは聞いてない。結婚はしたけど家督まで？　しかも承認済み？

譲ることを考えている、とは聞いていたけど、本当にやっちゃったの？

「え～っと、つまり……？」

「今のあなたはロッツェ士爵です。貴族の義務は理解していますよね？」

「うっ……」

領地貴族は国王から領地を与えられる代わりに、いくつかの義務を課せられている。

その中には当然、国王の要請に応じて出兵する義務も含まれる。

　つまり、軍を出して王領の治安回復を行えと命じられれば、従うしかないのだ。

　——くっ、貴族になったメリットを享受する前に、義務の方がやってきた！

「そんなわけでロッツェ士爵。あなたをロッホハルト領主全権代理に任命します」

「…………はい？　え？　領主全権代理？　盗賊討伐だけではなく？」

　予想外の内容に一瞬呆けた私を見ても、殿下は笑顔を崩すことなく頷く。

「はい。曲がりなりにも領主を、代官の下につけて働かせるのも問題ですし、かといって適当に盗賊を殺して回れと命じるのも無責任。ロッホハルトは色々と面倒な土地ですから、総合的に考えて動ける、権限のある立場でなければ困るわけです」

　ぐぬぬ……それは解る。盗賊を適当に追い散らして周辺領地に逃げ込まれたらトラブルになるし、街道や物流の繋がりを無視して、ただ討伐というわけにもいかない。

　けど……重い！　重すぎるよ⁉　全権代理とか！

「わ、私のような若輩者を使わずとも、ロッホハルト周辺には他の貴族も……」

「残念ながら、我が国はとても人材不足なのです。それもあって、錬金術師養成学校を作ったのですが……。考えてもみてください。あの周辺は弱小貴族ばかりです。例えばアデルバート・ロッツェ。彼に務まると思いますか？」

「それは……」

良い領主だとは思うけれど、あくまでそれは小さな村を治めるのであれば。

私の義父でもあるし、庇ってあげたいけれど、騙されちゃってる実績が邪魔をする。

「他も似たようなもの――いえ、大半はアデルバート以下。ですがここに、政治や経済についてもしっかりと学んだちょうど良い人材が。僥倖でした」

使える者がいて、使うだけの正当性もある。であれば、使わない理由がない。

解ります。私だってそうするし、それは正しい判断と認めます。

――それが、私以外のことだったら！

「これでも配慮しているのですよ？　本当は謁見の間に呼び出して、国王から全権代理に任命しても良いのですが、あなたはミリス師の弟子ですからね」

そうなれば正に問答無用。『謹んでお受け致します』以外の返答は許されない。

こうして詳しく説明されているあたり、殿下が言う通り配慮されているんだろう。

「それにサラサさんは、盗賊が絶対許せない人だとか？　このお仕事を引き受ければ、目に付く盗賊、軒並み殺して回ることができますよ？　ヨック村の周辺でも」

にこやかに笑う殿下に『なんで知ってるの？』とは、今更問うまい。

でも、私を快楽殺人者みたいに言うのはやめて。『盗賊絶対許すまじ』なのは否定しないし、知り合いの危険性を考えれば、放置できないのは事実だけど！

義務があり、理由があり、そして信条にも沿っている。

逃げ道がすべて塞がれた以上、私の返答はやはり『謹んでお受け致します』以外にはなく——私はまた一つ、殿下が苦手になったのだった。

殿下の無茶振りで痛くなった頭を押さえつつ、私は王宮の門を出る。

そんな私の前に現れたのは、端的に言って変態だった。

「俺はハージオ・カ……ハージオだ。喜べ、平民。お前に俺と結婚する栄誉をやろう」

格好は……普通。かなり脹よかだけど、着ている服の質はそう悪くない。センスについてはノーコメント。センスの悪さで変態と罵るほど、私は狭量じゃないから。

でも、言動が変態。初対面の相手に結婚を申し込むとか、その時点でアウトだし、それを『栄誉』とか言っている時点で論外。変態認定しても世界は許してくれる。

「…………ちょっと何言ってるか解らないです」

——これ以上、頭痛の種を増やしてくれるな。

そんな思いを込めた言葉は、残念ながら変態には理解できなかったようだ。

その変態はため息をつくと、呆れたような目を私に向けてきた。

「これだから平民は。高貴なる血筋の俺が説明してやるからよく聞けよ？　貴様は汚い手で成り上がったようだが、所詮は下賤な血。結婚相手であるロッツェ家だって似たようなものだろう？　だが、俺は生粋の貴族だ。俺の血が入れば多少はマシになる。あぁ、心配するな。貴様は発育が悪いが、面は見られなくもないし、貴様の結婚相手もそれなりって話じゃないか。纏めて俺が面倒を見てやるからな。そもそも女同士で結婚など不毛――」

わぉ！　こいつぁ、想像以上だよ‼

これ以上は聞く価値もないと、意識的に耳を閉ざす。

発言内容が滅茶苦茶なのに加え、変に事情に詳しいのが特に気持ち悪い。

――そういえば、殿下が喧伝したんだっけ？

え、つまりコレも殿下のせいってこと？　あの疫病神っ！

もうそろそろ、面と向かって罵倒しても許されないかな？

……許されないよね、あれでも王族だし、見た目は良いから。

せめて誰か助けてくれないかなぁ、と背後を振り返って王宮を守る兵士に視線を向けるけど、残念ながら彼らは私から目を逸らして見ない振り――いや、解るよ？

こんなのには関わりたくないよね？　現状、危害を加えられているわけじゃないし。

でも、ちょっと薄情じゃないかな？　こんなか弱い女の子が絡まれているのに！

『そんなんじゃモテないぞ？』という私の視線に、『あなたは錬金術師。か弱くないですよね？』という視線が戻ってきた気がするけど、きっと気のせい。

「——俺の素晴らしさを知らしめて——」

変態の独り言はまだ続いているが、それに付き合う理由は微塵もない。

私は有り余る魔力を使って、全力で身体強化を行う。

「——お前は俺の言うことを聞いて——あ、おい、どこへ——」

正直、人目がなければぶん殴ってやりたい言葉も耳に入ったけど、さすがに王宮前でそれはできない。私はその苛立ちを込めて、思いっきり地面を蹴る。

変態の妄言を置き去りに、私が向かう先は——。

「ちょっと、師匠！　聞いてくださいよ‼」

この胸の憤りを気持ちよく吐き出そうと、私が全力で駆け込んだのは、師匠の所。

だがしかし、バンッと扉を開けて飛び込んだ私に対し、師匠は悠然としたもの。

「おー、サラサ、お帰り。税務申告は無事に終わったか？」

「あ、はい、おかげさまで無事に——じゃなくて！　変態が、変態が出たんです！」

その対応に図らずも気勢が削がれるが、私はすぐに立て直し、先ほどの変態のことを斯く斯く然々と師匠に説明。ついでに殿下への不満もぶちまけるけど、師匠は私の言葉に感銘を受けた様子もなく、「ほー」などと、木で鼻をくくったような返答をする。

「……師匠、弟子に対して冷たくないですか？　ちょっとぐらい共感してくれても一緒に怒って、とは言わない。でも、労いの言葉ぐらいは欲しい弟子心。

でも師匠は、軽く笑って肩を竦めた。

「妙なのが寄ってくるのは、予想されていたことだからな。利益と不利益、その程度も考えずに貴族になったのだとしたら、お前が悪い。自分で切り抜けろ」

「ぐぅ……正論です。正論ですけどぉ～～」

「そんな奴はこれからも湧いてくるぞ？　さすがにそこまでの馬鹿は稀少種だろうが、召し抱えてくれだの、資金援助してくれだの。お前は与し易そうに見えるからな」

「解ってますよーだ。自分に威厳も何もないことぐらい。でも師匠、少しぐらい手助けしてくれても良いんですよ？　これから苦労するであろう弟子に」

実のところ、師匠の弟子という後ろ盾自体が既に大きな手助けになっている。

でも、もう少しぐらい甘えても良いよね？　と、私が上目遣いでお願いすると、師匠は顎に手を当てて少し考えてから、ゴソゴソと近くの棚を漁り始めた。

「そうだな、確かこの辺りに……、あぁ、あった。なら、この錬成薬をやろうか？」

師匠が取り出したのは、埃を被った錬成薬瓶。

一般的なものより大きめで、かなり厳重に封がしてある。怪しい。とても怪しい。

「……何ですか、それ。私の知らない錬成薬、ですよね？」

「あまりに面倒臭い状況になって、万が一、手が滑ったときはこれで後処理しろ。数滴ですべて消し去ってくれる。──何を、とは言わないが」

「とんでもない劇薬⁉ な、なんてものを渡してくれているんですか！」

「大丈夫だぞ？ 生きているものに掛けても、何ら効果は──」

「既に言ってるも同然ですよ⁉ ──まぁ、貰えるものは貰っておきますけど」

師匠が「要らないなら」と引っ込めかけた錬成薬を恭しく受け取り、仕舞い込む私。

使うかどうかは別にして、錬金術師として珍しい錬成薬は見逃せないから！

──あ、もちろん私は効果を知らないけどね？ うん、知らない。

いつかどこかで人が行方不明になっても、私は関係ない。無実。いいね？

「でも、解ってはいましたけど、貴族は面倒ですね。フェリク殿下も、いきなり大仕事を押し付けてくれますし……見てくださいよ、師匠」

私が『こんなに酷いの！』と、殿下から帰り際に渡された任命状を見せると、師匠はそれを読んで、「ふむ」と少し意外そうに目を丸くした。

「フェリクのやつ、思った以上に気を遣ったようだな」

「——え、その反応……もしかして師匠、知ってました？」

「あぁ。あれで案外律儀（りちぎ）だからな。私にも事前に話を通してきたぞ」

「それなら、止めてくれたって……できませんよね、貴族の義務ですもん」

　私がため息混じりに肩を落とすと、師匠は軽く笑って任命状を返してきた。

「権利だけ主張することはできないだろう？　それにフェリクは、お前にも十分な利益を与えている。普通は王命があれば、ただ従うしかない」

「はい。弱小騎士爵には何も言えませんし、利益供与なんて期待できません。良くて出兵に伴う実費ぐらいです。今回もそうなると思いますが……利益とは？　まさか師匠まで、『好きなだけ盗賊を殺して回れる』とか言わないですよね？」

　盗賊の駆除はフィード家の家訓だけど、殺すのが好きなわけじゃないですよ？

「言うか、バカ。その任命状をよく読め。明確に『領主全権代理は代官の上に位置する』と書いてある。つまりお前は、ロッホハルトに於（お）いて領主と同等の権限があるわけだ」

「そうですね。それが……？」

　何を言いたいのか理解できず、首を捻（ひね）る私を見て、師匠は微笑（ほほえ）む。

「お前は案外善良だな？　簡単に言えば、盗賊問題を解決するまで、お前はロッホハルト領の金を自由に使えるということだ。自分がやりたいことに対して、な」

「……え？　それってつまり、ロッホハルトの税収を錬金術の実験に注ぎ込むことも？」

「可能だな。やるのか？」

「や、や――やりませんとも！」

試すように笑った師匠の言葉を、私は苦渋の決断で否定する。

かなり心動かされたけど、自分だけじゃなく、師匠にも絶対迷惑が掛かるもの！

「だろうな。そんなお前だからこそ、全権代理に任命したのだろう。だが、ロッホハルトのためになり、且つ自分のためにもなる。そんな分野に予算を偏らせることぐらいは、お前への報酬の範囲内だろう。例えば、特定の村への補助金とか、な？」

ほ、ほう……。つまりヨック村を拡張したり、サウス・ストラグへの街道を整備したり、はたまたヨック村からロッツェ領への直通街道の敷設だって許される……？

――少しだけ、フェリク殿下への好感度がアップしたかも！

「でも、それなら言ってくれても――って、言えないですよね」

「さすがに『領地の予算を好きに使って良い』とはな。タダ働きさせるのは悪いと思ったのだろうし、何かあっても責任はあいつが取るだろうが、ある程度は考えてやれ」

「やだなー、師匠。殿下にはイラッとしましたが、無茶はしませんよ。——怖いし」

苦笑する師匠に、私はパタパタと手を振る。

やるとしても、後で追及されたときに正当化可能な範囲で止めるつもり。

「ただ、やる気は出てきました。王都にいる数日間、我慢すれば良いだけですもんね！」

面倒な人たちに、辺境までやって来るような根性はないだろう。

それに、私の名前はともかく、顔までは知られていないはず。

私がお土産を求めて出歩いていても、広い王都で私を見つけることは難しいはず。

あの変態は王宮内に知り合いでもいたのか、待ち伏せしてたけど、他人が私に接触する方法はあれぐらい。仮にこのお店に滞在していることを知られても、ここには師匠という防壁がある。強引に事を運べる人は少ない。

気に入らなければ、貴族さえ蹴り出す師匠なのだから！　ふふーん！

「ふむ。鬱憤は晴れたようだな。ついては、お前に会いたいというやつがいるんだが」

晴れた気持ちをいきなり曇り空にするようなことを、師匠が口にする。

「……師匠、追い返すのが面倒だから、私に押しつけようとしてません？」

『何でそんなこと言うの？』と私が問うと、師匠は少し考えて頷いた。

「概ね正しいな」

「師匠～、そんなつれない……。師匠の威圧でちゃちゃっと追い返してくださいよ～」

「そうは言っても、アレは確実にお前の担当だぞ？　断るなり、見捨てるなり、回収するなり好きにすれば良いが、せめて一度くらいは会ってやれ。私も困っているんだ」

そう言いながらもどこか面白がるような、師匠のそんな視線に、私は首を捻った。

「サラサ先輩～、お久しぶりです～！」

「会いたい人って、誰かと思えばミスティか～。元気そうだね」

師匠のお店の応接間。そこに入った途端、私に抱き着いてきたのは、学生時代の数少ない友人、且つ後輩のミスティ・ハドソンだった。

私はミスティをしっかりと抱き留めつつ、その成長を実感する。

一年半前は私の目線より下にあった頭の天辺（てっぺん）が、今となっては私よりも上に……くっ。

「サラサ先輩も……お変わりないようで」

「待って。ちょっと待って？　今、どこを見て言った⁉　――あ、言わなくていい」

視線がしっかり、私の胴体に向いてるから！

確かに卒業してから、ほとんど変化はないけれども！

「ぬぬぬ……ミスティは色々成長、したね？」

身長は微妙に負けているっぽいし、胸の発育も微妙じゃなく負けているっぽい。

くそぅ、これが格差社会か。

卒業時には僅かに勝――負けてはいなかったのに！

「ボクだって成長しますよ、一年半ですもん。それだけあれば、誰だって――あっ」

「『あっ』じゃなーい！　えぇ、えぇ、どうせ私の成長期は終わりが近いですよ！」

抱き着いたまま、怪しい手つきで私の成長を確認しているミスティを引っ剝がす。

「それで？　私が王都に来ると知って会いに来てくれたの？　事情通だね？」

「それもあります。先輩、卒業式に来てくれなかったですし。寂しかったです」

「さすがに王都は遠すぎ。それにミスティは、後輩たちに見送ってもらったんでしょ？」

「え？　それは当然、卒業パーティーをして送り出してくれましたけど……。でも、先輩はいませんでしたから」

あぁ、『当然』なんだ。そして、卒業パーティーもやったんだ。

私はぼっちだったのに！

もちろん、全然寂しくなんかなかったけどねっ！

「……ま、いいや。会いに来てくれてありがと。この後、時間があるなら、どこかに美味(おい)しい物でも食べに行く？　奢(おご)ってあげるよ？　今は稼いでいるからね！」

『あの頃とは違うのさ！』とドヤ顔の私を、ミスティは上目遣いで見て、言葉を濁す。

「えっと、サラサ先輩に会いたかったのも本当ですが、実はお願いがありまして……」

「――え、お願い？　ミスティが？　私に？」

他の人ならお金の無心を警戒するところだけど、ミスティの実家はハドソン商会という海運大手。あの頃の私と違って、お金に困っているとは思えない。ってことは――。

「先輩、ボクを雇ってください！」

そう言って頭を下げたミスティに、私は少し悲しくなる。

「ええ……。ミスティも、私が貴族になったから――」

「違います！　ボクは先輩に弟子入りしたいんです。錬金術師として‼」

慌てたミスティに言葉を遮られ、私は首を捻る。

「えっ、錬金術師？　――あれ？　そういえば、ミスティは今どこで働いてるの？　卒業したんだから、どこかのお店で修業中なんだよね？」

私はレアケース。普通はどこかのお店で数年修業して独立する。

当然、ミスティもそうだと思っていたんだけど、彼女は目を伏せて首を振った。

「ボク、どこにも入れていないんです。今は時々、このお店でバイトをさせてもらって、なんとか食いつないでいるような状況で……」

「あぁ、だから師匠が。でも、ミスティの実家は王都だよね？　普通に戻れば――」

「戻りたくないんです！　――えっと、先輩はウチの事情、どのぐらいご存じですか？」

「ハドソン商会が海運大手で、ぶいぶい言わせてるってことぐらい？」

「先輩、ぶいぶいって……。それなりに成功しているのは確かですけど」

ミスティに呆れ気味に見られた。え、おかしかった？

目を瞬かせてミスティを見返すと、彼女は小さく苦笑して言葉を続けた。

「実はボクには、腹違いの兄がいるんです。ハドソン商会の跡取りはその兄と目されているんですけど、父の第一夫人は一応、ボクの母なんですよね」

「そ、それはつまり、跡取りの座を巡って骨肉の争いが、とか……？」

聞いたことある。大きな商会ではそんなこともあるって！

私はゴクリと唾を飲む。

「いえ、まだそこまでは。ただ、あまり折り合いが良くないのは本当で。私が小さい頃は兄も可愛がってくれていて、学校に入る時にも応援してくれたんですが……」

しかし入学以降は、学校が忙しかったミスティと、商会で本格的に働き始めた兄の時間は合わず、やや疎遠に。ミスティが無事に卒業してからは、商会内にミスティを跡取りに据えようという動きまで出てきてしまって、困っているらしい。

「なるほど、ミスティが優秀さを示しちゃったから。従業員の気持ちも解るけど……」

商会に所属する人からすれば、商会自体が発展して生き残っていくことが重要。

そう考えれば、血筋に問題がなく、錬金術師養成学校を無事に卒業できるほど優秀で、学校で多くの人脈を得たミスティは跡取りとして最適。商売の能力は未知数だが、ハドソン商会ほど大きな商会なら、その方面を支えられる人材も豊富だろう。

「でもボクは、錬金術師になりたくて学校に入ったんです！　商会長じゃなくて！」

「なら、普通に就職すれば良かったんじゃ？　ミスティも成人しているんだし」

「それが……先輩にこんなことを言うのは情けないんですけど、実家が就職活動の資金援助をしてくれないんです。父が『家に帰ってこい』って。近場だと、ボクがハドソン商会の娘であることは知られているようで、やんわりとお断りされてしまうし……」

「あぁ、お金、掛かるよね、就職活動って」

旅費、宿泊費。私は錬金術大全を買ったせいで捻出できなかったし。

結果、師匠からお店のプレゼント。なんとか上手くいったけど、それも師匠の援助あってのこと。実家に頼るミスティを、決して笑えはしない。

「それで私？　辺境なら、ハドソン商会の影響は少ないだろう、と？」

「いえ、それもありますけど、一番はボクが先輩と一緒に働きたかったからです」

真剣な目で私を見るミスティの言葉に、たぶん嘘はない。

多少実家に邪魔されたところで、彼女が本気なら就職することはできただろうし、それをただの商会が阻止できるほど、錬金術師の地位は低くない。

それでもなお、就職せずにいるということは——。

「そうだね。ミスティと働けたら楽しいと思うし、信用もできる。私も錬金術師だし、錬金術師になりたいという気持ちを応援したいとも思ってる」

それにある意味、ミスティの申し出は渡りに船。

私がロッツェ家の当主となった以上、貴族としての仕事も疎かにはできない。

でも、その度に店を閉めていたら経営が破綻するし、まさか毎回マリスさんを借りるわけにもいかない。だから、ミスティがいてくれれば助かるのは事実。

懸念は、私が弟子を取る、そのこと自体。

そりゃ、ミスティに比べれば一日の長はあるけれど、正に『一日』程度。

弟子を取れるような立場か、と問われると……。

——う〜む、これは、師匠に相談すべきかな？

そんなことを考え、私が悩んでいると、ミスティが少し言いづらそうに口を開いた。

「……あの、先輩。後から知られて誤解されても困るので、先に言っておきますね。実は家に帰ってこいと言っているのは父だけで、兄の方はサラサ先輩を籠絡しろ、と言っているんです。オフィーリア様とも繋がりができるし、同性愛者なら好都合だろ、って」

「──はいぃぃぃっ!? え、あの、ミスティ？　一応言っておくけど、私は別に同性愛者じゃないからね？　そりゃ、アイリスとは結婚したけど──」

慌てる私を押しとどめるように、ミスティが私の両肩をポンポンと叩く。

「解ってます。学生時代もそんな素振りはなかったですし、ボクも一緒に働きたいだけで、そのつもりはないです。ただ、先輩に迷惑が掛かるかもしれないから……」

「むー、なるほどぉ……」

ミスティを通じて、貴族になった私と、延いてはマスタークラスである師匠との縁を繋ぐ。おそらく益は大きく、商会の跡取りとしては正しい判断だろう。

ついでに跡取りの座を競い合うミスティを外に出せるのだから、一石二鳥というもの。

父親が戻ってこいと言ったのは、錬金術師を商会内に入れる方が利益があると考えたのか、それとも単に娘を手放したくないという親心か。

対して私への影響は、ミスティを連れて帰ったら、もう完全にそう見られると。

さすがにそれは…………おや？　別に不都合はなくない？

アイリスと結婚した時点で、普通の恋愛は諦めた。

ロッツェ家の家督を譲られた以上、離婚なんて絶対にできないし、するつもりもない。

既に結婚しているので、女性から求婚される心配もない——ただし、さっきみたいな変態は除く。あーゆーのは、こっちの事情なんか考慮しないだろうから、気にしても無駄。

「——むしろミスティは良いの？　ただの弟子と見てくれたら良いけど、そうじゃなかったら結婚しにくくなると思うよ？　男性との縁がなくなるかも……」

「望むところ——じゃなかった。目指すはオフィーリア様ですから！」

私の懸念に、ミスティは『ふんすっ！』と胸を張る。

「あぁ、確かに師匠は結婚してないね」

——してないよね？　最近、そっち方面では師匠が少し信じられなくなった私です。

「ふむふむ、ミスティも目指すはマスタークラスか～。良し解った！　ミスティ、ウチに来なさい！　面倒を見てあげる、とは言えないけど、一緒に頑張ろう‼」

「サラサ先輩……はい！　よろしくお願いします、師匠‼」

「あ、師匠はなしで。さすがにそこまで自惚れることはできない」

私の手を両手でギュッと握って、感動したように言うミスティをそっと押し返す。

「えぇー、先輩のお店で雇われるんですから、師匠ですよ？」

「ダメダメ。私は学校を卒業して、まだ一年あまりの新米だよ？　そんな風に呼ばれたら私の師匠に笑われるから、絶対」

名残惜しそうに手を放すミスティに、私はしっかりと首を振る。

錬金術大全だって未だ五巻途中の初級錬金術師。

せめて七巻以上、中級錬金術師にならないと師匠だなんて烏滸がましい。

「儲けを出している時点で、十分だと思いますけど……出してるんですよね？」

「それはね。ミスティを雇うんだから、給料を払えるぐらいは。今日だって、税金をたくさん納めてきたし？　あ、でも、多くは払えないよ？　普通ぐらい」

付き合いの長い後輩でも優遇はできないよ、と言うと、ミスティは笑顔で頷く。

「十分です。さすが先輩。――でも安心しました。これで兄と争わずに済みます」

「もしかして、私が雇わなかったら、ハドソン商会の商会長を目指した感じ？」

「そのつもりはないですけど、ボクの立ち位置がはっきりしてないと、押し上げようとする人は出てきますから。先輩のお店に行けば、そういう心配はなくなります。やりましたね、先輩！　先輩は今、一つの家庭の平和を守ったんですよ！」

「そっかー、守っちゃったかーって、自分の家のことだよね！　なんか違わない⁉」

「いえいえ、大きな平和は小さな平和から。小火を放っておくと、大火となるのです」

とても真面目な表情。言っていることは正しいんだけど……う～ん。

「まぁ、いっか。それよりミスティ、お昼を食べに行こ？　奢ってあげる。その後でお土産も買うから、時間があるなら案内してくれると助かるな。あまり詳しくないから」

「行きます！　ふふふっ、先輩から誘ってくれるのって、初めてですね！」

私の誘いを即座に受け入れたミスティは、嬉しそうに私の腕に抱き着く。

「あ～、私、学生時代は節約してたからね」

「はい。バイト以外では外に出ようとしないサラサ先輩を、プリシア先輩とラシー先輩が引っ張り出して……懐かしいです」

「寮なら、タダでご飯が食べられたから。制服も支給されたし？」

だから、学校から出ないのが一番の節約。――節約だけで増えはしないので、お金が必要ならバイトで稼ぐか、勉強を頑張って報奨金を狙うかはしないといけないけど。

しみじみと言う私に同意するように、ミスティも深く頷く。

「サラサ先輩が人間でいられたのは、プリシア先輩たちのおかげですよね！」

「そうそう――って、あれ？　そこまで？　さすがにそこまで酷くはないよ？」

私、ミスティにそんな風に思われていたの……？

「でも先輩、自分一人で服を買いに行ったことってありますか？」

「ない、けど……で、でも、着ている服がダメになる前に、先輩たちが連れて行ってくれるから、自分で行く機会がなかっただけ、というか……」

「いいえ。サラサ先輩は普通の人が着られないと判断する服でも、無理して着るタイプです。更には、物理的に着られなくなっても、取っておくタイプです」

「だ、断定するね、ミスティ」

「付き合い長いですから。良いとこも、悪いとこも知ってます。でしょう？」

反論できない。入学時に買った服を、ヨック村まで持って行った私としては！

「それに自分で髪を切りに行ったことも、ないですよね？」

「ひ、必要になる前に、プリシア先輩の家の人が切ってくれてたから……」

「ですよね。先輩たちが卒業した後の一年は、サラサ先輩の髪、酷い有様でしたもん」

「そこまで言う⁉　たまには切ってたよ！　――自分で、だけど」

「言います！　もし先輩たちがいなかったら、サラサ先輩はボロボロの服とボサボサの髪で人間を捨ててましたね！　きっと別の意味でも、学校に名を残したと思います」

「わぉ！　私、有名人だね――って、言うかぁ！　ミスティだってそんな、そんな――」

改めて確認してみれば、綺麗に整えられた髪。

それなりに高そうなお洒落な服。

これはゆるふわ系というのかな？　ミスティに似合っていて、とても可愛い。

ロレアちゃんの言う『都会っ子』は、きっとミスティみたいな女の子のこと。

ミスティが来たら、ロレアちゃんから私への尊敬が目減りするのは確実である。

「——負けたっ！　ミスティ、師匠って呼んで良い？」

「何でですかっ⁉　でも、サラサ先輩だって昔に比べれば………服、買いに行きましょうか。ボク、その服を見た覚えがありますよ？」

うん、先輩たちと一緒に王都で買った服だからね！

だから、そんな『フォローできない……』みたいな顔はしないでほしい。

「それじゃ、お昼を食べた後は服を選んでもらってから、お土産探しだね」

「はい。任せてください。ボクがきっちりコーディネートしてあげますから！」

私のファッション丸投げ宣言にもミスティは怯まず、笑顔でポンと胸を叩いた。

「いやー、久し振りに服を買ったよ。ミスティ、ありがとね」

昼食を食べた後、ミスティの案内で服屋を回った私は、数着の服を購入していた。

決して安い買い物ではなかったけど、どうせ必要になる物。ヨック村では手に入らないし、この機会に買っておくべきと強く勧められ、購入を決意したのだ。

「いえいえ、ボクも楽しかったですから。でも、いつから買ってなかったんですか？」

「えっと、前回はプリシア先輩と来たから……かれこれ三年近く？」

「サラサ先輩、それは女の子として……」

あまりにも呆れたような目を向けられたので、私は慌てて弁明する。

「いや、だって、着られたから！　この服だって、ね？　まだ大丈夫でしょ？」

先輩たちが選んでくれた服は物が良いのか、とても丈夫で傷みにくいし、この点では幸いというべきか、私があまり成長しないので、入らなくなることもなかった。

それじゃ着るしかないよね？　勿体ないもん。

「というか、ミスティ、それはお金持ちの発想じゃないかな？」

「そんなことないですよ。少なくとも王都では、庶民でも古着を買い換えますし。ほら、周りを見てください。ボロボロの服を着ている人なんて、いないですよね？」

そう言われて、改めて周囲を見れば、歩いている皆さん小綺麗な格好。

——いや、一部には襤褸を着ている人もいるけれど、例外はそちらの方である。

「……確かに。ヨック村だと、そんな感じなのに——え、私の常識、非常識？」

私が庶民だったのは両親が生きていた幼い頃。その後は孤児院に入り、錬金術師養成学校に入った後も普通と少し違う生活をして、卒業後はすぐに辺境へ。

考えてみれば、この国で最も田舎の村と、最も都会の王都。

常識が多少違うのは当然かも？

「普通は傷んできたら古着屋に売って、古着屋が補修して再販売するか、それも無理なら ぼろ布として売るか。自分で補修する人もいますが、少数派ですね」

「な、なるほど。確かにプロに任せた方が安心だよね」

人口が多い王都だからこそ、成り立つ仕事だと思うけど。

ヨック村だと、服を作るのも近所のおばさんたちだったし？

「でもミスティ？　私のお店――ヨック村に来たら、服屋はないからね？　ミスティの方が非常識になるんだよ？　ふふふん♪」

ヨック村は私のホーム。教えてあげるのは私の方である。

「そうですよね。――商会の人に持ってきてもらいましょうか？」

「今度こそ、お金持ちの発想！　間違いない！」

これは常識だろうと私が断言すれば、ミスティはクスクスと笑う。

「冗談です。ウチは海運ですからね。ヨック村までの定期便はありません」

「ええ……？　ヨック村が港町なら、持ってくるように頼んでたの？」

「いえ、定期便のある港町なら服屋もあると思うので、頼む理由がありません」

頼まない理由が違う。でも、お金持ちに圧倒されていても仕方ない。

私は曖昧に笑って流すことにし、お土産探しを再開する。

「えっと……、無難に食べ物が良いかな？」

「そうですね。知り合い程度なら、消え物は悪くない選択だと思いますが、親しい相手なら、その人に合った物が良いのでは？　やっぱり、自分のことを理解してくれていると嬉しいですから。その分、選ぶのも難しいですけど」

「なるほど、それは道理。じゃあ、お洒落に興味があるロレアちゃんは、アクセサリー——リボンや髪留めぐらいが良いかな？　あまり高い物を渡すと遠慮しそうだし」

「他にも綺麗な布や刺繍に使う糸、毛糸なども良いかもしれません。田舎だと手に入りにくいでしょうし、知り合いに分けることもできますから」

ふむ、それもありだね。私はそれを心の中にメモっておいて、次を考える。

「アイリスが喜びそうなのは……良い剣？」

彼女が今使っているのは、ヘル・フレイム・グリズリーの狂乱で、折れた剣の代わりに購入した安物。辺境では良い剣が手に入りにくいので、きっと喜んでくれるはず——。

「ちょっと待ってください。その人、先輩の結婚相手ですよね？」

『これは良い案！』と、にっこりの私に、何故かミスティから待ったがかかった。

「ボクたちとあまり年の変わらない、女性だったと記憶していますが？」

「そうだよ？　よく知ってるね。さすがはミスティ」

と褒めたのに、『マジですか、この人』みたいな目を向けられた。

「マジですか、先輩？　女の子に武器を贈るとか」

おまけに口でも言われた。

「普通は指輪とか、イヤリングとか、選びません？　結婚したばかりですよね？」

「う〜ん、たぶんアイリスは、受け取らないんじゃないかなぁ？」

私がロッツェ家の当主になったことで『家』が『当主』に借金をしている状態になったわけで、『家の会計』と『お店の会計』は別だから、一応は返済が必要なのだ。

ただまぁ、『家』の借金の返済義務は当主にあるわけで、私がロッツェ家の税収から、無理のない額を『お店の会計』の方へ返済すれば良いだけではある。

しかしアイリスは『せめて錬成薬代だけは、自分で稼ぐ！』と張り切っているので、それを返し終わるまでは、採集にも活用できる武器の方がきっと喜ぶ。

「──いや、それとは関係なく、武器の方が喜ぶかも？」

「あぁ、そういう人なんですね。ある意味、先輩にお似合いの相手、と」

「そうかな？　さすがに私も、武器よりは――」

「でも先輩、ドレスや宝石を贈られるより、貴重な錬金素材の方を喜びません？」

「それはそうだね！　くっ、似たもの同士だったか……」

ドレスなんか贈られても、使い道がないもの。

不本意な評価と思ったけど、正しかった。ぐうの音も出ない。

「次、ケイトは難しいかも。アイリスの従者兼、姉みたいな立場だから、しっかり者で自分の希望をあまり表に出さないんだよね……。あ、でも、可愛い物は好きかも？」

アイリスと結婚してから、ケイトの部屋に出現したのがぬいぐるみ。

思えば以前、アイリスが『実家の部屋には――』と言っていたっけ。

「へー、私とも気が合いそうです。良いお店があるので、後で案内しますね」

「ありがと。最後はマリスさんだけど、彼女は美味しい食べ物で良いかな」

「……いきなり雑になりましたね。誰ですか？」

「お店で留守番してもらっている錬金術師。貴族出身で、悪徳商人に騙されて、自分のお店を潰して、今は他の錬金術師の弟子で、私に借金があって……微妙に残念な人？」

「情報量が多い⁉　でも……うん、良いと思います。貴族相手に下手な物を贈っても、邪魔になるだけですし。アクセサリーなんかも、立場的に安物は着けられませんしね」

マリスさんは案外気にしないと思うけど、アイリスたちとのバランスも考えると、やはり食べ物ぐらいが無難なのは事実。私は黙ってミスティに同意する。

「よし！　弟子としての初仕事、頑張ります。気持ち良く迎え入れてもらうためにも‼」

バイト先だった店ぐらいしか知らない私とは違い、ミスティの抽斗は多かった。

一軒目で良い物がなければ、同種のお店を何軒も。そんな彼女のおかげで、夕方になる前にお土産選びを終えた私たちは、ただのんびりと王都の繁華街を歩いていた。

「ありがとね、ミスティ。私だけだったら、一軒目で妥協してたよ」

「お役に立てたようで何よりです。ボクも先輩と一緒のお買い物は楽しかったです」

「それは私も。こういう所でお買い物するのも楽しいよね」

長閑なヨック村の雰囲気も良いけれど、どちらかといえば賑やかな所で生まれ育った私。都会も決して嫌いではないし、珍しい物は見るだけでも面白い。

しかしそんな中、不意に目に入った建物に、私は思わず足を止めた。

「どうかしましたか？　――フィード商会？　もしかしてこのお店って……」

ミスティが私の視線を辿り、窺うようにこちらを見る。

「うん、私の家、だった所。でも……」

孤児院に入れられた後、私は一度、この場所を訪れた。私の家はどうなったのか、と。

その時ここにあったのは、私の知らないお店。フィード商会は既になかった。

けれど、それは当然のこと。

多くの従業員が殺され、積み荷も奪われた商会が、お店の土地、建物を売りに出さないわけがない。そう理解はできても、自分の家が人手に渡ったことは悲しく、以降はこの辺りに近付くことを避けていた。

幸い、フィード商会自体は、なんとか存続していると聞いていたけど――。

「でも、なんでここが、フィード商会になっているの？」

「……訊いてみますか？　その辺の従業員にでも」

改めて見れば、そのフィード商会はとても盛況だった。

商談に来ている商人、買い物のお客、そして接客している従業員。皆が生き生きとした笑顔で、私が最後に記憶している絶望に染まった顔は、そこにはない。

そのことに嬉しさと共に、寂しさもまた去来して……。

心配そうにこちらを見るミスティに、私は首を振った。

「……ううん、帰ろう。ここはもう、私の家じゃ――」

「サラサちゃん！」

歩き出そうとした私を引き留めるように、背後から聞こえた声。

振り返ると道の向こうから、どこか見覚えのある老爺が、息を切らせて走ってきた。

「えっ……。もしかして、番頭、さん？」

「はぁ、はぁ……。良かった！　今回は捕まえられた。サラサちゃんが王都に来ていると聞いて、ミリス様のお店に行ったら、出かけたと言われて……」

私の前まで来ると、彼は膝に手を置いて、辛そうにふぅふぅと息を整える。

「番頭さん――あ、もしかして今は商会長ですか？　どうしたんですか？」

努めて冷静に問う私に、彼は何度か深呼吸して首を振った。

「い、いや、私は番頭のままだよ。それよりサラサちゃん、ちょっと話が――」

息を落ち着かせた番頭さんが、少し口を濁すようにして一歩私に近付くと、それを遮るようにミスティが私の前に立ち、番頭さんをキッと睨んだ。

「ちょっと！　サラサ先輩に何を言うつもりですか？　先輩が成功して貴族になったから昔の誼で優遇してもらおうとか、そういう話ですか？　これまで放っておいて。先輩は優しいから許すかもしれませんが、ボクの目の黒いうちはそんなこと絶対に――」

「ちょ、ちょっと、ミスティ、落ち着いて！　目立ってるから……」

私は周囲を見回し、慌てて喧嘩腰のミスティを抑える。

ここはお店のすぐ前。番頭さんの顔を知っている人もいるようで、こちらを見てコソコソと話している人もいる。ミスティもそのことに気付き、ハッとしたように口を閉じた。

「あぅ、すみません、サラサ先輩……」

「ううん、ミスティの気持ちは嬉しかったよ？」

私は一転、意気消沈してしまったミスティに微笑む。

彼女が声を荒らげたのは私を心配してくれたからだし、地位やお金を手に入れると面倒な人が寄ってくるのも、バール商会のように悪質な商人がいることも事実。

ミスティを怒る気なんて毛頭ないけれど、今は関係ないとはいえ、仮にも〝フィード〟の名を冠する商会。悪い噂が立つのはあまり嬉しくない。

「私の方こそすまない。少し急ぎすぎたようだね。ただ、申し訳ないけれど、話はできないかい？　さすがにこのまま別れてしまうと……」

「あぁ、そうですね。どう考えても、トラブルにしか見えませんよね」

「解りました。でも、ボクもついていきますからね！」

「もちろん構わないよ。さあ、こっちへ」

番頭さんに促され、私とミスティは愛想笑いを振りまきつつ、お店の中へ。

そんな私たちを訝しげに見る人、驚き声を漏らす人、そして目を潤ませる人。

記憶に引っ掛かる人は少ないので、新しく雇ったのか、それとも覚えていないだけか。

──う～ん、あの時はまだ八歳だったから、忘れちゃってる可能性は高いかも？

そんな人たちの間を抜けて向かった先は、私たち家族が暮らし、従業員たちの食堂としても使っていた場所。記憶とは少し違う、でも面影はしっかりと残っているその部屋に、あの頃の思い出が蘇（よみがえ）ってくる。

壁の補修跡、一人だと少し怖く感じた天井の木の模様、私の落書き──は、さすがに消してるね、うん。良かった。さすがにあれが残っていると恥ずかしい。

「懐（なつ）かしいかい？　サラサちゃん」

「はい。かれこれ……八年以上ですから。ここも人手に渡っていたのでは？」

「そうだね。一度手放したんだけど、数年前になんとか買い戻すことができたんだ」

番頭さんはそう言いながら私たちに椅子を勧めると、自分も私と向かい合う位置に腰を下ろし、こちらを見て目を細めた。

「サラサちゃん、大きくなったね」

「番頭さんは……随分と老（ふ）けましたね」

「ハハハ、そうだね。この八年あまりは本当に……忙しかったからね」

私を見て目頭を押さえる番頭さんの顔には、明らかに深い皺（しわ）が増えていて、重ねた苦労が見て取れる。実際には『忙しい』という言葉では足りない日々だったのだろう。

普通なら潰れる。フィード商会の被った損害はそれぐらい大きかったから。

なのに、それを立て直し、先ほどのように繁盛させている。私はまだ新米だけど、それがどれほど難しいかは想像できるし、番頭さんたちの努力は素直に尊敬できる。

「やっと、ここまで来られた。でもサラサちゃんは、きっと私たちを恨んで──」

「いませんよ。最初、そう考えたことは否定しません。けど、学校に入って世間を知るにつれ、あの状況で私を孤児院に入れたのは、私を守るためと理解できましたから」

私は苦しそうな番頭さんの言葉を遮り、首を振る。

盗賊に襲われ、積み荷を奪われたフィード商会に残されたのは、多額の負債だった。

そして当然のようにそれは、商会が潰れれば免除されるほど甘いものではない。

だが商会長が亡くなったとなれば、取り立て対象となるのは商会の幹部と残ったフィード家の人間――つまり私。しかし、子供の私が借金の返済などできるはずもなく、ただの少女をお金に換える方法など限られている。だからこそ番頭さんたちは、私を孤児院に入れることでフィード商会との縁を切ってくれたのだろう。

「そのおかげで、私はこうして錬金術師になれたわけですし、感謝しています」

「そう言ってくれると、救われるよ……ありがとう」

眉間に寄っていた皺が少し解れ、番頭さんは泣きそうな弱々しい笑みを漏らす。

それに対し、隣で聞いていたミスティは、最初の憤りこそ鳴りを潜めたものの、やはり不満は残っているようで、頰をぷくりと膨らませて口を尖らせた。

「むー、理由は解りましたけど、それでもボクは、ずっと放置は酷いと思います！」

「それは申し訳ないと思っている。だが、それは――」

何か言いかけた番頭さんの言葉を、ミスティはぴしゃりと遮る。

「言い訳は不要です！　誰からも援助が受けられなかった先輩は五年間、寝る間も惜しんでアルバイトに明け暮れ……同級生の友達はゼロ！　驚異のゼロ人ですよ⁉」

――うん。嘘じゃないけど、そこまで強調する必要、ある？

「上級生と下級生を入れても、ボクを含めて僅かに三人！　たった三人なんです‼　少しでも援助があれば先輩だって、もっとお友達を作れた可能性も……可能性も……」

――何故そこで言い淀む？　言っとくけど私、別にコミュ障じゃないからね？

ミスティはちらりと私を見ると、絞り出すような声で続ける。

「可能性もゼロじゃなかった、と思います……たぶん……きっと……」

「いや、断言して⁉　そこは！」

「サラサちゃん、すまない！　まさか、そんな学生生活を送らせていたなんて……」

「ほら、番頭さんも勘違いしてるし！　謝って！」

ガバッと頭を下げ、額をテーブルに擦り付ける番頭さんを指さしながらミスティに抗議するが、彼女は顔を逸らし、つんと顎を上げる。

「そこまで困窮していたとは。入学しさえすれば、てっきり困ることはないのかと」

「いえ、基本的にはそうですよ？　私がアルバイトを頑張っていた理由は別ですから」

錬金術大全。それの全巻一気買いなんてことをしなければ、それなりに余裕のある生活を送れただろうし、放課後に同級生とお茶を飲みに行くぐらいのことはできたと思う。

ただ単に私が、錬金術師として力を付ける道を選んだだけのこと。

「それに先輩たちやミスティのおかげで、そう悪くない学生生活だったと思ってるよ？」

「そう言ってくれるのは嬉しいですけど……。番頭さん、少しぐらいは援助できたんじゃないですか？　先ほど見ましたけど、お店はそれなりに盛況みたいですし？」

ミスティの揶揄するような言葉に、番頭さんは渋い表情で頷く。

「そうだね、状況を知っていれば、サラサちゃんにも少しぐらいは援助すべきだったと思う。ただ、その……助けが必要な人が多くて、厳しかったのは本当なんだよ」

盗賊に襲われた時、親を失ったのは私だけではない。

護衛として同行していた従業員も多く殺され、一家の稼ぎ頭を失った奥さんや子供も多かった。番頭さんたちは借金の返済を行う傍ら、彼らにも援助を続けていたらしい。

「あれから八年。残された子供たちが育ち、フィード商会の戦力になり始めたことで、最近、やっと余裕が出てきたというのが正直なところなんだよ。すまないね」

「気にしないでください。商会の人たちは、私にとっても家族みたいなものでしたから」

そういう状況なら、得られた利益を借金の返済と、残された従業員の家族に振り分けるのは、当然の選択だと思う。一応、生活はできているであろう私に援助するよりもね。

「でも番頭さん、フィード商会のままなんですね？　それに商会長は？」

「仕方なかったとはいえ、サラサちゃんを追い出すような形になったからね。せめて名前は残したかったんだ。それにみんなで相談した結果、商会長も置かないことにした。いつか、サラサちゃんを迎えることができればと、そう思ってね」

「番頭さん……そこまで考えて……」

商会長云々は別にしても、私のことを考えてくれていたことが嬉しく、少しうるっとしてしまった私とは違い、ミスティはとても冷静だった。

「う〜ん、やってることは立派だと思いますけど、それなら、なんで貴族になったこのタイミングで？　普通なら一年半前に迎えに行きませんか？」

言われてみればもっともなその指摘を受け、番頭さんは困ったように苦笑する。

「もちろん、迎えには行ったんだよ？　ただ、まさか卒業の翌日に王都を出てしまうとは、夢にも思わず……。しかも、辺境で店を構えたというじゃないか」

「あ、それはボクも同感です。病気が治ってから、先輩に挨拶しようと思って捜したら、もういないんですもん！　どういうことですか、先輩！」

——おっと、味方がいきなり敵に回ったぞ？

「あのね、ミスティ。人間は生きていくだけでも、結構なお金が掛かるんだよ？」

「……つまり？」

「寮を出た私に、王都で何日も過ごすだけの余裕はなかった！」

「そうでした。それがサラサ先輩でした」

正確には、ヨック村での余裕を確保するため、残り少ない資金を惜しんだんだけど。

だが、それを聞いて納得したように頷くミスティとは違い、年を取って涙腺の弱くなった番頭さんは再び目を潤ませた。

「そこまで厳しかったなんて……うぅ、私がもう少し早く行っていれば！　卒業の日は普通、友人とパーティーをすると聞いたから、邪魔しないようにしたんだけど……」

——止めて、番頭さん。無意識に私の古傷を抉らないで。

「どうだい、サラサちゃん、商会に戻ってくるつもりは……」

「今のところは。自分のお店も軌道に乗ってきたところですし、貴族にもなったので」

「今更、他意はないと言っても、信じられないか……。でも、いつでも戻ってきて良いんだからね？　ここはサラサちゃんの家なんだから」

少し寂しそうな番頭さんの様子に、私は笑って首を振る。

「地位が目当てとは思っていませんよ？　ただ、私のことを信頼してくれているヨック村の人たちを裏切りたくないんです。商人として、当然のことですよね？」

私のその言葉に番頭さんは瞠目し、どこか懐かしいものを見るような笑みを浮かべた。

「ははっ、そうだね。商売の基本をサラサちゃんに教えられるとは……成長したね。でもせめて、何か私たちに手伝えることはないかい？」

「手伝えることですか……。今のフィード商会は昔と同じ商いを？」

「いいや、少し変わったよ。小売りの割合が減って、商人相手の陸運が主体となっているんだ。あの時の教訓から、強力な護衛を多く抱えるようにしたんだけど、結果として盗賊に襲われても確実に荷物を届けられるようになってね。輸送依頼が増えたんだよ」

一般的に商会は、自分で商品を仕入れ、運搬し、販売する。

中でもリスクが高いのが運搬の部分であり、フィード商会はそれを他の商会から請け負うことで大きな利益を上げているらしい。所謂リスクの肩代わりだが、確実に輸送できる実力さえあれば、仕入れの失敗や在庫リスクがなく、確実に稼げる商売でもある。

「へー、ウチの商会の陸版みたいな感じなんですね」

「あぁ、確かにそうだね。ミスティとこの方が、より大変だと思うけど」

海運は陸運よりも更に難しく、船という巨大資本とそれを操る特殊技能が必要になる。

それ故に海運は新規参入が難しく、輸送だけで大きな利益が見込めるが、失敗したときの損失も莫大で、決して楽して稼げるというものではない。

ふむ、と頷く私に対し、そんな会話を聞いた番頭さんは、訝しげに首を傾げた。

「ウチの商会……？　そういえば彼女は？　サラサちゃんの後輩なんだよね？」

「あぁ、申し遅れました。ボクはミスティ・ハドソン。サラサ先輩に可愛がってもらった後輩で、今年卒業した錬金術師、そしてハドソン商会の娘です」

さらりと行われたミスティの自己紹介に、番頭さんの動きが一瞬止まる。

「……え？　あの海運大手のハドソン商会？　凄いお嬢さんじゃないか！」

「いえいえ、そんなことないですよ。所詮はただの商会の娘。マスタークラスの錬金術師、オフィーリア様の弟子である先輩に比べれば、ボクなんて雑魚ですよ？」

「雑魚って——あれ？　ミスティは師匠の弟子じゃないの？　バイトしてたんだよね？」

「してましたけど、本当にただのバイトですよ？　オフィーリア様には、『お前は弟子じゃない』とはっきり言われましたし」

「えぇ……？　師匠、そんなことを言ったの？　それは酷いね」

師匠って一見冷たく見えても、実際には優しいから、かなり意外なんだけど……。

「ボクのバイトは最初から、サラサ先輩に弟子入りするまでの予定でしたからね。弟子として鍛えるだけの時間がないからこそ、あえて言われたんだと思いますよ？　それぐらい、オフィーリア様の弟子という看板は重いですから」

「え、それを背負っている私に言う？」

「サラサ先輩は十分に背負えていると思いますよ？　――重さを知らないだけなのかもしれませんけど。オフィーリア様を知らなかったと聞いた時は、驚きましたよ」

「それは過去の過ち。さすがに今は知ってるよ？　師匠の凄さは」

昔とは違うからね、と胸を張る私に、ミスティは懐疑的な視線を向ける。

「本当ですか？　どこか過小評価している気がするんですよねぇ、先輩は」

「そんなことはない……と思うけど？」

「いいえ、あります、きっと。オフィーリア様から何か凄い物を貰っても『師匠だから』って流してません？　それをポンと渡せることがどれほど凄いか、あまり考えもせず」

――うっ。心当たりがありすぎる。

例えばアイリスを治した錬成薬。あれは値段からして簡単には買えないけど、それ以上に素材の入手性の問題から、お金さえ出せばすぐに買えるような代物でもない。

その素材を餞別としてタダでくれたばかりか、更に上の錬成薬の素材まで……。

「ほらほら、先輩。やっぱり何かあるんですね。出してくださいよ～。うりうり」

「うぅ……。でも、急に言われても出てこないよ？　手元にあるのは、この剣ぐらい？」

ニヤニヤ笑いながら、私の脇腹を突くミスティを押し返すように、腰に佩いていた丈夫な剣を押し付けると、彼女は目を瞬かせて、それを受け取った。

「そういえば先輩、今日は剣を帯びてましたね。学校では常に備品を使っていた先輩が」

「旅をする以上、武器は持つよ？　——といっても、貰ったのはヨック村で、だけど」

「それって……村に行く時はどうしてたんですか？　まさか、丸腰？」

「ううん。ナイフが——」

目を丸くしたミスティに、きちんと虎の子があったよ、と言いかけた私の言葉を食い気味に番頭さんが声を上げ、悔やむように表情を険しくした。

「えぇっ！　サラサちゃん、ナイフだけで旅をしてたのかい⁉　くっ、やはり私が——」

「あ、番頭さん。はっきり言って、サラサ先輩にそんな心配は不要ですよ？　先輩なら盗賊なんて拳で殺っちゃいますし、魔法もありますから、攻撃力は過剰なほどです」

「……そうなのかい？　あの、サラサちゃんが？」

番頭さんの中では、小さかった私のイメージが強いのかもしれない。

心配と驚きの混じった視線を受け、私は曖昧に頷く。

「えぇ、まぁ、これでも錬金術師ですし……？」

「錬金術師の中でも、先輩はかなりの武闘派ですけどね。外見に似合わず」

「それにしても、武器を持っていないのは……不用心じゃないかい？」

私みたいな女の子が武器を持っていることが、どれほどの抑止になるかは判らないけど、

それでも丸腰と比べれば多少は襲われづらいだろう。

でもあの時の私に、必要性の低い武器を買うような余裕はなく――。

「オフィーリア様も心配したんでしょうね。でもこれは……過剰だと思いますけど」

ミスティが私の剣を引き抜いてため息をつき、それを彼女から受け取った番頭さんも、

じっくりと検分して、「ほぅ」と感嘆の声を上げた。

「そうなの？　私、武器には詳しくないから。凄く丈夫なのは間違いないけど」

錬金素材の目利きに関しては、それなりに自信があるけど、武器は対象外。

錬金術には武器を強化するものもあるので、多少の善し悪しは判っても、一定以上の業物となるとお手上げ。美術品的価値についても同様である。

「私も専門ではないけど、これ一本で家が建つよ。残念ながら銘が見当たらないけど、もしこれを作ったのがミリス様で、銘も入っていれば、更に何倍にもなるだろうね」

「へー、そんなに。凄いんですね」

「そーゆーとこ、そーゆーとこですよ、先輩!!」

いや、だって、昨日のパーティーでは『一杯で家が建つジュース』を何杯も飲んじゃったし？　ある程度までは受け流す能力がなければ、師匠とは付き合えないのだ。

「そんなことより、元の話。フィード商会がそういう状況なら、お願いしたいことがあるんですけど。もちろん、それなりの報酬や利益はお約束します」

「サラサちゃんのためなら、多少の損失ぐらいは――」

「いえ、そういうわけには。幸い今の私には、それだけの権限がありますから」

厄介事を引き受ける代わりに貰った権利。使わない理由がない。

「実はですねぇ、貴族になったせいで面倒な仕事を押し付けられてしまって」

「面倒な仕事？　先輩、ボクもその話、聞いてませんけど？」

「うん、言ってないね。私も今朝、いきなり言われたから」

そうして、斯く斯く然々と説明すると、二人の表情が次第に驚愕に染まっていった。

「お、王族から直接……。サラサちゃん、いつの間にそんなに……」

「本当は、なんとか断れないかと思ったんだけど――」

「断るなんてとんでもない！　先輩、王領での全権代理って、商人なら喉から手が出るほど――それこそ、身代が傾くほどのお金を払ってでも、手にしたいものですよ？」

「かもしれないけど、盗賊討伐までの期間限定だし、無茶はできないからね」

大きなことでは街道の整備とヨック村の拡張、小さなことでは盗賊の討伐にかかる費用を出したり、討伐報酬を出したりと、権限を使うのはそのくらいに留める予定。

一応私が上になるとはいえ、代官もいるのだから、あまり邪魔をするのは良くない。

「でも、商売の権利を認めるぐらいは許されると思うんだよね。フィード商会が近くにあったら私も助かりますし、この機会にサウス・ストラグに進出しませんか？」

これまで私のお店で買い取った素材は、珍しい物は師匠に、そうでないものはレオノーラさんに送っていた。でも、最近は採集者が増えたことで、素材の数も倍増。そろそろ別の流通経路も開拓しないといけないな、と思っていたところなのだ。

「錬金素材を扱えば、十分に利益は出せるかと。これなら私も、多少手助けできますし」

私がそう言うと、番頭さんは『親戚のおじさん』から、『腕利きの商人』になった。

「なるほど。これは良い機会だね。これまでは伝がなくて錬金素材を扱えなかったけど、サラサちゃんがいるなら……。商売の権利が確約されるのもありがたい。それに盗賊退治はウチの得意分野。実はあれから何度も、盗賊団を殲滅しているんだ。今となっては、ウチの商会の旗を見ると、盗賊も逃げ出すほどだよ。ハハハ」

「逃がしちゃうんですか？　ダメじゃないですか、番頭さん。確実に殺らないと。フィード家の家訓は『盗賊を見つけたら、確実に駆除すべし』ですよ？」

〝フィード〟の名を冠する商会なら、この家訓は守ってほしい。

「もちろん見つけたら殲滅しているさ。ただ、ウチの通る街道では見かけなくなってね」

「じゃあ、仕方ないですね。さすがに探してまで殲滅するわけにはいきませんし」

私と番頭さん、二人して笑顔で頷き合っていると、それを見たミスティが「えぇ……」と若干引いたような表情で、私たちを見た。

「先輩、さすがにそれは……。フィード商会ってそんなに？」

「ちゃんと『商売は誠実に』という家訓もあるから、安心して？」

きっと、私の両親や従業員たちが多く殺されて、少し過激になっただけ。

間違っても脳筋の集まりじゃない、はず。最近のフィード商会はよく知らないけど。

「だが、ハドソン商会もかなりの武闘派じゃなかったかい？」

番頭さんの指摘にミスティは言葉に詰まり、困ったように笑う。

「うっ。そう言われると、まったく反論できません。海の男ですからねぇ……。見てくれだけなら、その辺の盗賊なんかよりも凶悪で……悪い人たちじゃないんですけど」

「実際、力なくしては、積み荷も自分も守れないからね」

「はい。特に海なんて、誰も助けてはくれませんから」

それを実感したからこそ力を付けたフィード商会と、常に危険と隣り合わせの海運業。

悲しいかな、結局、安全のために必要なのは、理不尽に負けないだけの力なのだ。

「それじゃ、サラサちゃん。その申し出を受けさせてもらうよ。向こうに戻るのはいつだい？　その時、先行調査の人員を同行させてもらいたいんだけど」

「そうですね、ミスティ次第ですけど、明後日ぐらいには出発したいですね。あまり長期間、お店を空けたくないですし、ヨック村までは時間もかかりますから」

私だけなら、来た時と同じく二週間ちょっとで帰れるだろうけど、ミスティとフィード商会の人が一緒となれば、時間がかかる。できるだけ早く出発すべきだろう。

「なるほど、あまり時間はないか。了解、すぐに人選に取り掛かるよ」

「お願いします。ミスティはどう？　急なことだから、数日程度なら――」

その言葉通り、既に腰を浮かせている番頭さんに軽く頭を下げ、私はミスティを窺う。

「大丈夫です、いつでも。ボクは先輩が来るのを待っていたんですから。それに移動に関しては、ボクに一案あります。多少は時間短縮できると思いますよ？」

「そうなの？　でもミスティはともかく、フィード商会の人は無茶できないよ？」

身体強化で走り続けるなんてこと、普通の人にはできないのだから。

だがミスティは、私の指摘に怯むことなく、ドヤ顔で笑う。

「ふっふっふ、期待していてください。きっと先輩も驚きますよ？」

No 0·15

錬金術大全：第五巻登場
作製難易度：イージー
標準価格：13,000レア～

〈熱霧竜-ホットミスト・ドラゴン-〉

鍋に放り込めば蒸し料理が、小部屋に放り込めば蒸し人間が——

もとい、蒸し風呂が簡単に作れる錬成具。二重の意味でダイエットや健康維持に最適です。

高価なので料理に使われることはあまりなく、一般的には公衆浴場でよく見かけます。

その形は発明者の趣味のようで、姉妹品に氷竜《アイス・ドラゴン》、火竜《ファイア・ドラゴン》
が存在しますが、完全に名前負け。その機能はお察しです。

Episode 2

Gftıŋg Afiffg Hftmffl

家に帰ろう

青い海の上を風が吹き抜け、陽光に火照った肌を冷ます。

見上げれば白い雲。高く伸びたその様子に夏を感じる。

見下ろせば木の床。ただし常に不安定に揺れるそれは、慣れない者には試練を強いる。

——そう、あれから数日後、私たちの姿は船上にあった。

「まさか、海路を使うとはねぇ。確かにこれなら、同行者がいても早く着けそうだね」

出航から半日。幸い天候にも恵まれ、順調に進む船の舳先で、私は風を感じていた。

ミスティはその隣に立ち、苦笑しながら私の顔を窺う。

「そんなこと言って、実は予想してませんでした？　ボク、ハドソン商会の娘ですよ？」

「う～ん、考えなくもなかったけど、実家との折り合いが良くなさそうだったし？」

父親は帰ってこいと言っていて、兄とは対立している。

そんな状態で、ハドソン商会の船を使えるとは考えにくかったんだけど……。

「ボクを支持する派閥もあると言いましたよね？　この船の船長はその一人ですから」

複数の船を所有しているハドソン商会ではあるが、それぞれの船はそれなりに独立していて、船長をトップとした一つのグループとなっているらしい。

全体を差配するのは商会長だが、船長にもある程度の権限があり、独自に商談を纏めることも認められているし、船倉が空いていれば他の荷物を一緒に運ぶことだって可能。つまりミスティが頼み、船長が認めれば、私たちが同乗するぐらいは何の問題もないらしい。

「オイオイ、お嬢の頼みを儂が断るわけねぇだろ！」

背後から聞こえた声に振り返ると、そこにいたのはどう見ても堅気じゃない男性。

頭から顔に掛けては刀傷が走り、近くで見上げれば首が痛くなりそうな巨体。

見るからに鍛えられたその身体は筋肉の鎧に包まれ、凶悪な海賊にしか見えないが、これがこの船の船長である。乗船時にミスティに紹介されたので、間違いない。

「船長さん、この度はとても助かりました。フィード商会の人もいたので」

私が改めてお礼を言うと、船長さんは大きな口を開けて「ガハハッ」と笑った。

「この程度なんでもねぇよ！　しっかし、あの二人は情けねぇなぁ！」

船長さんが目を向けた甲板の隅では、フィード商会から私に同行した人たちが、酷い船酔いでぐったりしていた。一人は営業担当で、もう一人は護衛専門。

護衛としてあの状態は致命的だけど、これぱっかりは仕方がない。

「船酔いは体質と慣れですからねぇ。フィード商会は陸運ですし。でも逆に彼らが普通に活動できたら、ハドソン商会の強みが減りますよ？」

「違いない！　そいじゃあいつらには、苦手なままでいてもらわねぇとな！」

船の運航はそんなに甘いものじゃないだろうけど、私の冗談に船長はニヤリとする。

「だが、サラサ様は元気そうだな？　今日は海も穏やかだが、それなりに揺れるだろ？」

「ですね。むしろ楽しむ余裕もあるようですし。実は先輩、慣れてますか？」

「そんなことはないけど……体質かな？」

ちなみに様付けは少々不本意なんだけど、ミスティが『貴族になったんだから諦めてください。変に謙虚だと周りが迷惑します』と言うので、仕方なく受け入れている。

実際、私だって、殿下に『呼び捨てで良い』と言われたりしたら、困るし？

「でも良かったです。先輩みたいな美少女が魚の餌やりなんて、誰得って話ですし」

口元に手を当て、クスクス笑うミスティの言葉に私は首を傾げる。

「えっと、美少女はともかく、餌やりって？」

「ハハ、アイツらがやってることさ。ほれ、今も」

船長さんが指さす方を見れば、フィード商会の二人が船縁から身を乗り出して……。

「なるほど、餌やり。確かにあれは避けたいですね」

「ま、数日もすりゃ慣れるだろ。あんまやることはねぇと思うが、サラサ様は自由に過ごしてくれ。ただ、船員の指示には従ってくれよな？」

「それはもちろん。――ちなみに、どれぐらいで到着予定ですか？」

「風次第だが……順調に行きゃ四日、凪が続けば一〇日を超えるかもしれねぇな」

「それは長いですね。魔法で風を送ることもできますから、必要なら言ってくださいね」

「ハハハッ、ちったぁ足しにもなるかもな？　そんときゃ頼むぜ！」

軽く手を振って仕事に戻る船長を見送り、ミスティは私を振り返って面白そうに笑う。

「あれは本気にしてませんね。先輩なら足しどころか、過去最高速が出るでしょうに。試しにやってみますか？　一気に時間が短縮できますよ？」

「やらないから。万が一、船が壊れたらミスティも困るでしょ？」

「ウチの船は多少の嵐じゃ壊れないぐらい丈夫なんですけど……先輩ならやりかねませんね。リスクを考えると平時には使えませんか。凪を楽しみにしておきます」

「楽しみにしないで。平穏なのが一番なんだから」

私はため息をついて、ミスティの頭をグリグリと撫でたのだった。

初日は海の景色を楽しみ、二日目は船内の探検とミスティとの楽しいおしゃべり。

しかし、三日目ともなればやることがなくなる。

そんな私にミスティが提案した暇潰しは、魚釣りだった。

しかし、この船の目的はあくまで輸送。漁船とは違い、魚の群れを追いかけるわけではないし、魚がいそうな場所で停泊するわけでもない。

故にあまり釣果は期待せず、私はミスティと並んで船縁から糸を垂らす。

幸い、フィード商会の二人が行っていた『餌やり』は昨日で終わったようなので、釣り上げた魚を食べることに問題はない。

「とはいえ、まったく当たりがないねぇ」

「ふふふ、さすがにこれに関しては、ボクでも先輩に勝てるようですね！」

そう言うミスティの釣果は三匹。決して多くはないけれど、ゼロの私と比べれば天と地。

しかも魚体は私の両手のひらを広げたより大きく、食べ応えもありそうである。

「私も釣りたい……。そんなに大きければ、面白そうだし」

「大きいのは、上げるのにもコツが――っと、来ましたね。先輩、やってみます？」

「ぐぬぬ……やる。貸して」

できれば自分で釣りたいけれど……私は自分を信じられない。

このまま動かない竿先を見ているよりは、一時の屈辱を甘受しよう。

私は自分の糸を引き上げて、ミスティから竿を受け取る。

「先輩、無理しちゃダメですよ？　先輩の力で強引に引っ張ったら、竿が折れるか、糸が切れるかですからね？　魚を泳がせて、弱らせるんです」

「りょ、了解――！　凄い引きだね⁉」

竿が撓り、糸が暴れる。確かにこれは、力任せはダメっぽい。

「糸を弛ませず、でも引きすぎず。時には糸を出したりして……」

「思った以上に面倒臭――繊細な作業なんだね？」

森での狩猟なら魔法で吹っ飛ばして、死んだ獲物を回収するだけで済むんだけど、海だとそれもできない――こともないけど、少なくとも今はできない。

「ははっ、漁なら別ですけど、これは駆け引きも楽しむ遊びですから」

「なるほどね！　むむむ……あ、弱ってきた、かも？　ここで……よいしょっと！」

結構な時間、耐えに耐え、引きが弱くなったところで一気に引き上げる。

ザバァと上がってきたのは、ミスティが釣ったものよりも更に二回りは大きな魚。

それがボンッと甲板に落ち、ビチビチと暴れる。

「おぉっ、やった‼　おっきいよ、ミスティ！」

「おめでとうございます、先輩。この魚でこの大きさ、かなりの大物ですよ」

「ありがと！　……まぁ、ミスティが釣ったようなものだけど」

私は手を動かしただけ。掛けたのもミスティなら、引き上げの助言もミスティである。

「いえいえ、そんなことないですよ。あれだけ粘れるのは、先輩だからこそです」

「そう？　お世辞でも、ちょっと嬉しいかも。でも、思った以上に大きいね？」

未だ元気良く暴れている魚は丸々と太っていて、ミスティが用意していたバケツには入りそうもない。今更ながら、よくも糸を切らずに引き上げられたものである。

「ですね。ま、プロに任せれば美味しく料理してくれますよ。――お願いね？」

「へい、お嬢！　お任せくださいｌ」

ミスティが声を掛けると、近くで様子を窺っていた屈強な船員が手際良く魚を絞め、それを掴んで、「夕食は期待してくだせぇ」と行って船の中に入っていく。

そして、その船員と入れ替わるように甲板に出てきたのは、フィード商会の二人。

あまり顔色は良くないが、昨日の午後あたりから多少は動けるようになったようだ。

「サラサお嬢様、凄い魚を釣ったようですね」

「ミスティに釣らせてもらったって感じだけどね。二人とも、調子は？」

「船員の方に頂いた酔い止めが効いたようで、なんとか」

「俺も薬のおかげで……。モーガンさんよりは多少マシですかね。それでも護衛として動けるかは、かなり心許ないですが。すんません」

ややぐったりした様子ながらも、最初に答えたのがモーガン。

昔からフィード商会で働いている四〇前の男性で、私の記憶にもうっすら残っている。

もう一人は護衛を専門としている、私より二歳年上の男性のクラーク。

若いからかモーガンよりは元気そうだが、揺れる船の上でその足取りは頼りない。

「気にしなくても良いよ。少なくとも、海の上での護衛は期待してないし」

「申し訳ないっす！　大恩あるサラサお嬢様をお守りできないなんてっ」

陸(おか)に上がったら頑張って、というつもりで言った言葉だったが、クラークはそうは受け取らなかったらしい。深く俯(うつむ)いてしまった彼を、ミスティが少し呆(あき)れたように見る。

「いや、サラサ先輩を守れる人なんて、すっごく限られると思いますけど……」

「こーら、ミスティ。そういうこと言わないの。私だって数が多ければ大変だよ？」

「ええ、大変なだけですよね？　その気になったら盗賊程度、何十人いても皆殺しですよね？　サラマンダーをあっさり殺したように」

「風評被害が酷い！　サラマンダーはかなりギリギリだったからね!?」

それに加え、アイリスとケイトの手助けもあったわけで。

だが、『そんなに武闘派じゃない』との私の訴えは、あっさり却下される。

「先輩、普通の人はどれだけ頑張っても、ギリギリですら斃(たお)せないんですよ？」

「サラサお嬢様、数十人もの盗賊は、私たちでも損害を覚悟します」

「俺だと、絶好調でも数人を相手にするのが限界っす」

「くそぅ、反論できない……。で、でも、クラークは気にする必要はないよ？　そもそも大恩と言われてもねぇ。クラークの親を救ったのは、私じゃないし」

私の両親は従業員も大切にしていたので、中には救われたという人も多い。

クラークの両親もそうだったらしく、そのことで彼はフィード商会に恩を感じているそうだが、そんな彼の父親は、私の両親と一緒に盗賊に殺されている。

いくら恩があっても、死んでしまっては意味がない。

私としては、むしろ申し訳なさすら感じるのに、クラークは首を振って強く否定した。

「申し訳ないのは俺の方っす。親父(おやじ)は護衛でした。本来、何があっても商会長を守るべきなのに、失敗して……。にも拘(かか)わらず、フィード商会は俺たちを支援してくれました」

父親が殺され、残されたのはクラークとその母親。

本来であれば、あまり役に立たない二人は放り出されるところだが、フィード商会は二人を保護した。母親は商会の事務作業を手伝い、クラークは雑用をしながらフィード商会の護衛に手解(てほど)きを受け、成人してから護衛の一人として就職したらしい。

「その恩を返せるよう、頑張っていたつもりでしたが、甘えてました！　たった一人で身を立てたサラサお嬢様に比べ……俺は自分が情けないっす！　うぅっ」

片手でパシンッと自分の顔を覆い、いきなり泣き出すクラーク。えぇ……。

「そ、そんな、気にするほどのことじゃ……ねぇ、モーガン？」

「いえ、サラサお嬢様の事情は私も伺っています。今にして思えば、一食抜いてでも節約して、仕送りすべきだったと、悔やむばかりです。おぉぃおぃおぃ……」

モーガンまで泣き出した。ちょっと情緒不安定すぎない？　疲れてるのかな？

――疲れてるんだろうね、丸二日ぐらい餌やりを続けてたから。

正直放置しておきたいところだけど、周囲の船員たちの視線が気になる。

このままじゃ、フィード商会が変な人の集まりと思われそうで……。

「ミスティも何か言って――って、いつの間にか釣りを再開してるっ⁉」

「いやー、部外者があまり口を挟むのは、どうかと思いまして」

こちらに背を向け、船縁から糸を垂らすミスティは、そのまま語る。

「ただ先輩が、そちらのクラークさんより努力していたのは間違いないですね。建前上、錬金術師養成学校は広く門戸を開いていますが、それでも孤児が入学するのは非常に困難。更にトップレベルの成績で卒業するなんて、奇跡的ですから」

「そうっすよね……。フィード商会の支援があっても、俺なら無理っす」

「やはり、我々がサラサお嬢様にも支援を――」

クラークが俯き、モーガンが言いかけた言葉を遮って、ミスティは続ける。

「ですが、改めて考えれば、支援をしなかったのは正解だったと思いますよ？　先輩とフィード商会に繋がりがあるのが判ると、面倒なことになったと思いますし。オフィーリア様と繋がりのある錬金術師の卵なんて、良い金蔓ですからねぇ」

「あー、それはあるかも。師匠に迷惑を掛けられないから、逆に助かったかも？」

そもそも私の場合、本当にお金に困っていた時期はなかったのだ。

孤児院時代は決して楽ではなかったけれど、飢えはしなかったし、おそらくその頃はフィード商会も一番大変だった時期。私への支援どころではなかっただろう。

学校に入って以降は、最初の試験で報奨金を獲得できたこともあり、厳しかったのは入学直後ぐらい。それ以降は単に、私が貯蓄に励んでいただけである。

「だから二人とも、過去のことは気にしないでほしいかな？　私も頑張ったし、みんなも頑張った。その結果、今の私たちがいる。それで良いと思うんだ。ただ望むのは、お父さんたちの理念が息づくフィード商会がこれからも存続すること。それだけだよ」

「「サラサお嬢様……！」」

声を揃えた二人が私を見る。その視線に籠もる熱に、照れくさくなって顔を逸らせば、ニヤニヤとこちらを見ながら、魚を釣り上げているミスティが目に入る。

「カリスマですねぇ、サラサ先輩～。それがフィード商会の強さですか？」

「知らないよっ。しれっと釣果を重ねおって！　こいつめ、こいつめ！」

「ちょ、ちょっと、先輩！　擽ったいですって！　お返しですっ」

照れ隠しにミスティの脇腹を攻撃すると、ミスティも竿を放り出して反撃をしてくる。

そんな私たちを見て、モーガンたちも涙を拭き、相好を崩した。

「ハハハ、少なくともフィード商会の立ち上げに成功したのは、商会長――サラサお嬢様のご両親の人間的魅力にあるのは間違いないですね。であればこそ、困難な状況でもフィード商会を守ろうと、多くの者が残ったわけですから」

「そうなの？　でも……うん、そう言ってくれるのは嬉しいかな」

「しかし、慕われているのはサラサお嬢様も同じですよ？　古参の連中なんかは、失礼ながら自分の子供みたいに思ってますから。今までは迷惑を掛けないように接触を避けていましたが……今後は、サウス・ストラグへ行きたがる人間が増えるでしょうね」

「今回の件も、競争率が高かったっすからねぇ。番頭さんが二人だけって言ったら、抗議の声が上がりましたから。番頭さん自身が辞退することで、収まりましたけど」

フィード商会の商売は順調で、決して暇ではない。

そんなところに降って湧いた話。しかも出発まで数日となると調整も難しく、他の仕事に影響しない範囲で出せる数が、営業と護衛で一人ずつ。結果、争奪戦になったらしい。

当然のように手を上げる番頭さん。強く反対する従業員たち。

戦って決めようと言い出す護衛たち。仕事に支障が出ると反対する番頭さん。

「最終的には、現在仕事を抱えていて動けない人を除いて、籤を引くことになりました。それで勝ち取ったのが、俺とモーガンさんっす」

「だからこそ、万が一にも失敗したら、なんと言われるか……。クラークも頼むぞ？」

「任せてください、ミスったら俺もヤバいですから！　先輩にシメられるっす！」

「えっと、そんなに意気込む必要は……」

盗賊に対処できる商会としてフィード商会には期待しているけれど、盗賊対策を任されたのは私であり、仮にフィード商会が撤退しても問題ないように進めるのが私の責任。だから気軽にやってもらえれば、と言う私に、モーガンたちは揃って首を振る。

「いえ！　そもそも、全権代理であるサラサお嬢様の支援がありながら失敗など、商人として失格です。これをものにできないようでは、フィード商会にいられません！」

「俺もまだまだ修業中ですが、死ぬ気で頑張るっす！」

予想外に強い熱意と、それに混じる僅かな焦燥感。どうしてこうなった？

そんな疑問を抱えて困惑する私を、ミスティが面白そうに見ていた。

私たちの航海は順調だった。時には凪もあったけれど、幸いなことに私の魔法の出番はなく、五日目の朝には目的地の港が、水平線の向こうに現れた。

「おー、サラサ先輩、大きな港ですね」

「そうだね。私も来るのは初めてだけど、思った以上に整備されてるね」

ロッホハルトの海の玄関口、港湾都市グレンジェ。

大型船が入港可能な港ではラプロシアン王国の最も西に位置し、領都であるサウス・ストラグほどではないものの、領内では二番目に大きな町である。

まず目に付くのは、大型船も停泊できる三本の立派な桟橋。それに付随する港湾設備も整えられていて、力を入れて整備された港町であることが見て取れる。

「私どもも王国の西部に来るのは初めてですが……栄えている場所もあるのですね」

「けど、モーガンさん。町はデカいけど、あんま景気は良くなさそうっすよ？」

そう。クラークが指摘した通り、それだけ立派な港にも拘わらず、停泊している大型船は何故か皆無。私たちの船が来たからか、人は集まってきているが、それでも港の規模からすると、随分と人出が少なく見える。

「お嬢！　サラサ様！　もうすぐ到着するぜ！」

「わかりました！　サラサ先輩、フィード商会のお二人も、下船の準備をしましょうか」

ミスティに促され、船室で船を下りる準備を調えた私たちが甲板に戻ってくると、既に船は桟橋に接岸していて、舷梯が下ろされるところだった。

「よっと！　ふぅ。船旅も良いけど、やっぱり陸の上が安心するね」

舷梯からぴょんと跳び、久し振りに地面に降り立つ。そんな私にモーガンたちも続くが、ミスティ以外の二人は船を下りてもどこか足下が覚束ず、頭を押さえている。

「うわ……、なんかまだ揺れているような気がするっす！」

「そうでしょうね。人によりますが、一日ぐらいは続くかもしれませんよ？　でも無事に着いて良かったです。今回は海賊にも遭遇しませんでしたし」

「海賊って多いの？」

「それなりに多いですね。ウチぐらい大きな船になると、木っ端海賊に襲われることはありませんが、逆に襲われるときは、大きな海賊団なので……。自衛も大変です」

「海賊は対処が難しいからねぇ」

小規模な海賊は、まず広い海で見つけることが難しい上に、普段は商船や漁船のような顔をしているので、海賊と判別すること自体が簡単ではない。

逆に堂々と本拠地を持つような大規模な海賊は、貴族や国の支援を受けているのが普通であり、単なる犯罪者の摘発とはいかず、紛争や戦争に近いものとなる。

「そう考えると、今回の殿下の無茶振りは、まだマシな方かも？」

　盗賊が出没するのは街道沿い。明確な道のない海に比べれば当たりは付けやすく、背後にいるかもしれない貴族や国の存在を気にする必要もない。

　街道周辺を捜索、見つけた盗賊を殲滅するだけだから、案外――。

「……いえ、成人したばかりの先輩に任せること自体、かなり無茶だと思いますけど？　ボクたち、一応は勉強しましたけど、実務はやったことないですし」

「そこは代官や義父――の補佐の人に期待、かな？」

　アデルバートさんに期待できるのは戦闘のみ。今回頼るべきはケイトの父親であるウォルター、もしくは義母のディアーナさんだろう。実質、領地を守っているのは二人だし。

　――と、私たちがそんな話をしていると、突然怒鳴り声が聞こえてきた。

「おい！　荷物が下ろせねぇってのは、どういうことだ!!」

「ですから、荷役組合に仕事を依頼するには、許可が必要でして！」

　振り返ると、そこには顔を真っ赤にした船長さんと、グレンジェの人間と思われる事務員っぽい男性。見た目的には完全に『恫喝する船長さんと被害者』の図だが、事務員の方も荒くれ者には慣れているのか、同じように怒鳴り返している。

「何かトラブルかな？」

「そうっすかね？　先ほどは、荷下ろしを始めるって仰ってたっすよ？」

　私たちは何事かと顔を見合わせると、船長さんたちに近付き、声を掛けた。

「ラバン船長、どうしたんですか？」

「その許可をっ――と、お嬢……。実はコイツが荷物を下ろせねぇって言ってよぉ」

　困り顔の船長に対し、こちらも困ったような事務員さんが言葉を付け加える。

「下ろせないんじゃなくて、荷役組合は仕事を請けられないと言っているだけです。許可を取れば、喜んで引き受けますとも。ただし、許可がないと港の倉庫も貸せません」

「ふざけんな！　それでどうやって商売をしろってんだ‼」

　無茶なことを言う事務員さんに、船長さんが怒鳴り返す。

　これが何故無茶なのかというと、海運という商売の仕組みが影響している。

　通常、船で運んできた荷物は、その港の荷役組合によって荷下ろしが行われる。

　それから契約している販売先に運ばれるか、一旦倉庫に入れて、売り先を探すか。

　船員たちで荷下ろししたり、別途人を雇うことも不可能ではないが、確実に荷役組合が邪魔をするため、ここに拒否されると、入港はできても『港の利用』はできないのだ。

「決まりですから。これを破ると、私どもも仕事ができなくなりますので」

「つっても、見ろこの港を！　他に船はいねぇ。仕事にあぶれたヤツらがぶらぶらしてるじゃねぇか。お前らだって仕事がなくて困ってんじゃねぇのか？」

「そうですね。許可のある船が来たのかと期待したのですが、残念でした。都度契約で人を雇う荷役はともかく、倉庫を空けていると組合としても損失なので」

「なら良いじゃねぇか。儂(わし)らはハドソン商会だから、ちゃんと金は払うぜ？」

船長さんが「堅いこと言うなよ」と頼んでも、荷役組合の人は渋い顔で首を振る。

「申し訳ありませんが、規則ですから」

「クソがっ。このままじゃ、さすがに大損だぞ⁉」

船長さんが忌々(いまいま)しそうに吐き捨て、周囲で様子を窺(うかが)っている港の人たち——体格が良いので、おそらくは都度契約の荷役の人たち——も落胆したようにため息をつく。

彼が私たちを乗せてくれたのは、王国の西部で商品を売れるという目算があったから。

それができないとなれば完全な無駄足。頭を抱えた船長さんに私は尋ねる。

「えーっと、船長さん。港って、そういうものなんですか？」

「確かに利用権が必要な港は存在する。泊められる数以上の船が来ると困るから、管理するんだ。だが、そういう港でも、桟橋が空くまで沖合で待機していれば利用できるのが普通だ。港としては港湾使用料と荷役の仕事、倉庫の利用料が入るんだからな」

「つまり、利用権とは優先権ですか——普通の港なら。ここの場合は、利用許可を取るのに大金が必要とか、そういう話ですか？　えっと、そちらの……」

「あぁ、私は荷役組合のディケンズです。以前ならその通りと言うところですが、残念ながら現在はお金を出しても無理ですね。許可自体が下りないようになっているのです」

「なんでそんなことに？　港湾都市としてもそれでは困るでしょうに」

「そうなんです！　早く解決してほしいのですが、私程度ではどうにもならず……。明確な原因は私も知りませんが、噂では、どこかの錬金術師が理由とか、なんとか」

「錬金術師、ですか……？」

ミスティがポツリと呟き、いくつかの視線が私をちらりと見たような気がする。

――待って。まだ判らないから！　どこぞの悪徳錬金術師かもしれないから！

「元々、この港の利用権や利用許可に関しては、バール商会の管轄だったのですが、過日、資金繰りに行き詰まったバール商会は、その権利を他の商会に売り渡しました」

――うがっ、確定っぽい⁉

ウチの店に来るからと、詳しく事情を説明したミスティは当然として、商人として情報収集しているだろうモーガンと船長さんの視線もチクチクする。

「ですが、権利を取得したその商会も、先頃摘発されて潰されまして……」

「あ、そっちは関係ないね、良かった。――なら今、その権利は？」

「えっ……？　えっと、権利の方は領主のものになるかと。今は代官でしょうか」

私の呟きにディケンズさんは一瞬首を捻ったが、すぐに疑問の方にも答えてくれた。

「つまり、代官の怠慢、と？」

「私の立場からは何とも……。というか、あなたは？　ハドソン商会の関係者ですか？」

「それはこっちの子ですね。私は……。

さすがに『元凶の錬金術師です』とは言いづらく、私は任命状を取り出す。

「それは——っ、王家の紋章⁉　更に……『全権代理』ですか⁉　つまり——」

「私はここ、旧カーク準男爵領、現王領ロッホハルトの最高責任者ですね」

私がはっきり宣言すると、ディケンズさんはもちろん、周囲でそれとなく聞いていた港の人たちも絶句、すぐにざわめきが起きた。

「なっ⁉　それじゃ、まさか——」

「この港の状況もなんとかできるってことか⁉」

「早くなんとかしてくれ！　もう限界なんだ！　これ以上仕事がねぇとっ」

港の人たちが私に詰め寄るように近付いてくるが、彼らと私を分けるようにハドソン商会の船員さんたちが素早く壁を作る。その中にはクラークの姿もあるので、一応は護衛としての仕事を全うしようとしたのだろう——まだ微妙にふらついているけど。

「落ち着いてください！　ディケンズさん、ペンと紙を用意してください」

「只今ぁぁぁ――っ！」

全力疾走だった。権威に負けたのか、周囲の人たちの刺すような視線に負けたのか。

すぐさまペンと紙を持ち帰り、私に恭しく差し出すディケンズさん。

「ありがとうございます。えっと……普通、利用権の有効期限は？」

「大抵は一年更新です。ただ、バール商会は時折失効をちらつかせて、港の整備料などの名目で、通常以上の金を取ったりしていましたが」

「う～ん、それは困るね。何のための港湾利用料なんだか……。取りあえず、領主全権代理の名でハドソン商会にグレンジェの港の利用を一年間認めます」

周囲のマッチョたちが固唾を呑んで、私の一挙手一投足を見守る。

私の身長からすると、ほとんど壁。圧が凄いが、私は平静を装ってサイン。

それと同時にディケンズさんがグッと拳を握り、声を張り上げた。

「よしっ‼　おめぇら、人を集めろ！　倉庫の扉を開けろ！　荷を下ろすぞ！」

「もう集まっとるわ‼　人数を決めろ！」

「今回は制限なしだ！　ただし報酬は安い、それを理解して参加しやがれ！」

「「「うぉぉぉ！」」」

少し前までインテリに見えたディケンズさんが、一転マッチョに変わり、周囲に集まっていた本当のマッチョたちから津波のような声が上がる。

「サラサ先輩、良いんですか？　代官に相談せずに決めてしまっても」

ホッとしたように、でも少し心配そうにこちらを窺うミスティに、私は軽く頷く。

「権限的には問題ないよ。一応、明確に私の方が上となっているから。とはいえ、代官としては面白くないだろうし、挨拶に行った時に、きちんと説明は必要だろうね。それでも問題が起きたら、殿下に責任を取ってもらおうかな？」

「おいおい、殿下にって、サラサ様は……。だが、助かった。さすがにこのまま引き返したら、商会長に何を言われるか」

「いえ、急に船を出してもらった私に、原因があるでしょうし……」

本来ハドソン商会は、グレンジェへの航路を持っていない。でも船長さんは、ミスティの頼みもあって、『新しい商機があるかも』と、船を出してくれたのだ。

おそらく下調べをする時間さえあれば、今回のような状況にはならなかっただろう。

「というか、船長さんは良いんですか？　ここにいても」

「荷下ろしは担当がいる。それより、お嬢とサラサ様を見送らないとな。行くんだろ？」

腕組みをしてニヤリと笑う船長さんに、私は頷く。

「はい。まだ午前中、船で楽をしていたのに、この町に留まるわけにもいきません」

「先輩ならそう言いますよね。ボクは大丈夫ですが、フィード商会の二人は？」

「私も旅には慣れております。揺れている感じは残っていますが、十分に歩けますとも」

「体力は大丈夫っす！　揺れは……根性で！」

「護衛がそれじゃ──って、先輩がいますもんね。父にはよろしく伝えてください」

なのでラバン船長。ボクは行きますね。あんまり関係ないですね。ということ
ミスティが苦笑しつつそう言うと、船長はしんみりした様子で彼女を見た。

「お嬢、気を付けてな……。サラサ様、お嬢をよろしく頼む。旅の安全を祈ってますぜ」

「私ども大変お世話になりました、船長殿」

「はっ。あんたらはお嬢とサラサ様のおまけだ。次は正規料金を頂戴するからな？」

船長さんはモーガンの言葉を鼻で笑うが、彼は気にした様子もなく頷く。

「当然でしょうね。機会があればまた利用させて頂きます。快適な船旅でした」

「よく言うぜ。半分は死にかけだったろ？　ま、お前らの安全も、ついでに祈ってやる」

そう言って船長さんはニヤリと笑うと、船の方を振り返って大きく息を吸い込んだ。

「──野郎共！　お嬢の旅立ちだ！　吼えろ‼」

「「おう‼」」

船長さんの号令に船員たちが声を揃え、即座に船縁に整列、唐突に朗々と歌い始めた。

高く、低く、野太い声が抑揚を付けて独特のリズムを刻む。

歌詞はないが、どこか感情を揺さぶられるような厳粛さを持つ曲。

私は半ば呆然とそれに耳を傾け、荷下ろしを始めていた荷役たちも手を止める。

だが、ミスティは決まり悪そうに私の手を取ると、引っ張るようにして歩き出し、それに気付いたモーガンたちも慌てて追いかけてくる。

「えっと、ミスティ、良いの？　最後まで聞いてなくて。なんか、凄く良い歌だけど」

手を引かれるまま私が尋ねれば、ミスティは困り顔で首を振る。

「あの場に残る方が居たたまれませんから。――そもそもあれって、葬送の歌ですよ？」

あまりにも予想外な言葉に、一瞬、意識が空白になる。

「え？　――えぇ⁉　旅立ちを祝福する歌じゃなくて⁉」

「それも間違ってません。商売柄、病気や事故、海賊との戦いなどで亡くなる船員も多いのですが、そういう人たちを送る歌なんです。死は一時の別れであり、再び出会うための旅立ちである。そのときはまた共に船に乗ろうと、そういう願いを込めた」

「だから、旅立ちのときにも……。でも微妙に縁起が……」

良い話ではある。良い話ではあるんだけど、それを普通の旅立ちにも拡大適用する？

歌自体は、迫力もあって凄く良いと思うんだけど。

「ですよね？　気持ちはありがたいんですが。解ります？　入学の時、王都のど真ん中で、倍以上の人数で、さっきよりも気合いの入ったあれをやられたボクの気持ち！」

「「「うわぁ……」」」

それはキツい。私だけではなく、モーガンたちも声を揃える。

船員は基本マッチョ。

そんなのが大量に集まって一〇歳の小さな女の子を見送る。

ただでさえ目立つこと請け合い、それに迫力のある歌まで加われば歴史になれる。

「ウチの人たち、嫌いじゃないんですが、ボクとはノリが合わないんですよねぇ……」

ミスティはそう言って、少し憂鬱そうなため息を漏らした。

グレンジェからサウス・ストラグまでは、徒歩で三日ほど。ヨック村からサウス・ストラグよりは遠いが、頑張れば一日で到着できなくもない距離である——私なら。
今回はモーガンたちもいるし、サウス・ストラグまでは全体的に登り道。

あまり無理はせず、『一般人ならやや強行軍』ぐらいの速度で移動し、途中にあるフェルゴの町で一泊。私たちは二日掛けてサウス・ストラグに到着した。

「サラサお嬢様、結構、大きな町っすね！」

「辺境では一番だからね。商売が盛んだから、大抵の物は揃うかな？」

興味深げに周囲を見回すクラークに応え、私は「さて」と話を続ける。

「まずは代官に、盗賊について訊く必要があるよね。モーガンたちはどうする？」

ここまでの道中、盗賊は見かけなかったし、町も平穏そのもの。問題が起きているようには見えないけれど、殿下に話が上がっている以上、間違いということはないだろう。

「私たちは宿の確保と町の調査です。サラサお嬢様たちの部屋も取りましょうか？」

「お願い。それと、町の調査をするなら、私の知り合いを訪ねてみて。その方が円滑にいくと思うから。用事が済んだら町の中央広場で合流しましょう」

レオノーラさんは裏の事情にも通じる人。最初に挨拶しておけば余計なトラブルは未然に防げるだろうし、大まかな情報も得られるはず。

それを説明してモーガンたちと別れた私とミスティは、二人で領主館へと向かう。

サウス・ストラグには何度も来ている私も、領主館を訪ねるのは初めて。

町の大きさからして、それなりに立派な建物なのだろうと思っていたけれど、実際に行ってみれば、そこにあったのは想像以上の豪邸だった。

ロッツェ家は言うに及ばず、王都にあるプリシア先輩――カーブレス侯爵家のお屋敷よりも大きな建物。先輩の方は本邸ではないので単純比較はできないけれど、それにしたって高い塀まで備えたそのお屋敷は、とても準男爵家の物とは思えない。

「お、おぅ……。ちょっと気後れするね？」

ミスティに同意を求めてみたが、実家が金持ちの彼女は呆れたように私を見る。

「何言ってるんですか、サラサ先輩。先輩はあの屋敷の主ですよ？」

「臨時だけどねっ。――とはいえ、そんなことを言っている場合じゃないか」

やることはたくさんあるのに、ここでのんびりお屋敷見物もない。

四人もいる門番に任命状を見せると、彼らはまず王家の紋章に驚愕、中身を見てもう一度驚き、私たちを慌てて屋敷の中へと案内した――何故か、門番自身が。

そうして通されたのは、豪華な応接間。私のお店の応接間もどきとは違い、調度品も見るからに高価で、正に貴族という風情である。

――ただし、お茶が運ばれてこないのは減点材料かな？

ウチなら、ロレアちゃんの淹れた美味しいお茶が飲めるので、そこだけは勝っている。

そんな無駄な対抗心を燃やしていると、しばらくすると扉がノックされ、かなりお年を召した男性が部屋に入ってきた——お茶を載せたトレーを持って。

「お待たせして申し訳ございません。今は最低限の使用人しかいないもので……」

彼はそう言って私たちの前にお茶を置き、「失礼します」と一礼してソファーに座る。

「私が現在のこの領を預かっております、クレンシーと申します」

年齢は七〇を超えているだろうか？　短く切りそろえた髪は真っ白で、表情には疲れも見えるが、身体はがっしりとしていて、ヨボヨボ感はない。

「いえ、こちらこそ突然の訪問、失礼致しました。私は殿下からこの領の全権代理を任じられましたサラサ・フィードと申します。こちらは私の後輩で……」

「ミスティ・ハドソンと申します。今回のことで多忙となるサラサ様の補助も兼ね、サラサ様の下で修業させて頂くことになりました。よろしくお願い致します」

「ほう。つまり、あなたも錬金術師養成学校の……。ヨック村もますます栄えますね」

「その一端を担えるならば、幸いです」

クレンシーさんが微笑み、ミスティも軽く頭を下げる。

ふむ。少し心配だったけど、敵意はない感じ？

悪くない感触に私はホッと一息。渇いた喉を潤そうと、出されたお茶を一口飲む。

——むっ。美味しい。とても美味しい。

いやいや、これは絶対、茶葉のお値段。それに同じお茶を淹れてもらうなら、お爺さんより、可愛いロレアちゃんの方が絶対良い。大丈夫、総合点では負けてないよ！

と、アホなことを考えているとはおくびにも出さず、私は任命状を差し出す。

「任命状はこちらになります。ご確認ください。私のような若輩者が上に立つことに、ご不満もあるかと思いますが、殿下のご指示ですので……」

「サラサ様は優秀な錬金術師、問題ございません。殿下からも連絡は受けております。『頼りになる助っ人を送るので、楽しみにしていてください』というものでしたが」

私が差し出した任命状を一読し、クレンシーさんは苦笑しつつも頷く。

「助っ人って……随分と、その、言葉足らずというか……」

「フェリク殿下ですからね。あの自由なところも、また魅力だとは思いますが」

——ご老人とは、少々見解の相違があるようだ。

しかし、世の中を知る私はそこには言及せず、気になった別のことを尋ねる。

「クレンシーさんは殿下とは昔から？　信頼されているようですが」

「私も長く生きておりますので。——あぁ、私のことはクレンシーと。サラサ様が上役となりますので、はっきりさせておいた方が良いと思います」

「そういうことであれば……解りました」

相手は私の何倍も生きている人。呼び捨てには少々抵抗があるけれど、仕事を円滑に進めるためには、上下関係も必要。兵士たちの手前も考え、私はそれを受け入れる。

「ですが、サラサ様。私は問題ありませんが、サラサ様の方がご不満では？　私はカーク準男爵家で家令を務めておりました。ロッツェ家とも因縁がありますので」

――え、それは聞いてない。聞いてないよ、フェリク殿下⁉

これ、かなり重要な情報じゃないかな⁉

一番の被害者、私の伴侶ですよ？

どこからか殿下の含み笑いが聞こえるような気がして、私は内心、歯噛(はが)みする。

「ということは、ロッツェ家の借金から乗っ取りの流れについても……」

「はい、私が考えました。錬金術師養成学校を優秀な成績で卒業されたサラサ様であれば、簡単に見破れるほどの拙い枠組みではありましたが」

「この辺りの貴族なら、十分に通用したと思いますよ？　褒めるのも変な話ですけど」

「恐れ入ります。しかし、ご迷惑をおかけしたのは事実。代官の職は殿下より任命されておりますので辞すことはできませんが、私が目障(めざわ)りということであれば――」

「いいえ。殿下が問題ないと判断した以上、私は何も言いません。ロッツェ家の問題も解決済みですし、実務にはクレンシーの協力も必要です。過去は水に流しましょう」

たぶん、以前レオノーラさんに聞いた『カーク準男爵の無茶を抑制している人』が彼。

私自身は迷惑を被ったけど、クレンシーがいたからこそ助かった人もいるはずである。

私が言葉を遮り首を振ると、クレンシーはホッとしたように息をつく。

「そう言って頂けると助かります。正直、現在も手一杯の状態でして」

「そのようですね。――あぁ、そういえば。グレンジェの港が半ば封鎖状態だったようなので、私たちを送ってくれたハドソン商会に一年間の利用権を与えました」

「グレンジェの……。かしこまりました。なんとかしなければと思っていたのですが、これまではバール商会に丸投げしていたせいで、手が回らず……」

現在、この領地は改革の真っ最中。

港の利用権も公正に扱おうと思えば、申請のあった商会の調査も必要だが、現状ではより緊急度の高い部分に人手が取られているらしい。

「最低限の改革から手を付けたつもりだったのですが、歪(ゆが)みが大きすぎました」

最初に行ったのは、犯罪行為に手を染めていた役人と兵士たちの放逐だったそうだが、それに伴って、カーク準男爵の下で甘い汁を吸っていた犯罪組織が蠢動(しゅんどう)を開始。

その犯罪組織を潰したら、芋づる式に悪質な商会も複数潰すことになり。

グレンジェの利権を買った商会も、その時に潰された商会の一つだったらしい。

「役人、兵士共に減ってしまったせいで、すべてのことに時間がかかってしまっているのです。かといって、犯罪者を使って犯罪を取り締まることなどできるはずもなく」

館を守る門番が多かったり、その門番が私たちを案内したり、代官であるクレンシー自身がお茶を淹れたりしているのも、それらの影響なのだろう。

「人手不足は深刻ですか。私は盗賊対策を行うように言われていますが……」

「それをロッツェ家で担当してくださるなら、大助かりです。私が他のことをする余裕ができますから。ついては今後の予定を相談したいのですが、サラサ様のお考えは？」

「お店のこともありますし、私は一度ヨック村へ戻ります。盗賊討伐の主力は先代にお願いすることになるので、関係者を集めて検討するつもりです」

名目上は私がロッツェ家の当主だけど、実際の権限はアデルバートさんやディアーナさんにある。殿下からの拒否できない命令とはいえ、私が頭ごなしに命じることは難しい。

アデルバートさんにヨック村に来てもらうか、私がロッツェ領に赴くか。

どちらにしろ、情報の擦り合わせと方針の打ち合わせは必要だろう。

そう説明する私にクレンシーは何度か頷き、少し意外なことを口にした。

「なるほど、もっともですね。では、私も近々、ヨック村へ行きましょう」

「良いんですか？　忙しいでしょうに、そのような時間が？」

「ヨック村は一度見ておくべきだと考えておりましたし、前ロッツェ士爵に謝罪しておかなければ、今後の協力にも支障が出るかと。であれば、こちらが足を運ぶべきでしょう」

「それは……否定できませんね。では、具体的には――」

クレンシーの仕事に目処をつけたり、アデルバートさんへ連絡したりするにも、時間は必要。それらを勘案し、ヨック村へ集まる日を決めて私たちは立ち上がる。

「今日はとても有意義な日となりました。少し肩の荷が下りた気分です。サラサ様、そしてミスティさん、ヨック村でまたお会いできるのを楽しみにしております」

「こちらこそ有意義でした。ヨック村のみならず、私は領主としてもお隣です。ロッホハルトの全権代理は期間限定ですが、今後とも良い関係を続けていきましょう」

「この領の代官がまともな人物と知れて、ボクも安心しました」

私とミスティは、笑顔で差し出されたクレンシーの手を握り、微笑みを返した。

会談後、私たちはすぐに領主館を辞した。クレンシーは領主館での宿泊を提案してくれたのだが、モーガンに宿を取るよう頼んでいたこともあり、私たちは固辞。

彼も人手不足で満足な持て成しができないからと、強く勧めることはなかった。

そして私たちはその足で、待ち合わせ場所の中央広場が臨めるカフェに向かった。

出されたお茶は美味しかったけれど、残念ながらお茶菓子が出てくることはなく、小腹が空いたというミスティに引っ張られてきたのだ。

「いや～、サラサ先輩、疲れましたねぇ～」

そんなことを言ったミスティが、カフェのテーブルに身体をぐったりと預けたのは、注文したスコーンを笑顔でモリモリと食べ、お茶を一杯飲み干した後。

やや言行不一致なその様子に、私は少し首を傾げる。

「そう？　クレンシーはただの代官で傲慢な貴族じゃないし、今回は具体的な打ち合わせもしてない。グレンジェの件も普通に受け入れてくれたから――」

「そうじゃない、そうじゃないんですよ、先輩！　代官というだけで十分なんです‼」

ミスティは身体を起こして力強く主張した後、再びぐんにゃりとダレる。

「先輩って、どうこう言いながらも、権力に対する耐性がありますよね」

「そんなことはない、と思うけど……？」

「ありますよー。普通、王族に呼び出され、仕事を命じられたその直後、ボクと元気にやり合えますか？　ボクなら『明日来い！』と追い出して、その日は回復に努めますよ？」

「だって、久し振りにミスティが来てくれたんだよ？　そんなこと、できないよ」

どうでも良い相手ならともかく、ミスティは私の数少ない友人だし。

「その配慮ができる時点で、強いんですよー。ボクならそんな余裕、なくなりますもん」

「私も結構疲れてたんだけど……師匠は愚痴を聞いてくれなかったし」

そう漏らす私にミスティは何か言いかけ、諦めたようにため息をついた。

「オフィーリア様に愚痴を言う時点で――って、弟子ですもんね。良い関係が築けているようで、羨ましい限りです。あのオフィーリア様に」

「私にとっては、師匠は師匠だからねぇ。――あ、モーガンたちも来たみたいだね」

広場でキョロキョロしている二人に私が手を振ると、二人もすぐにこちらに気付く。

わたしはそれを確認して、ミスティを促してカフェを出た。

「サラサお嬢様、ミスティさん、お待たせしてしまいましたか？」

「ううん、そんなには。どうだった？　サウス・ストラグの町は。支店は出せそう？」

「はい、問題なく。幸い、適当な空き店舗もいくつか見つかりました。ただ、レオノーラ殿に訊いたところ、現在は少し治安が悪化しているようです」

「でも、ウチなら大丈夫っす。俺もいますから」

クラークが胸を張って断言する。フィード商会が活動する町には治安の悪い所も多く、その辺りに比べれば、今のサウス・ストラグは全然問題にならないレベルらしい。

「サラサお嬢様の方は？　代官との話し合いは問題なく？」

「うん。取りあえず顔合わせ的にね。明日にでもヨック村に戻って、詳細を詰める予定。モーガンたちは？　このまま、ここで支店開設の作業に入るの？」

「もちろんサラサお嬢様に同行します。場合によっては、ヨック村の方に支店を構える方が良いかもしれませんし。どうするかはきちんと調査して決めませんと」

「道理だね。でも、ヨック村に支店、か……。便利にはなると思うけど……」

ヨック村に支店があれば、私は錬金素材を売りやすくなるし、村人も、採集者たちも、お買い物が便利になると思う。ただ、問題となるのは――。

「何か心配事が？　問題があれば、仰ってください」

私の顔が曇ったことを見て取ったのか、モーガンがこちらを窺う。

「いやね？　村には一応、雑貨屋さんがあるんだよ。どう考えても、フィード商会には対抗できないような、小さな雑貨屋さんが」

本来、商売は自由競争。正当に行うのなら、商売敵が潰れるのも致し方ない。

でもそこはロレアちゃんの実家。フィード商会が潰してしまうのは、ちょっと困る。

そんな私の表情を読んだのか、モーガンが深く頷いた。

「なるほど。委細承知しました。その雑貨屋は、サラサお嬢様の大切な方なのですね？お任せください。悪いようにはいたしませんので」

「いや、微妙に違う、けど……まぁ、そんな感じ、かな?」

委細は承知されていないけど、間違ってはいない。

「解りました。クラーク、三番目の店舗だ。明日までに仮契約に漕ぎ着ける。お前は本店に連絡を。事情の説明と人の手配を依頼しろ。サラサお嬢様、確保した宿は町の南の〝森林の風〟です。あと、レオノーラ殿から『時間があれば顔を出すように』と言付かっております。では、また後ほど! 急ぐぞ!」

「はい! サラサお嬢様、失礼するっす!」

モーガンは早口でそう捲し立てると、クラークと共にあっという間に走り去った。

「えぇ? 明日までってことは、出発までに支店の店舗を決めるつもり? さすがに急ぎすぎじゃないかなぁ? もう夕方近いのに……」

私が口を挟む間もない出来事。

呆れ気味に見送った私に、より呆れたようなミスティの視線が突き刺さる。何故?

「卒業日に店舗を購入した先輩が、それを言います?」

「うっ、墓穴だった⁉ で、でも、あれは……師匠に押し付けられたから」

自分で買ったわけじゃないと事情を話すと、ミスティは「あぁ、なるほど」と頷く。

「オフィーリア様なら納得です。貧乏性の先輩が一日で決めるなんて、ちょっと不思議だったんですよね。何かあったのかと心配したんですよ？」

「それは……ゴメンね？　でも、ちゃんと手紙は送ったよね？」

「届きましたけどね？　随分経ってからですけど。詳しい事情説明もなかったですし」

まぁ、師匠が転送陣を設置してくれた後だからね。

ヨック村から王都は、お金がない私が普通に手紙を出すには、あまりに遠すぎる。

「本当はボクも返事を書きたかったんですけど、さすがに……」

プリシア先輩たちは卒業しても手紙をくれたけど、それは先輩たちが裕福な貴族で、王都近くの町にいるから。実家が大きな商会のミスティでも、辺境は遠すぎるだろう。

ミスティは申し訳なさそうに眉尻を下げたが、すぐに一転、ぷりぷりと腹立たしそうに腰に手を当てて、私をちょっと睨む。

「というか、何ですか、あの非常識な転送陣は！　錬金術の常識に喧嘩売ってますよね？しかも先輩は、気軽にオフィーリア様を使いますし。ボクの立場も考えてください！」

「師匠には学校に届けてください、としか頼んでないけど……何か問題が？」

寮住まいの人への届け物は事務室に預けられ、自分で取りに行く決まり。

ミスティの立場に影響するようなことなんて、何もないよね？

イマイチ理解できず首を傾げた私の両肩を、ミスティが正面からガシリと掴む。

「ありますよ！　オフィーリア様が来られたら、即刻呼び出しですよ！　授業中なのに、事務員の人がダッシュで飛び込んできましたよ！　一躍、話題の人ですよ‼」

「お、おう……。再び、ゴメンね？」

それは辛い！　その場面を想像すると、胃が痛くなるね‼

「……まぁ、『時々お店に寄るので、預かっていてください』と頼んで事なきを得ましたが。ボクもオフィーリア様と話す機会が増えたので、それは嬉しかったんですけどね」

私の謝罪に、ミスティは少し照れくさそうに目を逸らした。

「ふふっ、そっか。それじゃ、私たちは宿に行く——前に、寄る所があったね」

「先ほどのレオノーラさん、ですか？　その方は？」

「この町の錬金術師。折角の機会だから、ミスティにも紹介しておくね。ヨック村で働くなら関わることになるし、裏と表、色々な事情に通じた人だから」

「裏も、ですか？　なんだか不安なんですけど……」

「船長さんたちと比べれば、全然。全然！　普通のお姉さんだから！」

「比較相手がおかしい！　アレ、外見だけなら裏の人間と張り合えますよ⁉」

——あんまりな言いよう。でも、否定はできない。

私は漏れそうになる笑いを堪えると、気後れするミスティの背中を押して、レオノーラさんのお店へと向かったのだった。

「ただいま！」

「「おかえり（なさい）、サラサ（さん）！」」

なんだかんだありつつも、結果的にはほぼ予定通りの期間で村に帰ってきた私は、モーガンたちを村の宿屋に放り込み、愛する我が家の扉を開いた。

出迎えてくれたのは、ロレアちゃん、アイリス、ケイトの三人。

そして、その声が届いたのか、店の奥からマリスさんも顔を見せる。

「サラサさん、早かったのですわ？　もっとゆっくりでも良かったんですよ？」

「あんまりお店を空けると、マリスさんに乗っ取られるかもしれませんから」

「ふふふ、既にロレアさんは、手中に収めましたわ。お店の方も、もう一歩でしたわ」

そんなことを言いながら、背後からロレアちゃんを抱き抱えるマリスさんの手を、ロレアちゃんがぱしぱしと叩いて、頬を膨らませる。

「収められてません！　もう、マリスさん、あんまり変なことを言わないでください」

拒否はしつつも、案外仲が良さそうである。

ま、前回と合わせると軽く一ヶ月以上、一緒に暮らしているわけだしね。

「残念ですわ。ロレアさんは可愛いですのに。私がお店を再建したら——って、あら？

サラサさんは、早速二号さんを連れて帰ってきたんですの？　案外手が早いですわ？」

マリスさんの視線が向いているのは、私たちの再会を邪魔しないようにか、私に隠れるようにして立っているミスティ——身長はほぼ同じなので、隠れてないけど。

「あぁ、この子は——」

「なぬっ⁉　サラサ、新婚早々浮気か？　浮気なのか⁉　新しい女に手を出したのか⁉」

私が説明する前にアイリスが声を上げ、詰め寄るように近付いてくる。

それを見てミスティは悪戯っぽく笑い、背後から出て私の腕を抱え込んだ。

「いえいえ、ボクは先輩の昔の女ですよ？」

「人聞きが悪い⁉　付き合ってたみたいな言い方しないで！」

「歳か？　歳が問題なのか⁉　年上のお姉さんはダメなのか⁉　若い女が良いのか！」

「更に人聞きが悪いよ⁉　ミスティは私の後輩！　弟子として、そしてこのお店で雇うために連れてきたの！　加えてアイリスは、そもそもお姉さんっぽくないです！」

私がビシッと宣言すると、アイリスがショックを受けたように数歩後退り、更に何故かロレアちゃんまで、びっくりしたように目を見開いた。

「えぇ⁉　わ、私はお役御免ですか⁉」

「え？　あっ！　ち、違うよ⁉　ロレアちゃん！　そんなことは絶対に――」

「あはは、サラサ先輩、大事ですね？」

わたわたと両手を振る私を見て、楽しげに笑っているのはミスティ。

――この状況、火に油を注いだのは、あなたなんですけどねっ⁉

そして、そんな私たちを仲裁するのは、放火犯であるマリスさん。

「取りあえず、落ち着きましょう？　もう閉店の時間、ゆっくり話せば良いですわ」

「う、うん。そうですね。なんだか釈然としないけど……。そういうところは、さすがお姉さんっぽいですね、マリスさんも」

「わたくしはいつも、頼りになるお姉さんですよ？」

――その発言には、大いに異論があるかな？

でも、今は許そう。ツッコミを入れると面倒臭いので。

私たちは話を一時中断し、手早く閉店作業を終わらせると、応接間へ移動。

全員でロレアちゃんの淹れてくれたお茶を飲み、一息つく。

自分でブレンドしたお茶だけど、飲み慣れた味はやっぱりホッとする。

「ふぅ。それじゃ、改めて話をしましょうか。伝えるべきことは色々あるんだけど……」

王都にいたのは僅か数日なのに、ただのお土産話では済まないほど内容が濃い。

一体何から話すべきかと考える私に、ミスティが口を挟む。

「先輩、まずはお土産を渡したらどうですか？　気分も変わるでしょうし」

「あぁ、それもそうだね。えっと、まずはロレアちゃん。リボンとか色々買ってみた」

自分で作るのも楽しいかと、服飾関連の素材多め。

この辺りではあまり見かけない品物の数々にロレアちゃんの瞳が輝く。

「ありがとうございます！　わぁ、何を作ろうかなぁ……！」

「ふふ、好きな物を作ってね？　次はアイリス。それなりに奮発してみたよ？」

結局、アイリスのお土産は剣にした。

ミスティの紹介で、既製品の中では上質な物を少しお得に購入。

アイリスが今使っている物に比べると、二ランクぐらいは上だろう。

「……良いのか？　お土産としてはちょっと高価すぎると思うが」

「アイリスは私の伴侶だからね。それで頑張って稼いでね？」

「サラサ……！　ありがとう、大切にする！　頑張って稼いでくるとも‼」

感動したように目を潤ませ、剣を抱きしめたアイリスに頷き、私は次を取り出す。

「ケイトは悩んだんですが……これにしました。可愛いでしょ？」

お土産はぬいぐるみにする。

それを決めた後も、今度はどんなぬいぐるみが良いかと悩んだ私。

ミスティにも色々なお店を紹介してもらい、散々歩き回った結果見つけたのが——。

「これ、クルミの色違いみたいに見えませんか？　見た瞬間、即決してしまいました」

元々、クルミがぬいぐるみっぽいことも手伝い、シルエットはとても良く似ている。

全体の色が茶色と黒で違うけれど、胸元にあるワンポイントの白い毛は同じ。

ケイトもクルミを可愛がっているし、きっと気に入る。

そう自信を持って出したのに、何故かケイトは複雑そうな表情で私を見る。

「えっと……サラサ？　お土産は嬉しいけど、私、もうぬいぐるみは卒業して……」

「あれ？　でも、ケイトの部屋にあるぬいぐるみの数は——」

卒業したにしては数が増えて、と言いかけた私の言葉を遮るように、ケイトは私の手からぬいぐるみを奪い取ると、それを抱きしめ、やけくそ気味に歓声を上げた。

「ありがとうサラサ！　すっごく嬉しいわ‼」

「そうですか、喜んでくれて良かったです。あ、そういえば、クルミは……」

今はどこにいるのかと、ふと思い立ち、クルミと視界を共有してみれば、見えたのはぬいぐるみを抱えるケイトの姿――んん？　このアングルだと……。

振り返ると、扉の隙間からどこか悲しそうに、こちらを覗き込むクルミの姿が。

「がうがーう？」

まるで『自分は？』みたいに鳴くクルミに手招きすると、嬉しそうに駆けてきて膝の上にジャンプ。ゴロリと転がりお腹を見せたので、ぐりぐり撫でて魔力を供給しておく。

それを見たミスティが、感心と呆れの混じったような声を漏らす。

「ほほー、これが先輩が作った錬金生物……。さすが先輩、異常としか言えませんね」

「まったくですわ。嬉しいです、わたくしの感覚を理解してくれる方がいて。ここの人たち、基準が変なんです。同じ錬金術師だからと、同じことを期待されても困りますわ」

ミスティの言葉に、うんうんと何度も頷くマリスさん。

確かにクルミはちょっと特殊だけど……お店を任せている間、何かあったのかな？

「最後、お疲れさまのマリスさんにはお菓子を。王都で人気のお店で買ってきました」

「……あら？　わたくしにもですの？　ありがたく頂きますわ」

値段的には一番安いんだけど、マリスさんは嬉しそうな笑顔で受け取ってくれた。

「続いて、王都での出来事を――の前に、ミスティを紹介しておこうかな？」

「では、改めまして、ミスティ・ハドソンです。サラサ先輩の一年後輩の錬金術師です」

私が何か言う前に、ミスティがそう言ってぺこりと頭を下げる。

それを受け、ロレアちゃんがどこか張り合うように、ミスティに強い視線を向けた。

「私はロレアです。サラサさんがお店を開いた頃から、店番をやってます。それから、お料理も私の担当です。こんなお土産を貰えるぐらい、頼りにされてます！」

「そうなんですね。それじゃ、先達としてよろしくお願いします」

「え？　あ、はい、こちらこそです……」

しかしそこは、社交的なミスティ。鼻息の荒いロレアちゃんに微笑みながら手を差し出し、ロレアちゃんの方も拍子抜けしたように目を瞬かせて、その手を握り返した。

「私はアイリス・ロッツェ。サラサの夫、もしくは妻だ！」

「ケイト・スターヴェン。今のところ、サラサの愛人よ」

「わたくしはマリス・シュロット。あなたに役目を奪われる、可哀想な錬金術師ですわ」

――びみょーにもにょる自己紹介⁉　否定しづらいけど！

そんな自己紹介を受けたミスティは、「なるほど、なるほど……」と何度か頷く。

「ご安心ください。ボクは先輩の数少ない友達の一人ですが、ただの友達ですから」

「その通りだけど、今日のミスティはなんだか意地悪じゃない⁉」

「別に、サラサ先輩の友達が増えたことは、関係ないですよ？」

——それ、絶対関係あるやつ！

「というかミスティは、私とは比べものにならないほど友達いるよね⁉」

「え、サラサ先輩と大して変わりませんよ？　知り合いは多いですけど」

——それ、相手は友達と思ってるやつ！

後輩の意外な一面。けど私は突っつかない。闇が噴き出してきそうだから！

「ハハハ、なんだ、ミスティも友達が少ないのか？　私なんて、私なんて——おや？」

笑っていたアイリスが、何か不都合な真実を知ったかのように真顔になった。

そんなアイリスの肩に、ケイトがポンと手を置く。

「アイリス、気付いてしまったのね。あなたに全然友達がいないことを」

「そ、そんなバカな……。私にだって友達ぐらい……」

「そうね、少し前までは二人いたわ。でも、一人はあなたと結婚したから、残り一人ね」

「私の友達、サラサとロレアだけだった……⁉　領民はダメか⁉　ケイトは⁉」

「領民はやっぱり対等じゃないから。私は友達というより、家族でしょ？」

「そんなものですわ、アイリスさん。地方貴族の娘に友達なんて、簡単にできませんわ」

「マリス！　マリスは友達だよな⁉」

達観したようなマリスさんにアイリスが縋り付くが、彼女は少し考えて小首を傾げた。

「……そうですか？　どちらかといえば、お仕事仲間——」

「そこは負けて、友達としておいてくれ！」

「え、ええ。じゃあ、友達ですわ。でも、友達なんて碌なもんじゃないですよ？　わたくしが困った時、誰も助けてくれなかったですわ」

アイリスの勢いにマリスさんは頷き、だがしかし、少し寂しそうに視線を下げる。

「そ、そうなのか？　大丈夫だぞ、マリス。私は友を裏切ったりは——」

絆されかけるアイリスだが、私はちゃんと、レオノーラさんから情報を得ている。

「聞いたところでは、既に何度も助けられていて、ついに愛想を尽かされたとか？」

「……そういう見方も、できるかもしれないですわ？」

気まずそうに目を逸らすマリスさんを見て、ミスティは肩を竦める。

「と、このように。アイリスさん、友達なんて無理に増やす必要はないですよ。知り合い程度に留めておくのが賢いやり方だと、ボクは思うんですよ」

「ふぇ～、やっぱり、地位やお金がある人たちって、大変なんですね。私なら、村の子供はみんな友達って感じですけど」

「いや、ロレアちゃん、必ずしもそんなことはない、と思うんだけど……」

自分が自分だから、強く反論できない。

ついでに言えば、ミスティは選ぶ方、私は選ぶまでもない方。

「ふふっ、友達の関係性も色々だもの。それよりサラサ、話があるんじゃないの？」

「あっ、そうでした。えっと、最初は……税務申告から。皆さんが協力してくれたおかげで、何事もなく終わらせることができました。ありがとうございました」

「まぁ！　修正もなくですか？　あの面倒な物を……さすがサラサさんですわ」

「師匠に確認してもらいましたからね。学校でもしっかり習いましたし」

「おめでとうございます。お疲れさまでした」

「おめでとう、サラサ。これで当分はゆっくりできるのか？」

「──だったら良かったんですけどね。帰り際、フェリク殿下に呼び出されまして」

私がそう言った途端、微妙に顔を顰めたのがアイリスとケイト。

ロレアちゃんは苦笑を浮かべ、マリスさんは驚いたように目を見開いた。

「取りあえず、先にこれを渡しておきます。ノルドさんからの献本だそうです」

私が差し出した本をパラパラと捲り、アイリスが少し表情を緩める。

「これは……サラマンダーの本か。無事に完成したんだな。良かった」

「苦労したもの。あれで成果が出てなかったら、泣くわよ。──で、取りあえずということは、これで終わりじゃないのよね？　サラサ」

「はい。私が旧カーク準男爵領、現ロッホハルトの領主全権代理に任命されました」

「「「——えっ？」」」

「更に、現在ロッホハルトを荒らしている、盗賊の対策を命じられました」

「「「は？」」」

「ついでに私の両親が作ったフィード商会から接触があり、これと和解。何か援助したいと言うので、この地方に支店を作ってもらう方向で動くことになりました。実はその先遣隊の二人が、既にこの村に来ています。あと、現在のロッホハルトの代官は、カーク準男爵の下で家令を務め、ロッツェ家を嵌めた人でした。ですが、私が上役になるので心配は要りません。おまけで、諸般の事情で私の所に弟子入りしたいというミスティを連れて帰ってきました。——これは既に言ったような気もしますが」

「待て、待て、待て!! サラサ、一気に話しすぎだ！　怒濤の展開だぞ!?」

慌てたようにアイリスが割り込むが——うん、言うべきことはすべて言ったね。すみませんが、

「大丈夫です。以上ですから。あ、盗賊退治はロッツェ家への命令です。アデルバートさんやアイリスたちにも協力してもらうことになります」

「それは当然、問題ないが——って、そうじゃなく！　詰め込みすぎだ！」

「そう、そうね。まず……領主と同等の権限が、サラサに与えられたということ？」

胸に手を置いて深呼吸したケイトが、確認するように私に尋ねる。

「期間限定ですけどね。盗賊退治でロッツェ家に負担を掛けるので、それの報酬みたいなものと考えれば良いかと。無茶をしすぎると怒られるでしょうが、ある程度はロッツェ家に有利な施策を行っても許されると思います」

「まぁ、それは凄いですわ！　サラサさん、お友達としてわたくしのお店を一つ——」

「怒るのはフェリク殿下ですけど、マリスさん、矢面に立ちます？」

「——と思いましたが、わたくし、自分で頑張りますわ」

あっさり前言を翻すマリスさん。

冗談だと思うけど、こんな友達なら私も要らない。

「でも、権限は重要ね。討伐の過程で、盗賊が周辺領地に逃げ込んだりしたら……」

「はい。ロッツェ家のみでは紛争になりかねません。王命という後ろ盾は必要です」

ロッホハルトに接する貴族領は、ロッツェ家を含めて六つ。

力関係はいずれも似たり寄ったりで、ロッツェ家には文句を言えても、ロッホハルトの領主相手には黙るしかない——もちろん、できる限り友好的にやるつもりだけど。

「代官については……どうでも良いか。既に終わったことだ」

これは私でも少し引っ掛かったこと。それにも拘わらず、アイリスが平然と受け入れたことで、ミスティは不思議そうに首を傾げた。

「あれ？　随分あっさりですね？　ボクが聞いたところ、随分苦労したと……」

「借金により領民が救われたことは事実。返済に苦労はしたが結果的に当家に被害はなく、サラサという素晴らしい伴侶も得られた。収支はプラスだったとすら思っている」

率直な言葉と、こちらを見て微笑むアイリスの表情に、私の頬が熱くなった。

——くそぅ。アイリス、顔は良いし、時々格好いいんだよねぇ。

「ほほぅ。思った以上にサラサ先輩を高く買っているんですね」

「この国にサラサ以上の相手がどれほどいる？　私には望むべくもない伴侶だ」

アイリスが断言すると、ミスティは手でパタパタと顔を扇ぎ、呆れ気味に笑う。

「あー、ごちそうさまです。先輩の地位とお金が目的かと思いましたが、杞憂でしたか」

「いや、それも目的だぞ？　ロッツェ家としては」

「うえっ⁉　はっきり言いますね！　良いんですか、サラサ先輩……？」

ミスティから心配そうな視線を向けられるが、私とアイリスは顔を見合わせて頷く。

「貴族だし、そんなものじゃない？　私だって利益を考えて結婚を決めたし」

「うむ。利害と気持ち、両方を兼ね備えているからこそサラサが良いのだ」

「はぁ、そうですか。先輩が納得しているなら……。でもアイリスさん、先輩を不幸にしたら、ボクが許しませんからね？　具体的には侯爵家と伯爵家の友達にチクります。いえ、チクらなくても、二人が復讐に乗り出すと思います」

半分笑い混じり、でも目は真剣なミスティ。

そんな彼女に、アイリスは真剣な表情で深く頷き、ケイトもそれに続いて口を開く。

「むむっ、それは怖いな。だが、サラサが不幸になったならば、そのとき私は生きていない。それぐらいの覚悟は持っているぞ？　結婚したのだからな」

「私の役目はロッツェ家を支えること。さっきは愛人なんて言ったけど、サラサとアイリスを大事に思っているのは本当。だから、二人のために全力を尽くすわ」

――えっと、目の前でそういうことを言われると、照れるんだけど？

私が少し困って「こほん」と咳払いをすると、三人は顔を見合わせ、揃って笑う。

「考えてみれば、サラサ先輩を心配するだけ無意味でしたね」

「そうだな。苦境のロッツェ家をあっさり救うサラサだものな」

「ええ、まったく。――となると、残りの話題はフィード商会よね。和解したの？」

「あ、私もそれ、気になりました。フィード商会って、サラサさんを追い出して、孤児院に入れたんですよね？　蟠りはないんですか？」

「ないよ。今は理由を理解してるから。むしろ、守ってくれたと知ってるから」

本気で心配そうなロレアちゃんに、私が孤児院に入ることになった事情を説明すると、少し釈然としない様子ながらも「サラサさんが納得しているなら」と頷く。

「うん、納得してる。でも、番頭さんたちとしては、私を一人にしたことを気にしているみたいで。だから、互いに利益のある提案をしたの。ほら、ヨック村も採集者が増えたでしょ？　素材の売却をレオノーラさんだけに頼るのは厳しくなったから。私は売却先が増えて嬉しい、フィード商会は錬金素材を扱えて嬉しい。ね？」

「あぁ、それは助かりますわね。この一ヶ月あまりで買い取った素材ですら、全部持ち帰ったら、わたくし、師匠に嫌味を言われてしまいますわ」

マリスさんが心底ホッとしたように、大きく息を吐いた。

「やっぱり、レオノーラさんも処理に困ってました？」

「春ごろまでは問題なかったですわ。でも今の状況だと厳しいですわ。採集者は多いですし、最近は流通が滞っているようで——あぁ、盗賊がいるんでしたわね」

「はい。近々、関係者——ロッツェ家、フィード商会、代官を集めて盗賊対策を話し合う予定です。アイリス、アデルバートさんたちを呼ぶと、どれくらい掛かりますか？」

「ここにか？　普通に連絡するなら結構かかるな。私とケイトで呼びに行こう。前回使った道を使えば最速で三日、余裕をみても五日あれば十分だ」

「なら、代官が到着する前に来られますね。それと、マリスさんは今日までお疲れさまでした。今回も大変助かりました」

「お安いご用ですわ～。色々自由に錬成できて、楽しかったですわ？」

微妙に不安になる発言。でも、私はロレアちゃんを信用している。

私は「それは良かったです」と頷き、言葉を続ける。

「で、いつ帰ります？　別に今からでも構いませんが……」

マリスさんも、きっと早く帰りたいだろう。

そう思っての発言だったのに、何故か驚愕したような目を向けられた。

「盗賊がいるこの状況で、一人で帰れとか、サラサさんは鬼ですわ⁉」

「でも、グレンジェからここまでは、盗賊に遭遇しませんでしたよ？」

「か弱い女一人旅と、護衛を含む四人旅を一緒にすべきじゃないですわ！」

「そうなんですか？　マリスさんは錬金術師ですよね？　盗賊ぐらいなら――」

「だから！　ロレアさん、この規格外と一緒にしないで。わたくし、戦いは得意じゃないのです。数人ならまだしも、それ以上だと、か弱いわたくしは成人指定ですわ！」

「数人なら大丈夫なんですね」と呟くロレアちゃんと、「ふむ」と頷くアイリス。

「サラサなら数十人相手でも、別の意味で子供には見せられない光景、と」

「言い方⁉　なんならまた、サラマンダーを斃した魔法を披露しましょうか？」

「人間の氷漬けも、それはそれで惨劇ですわ？　——と、そうではなく、安全に移動できるまでは、ここに置いてほしいです。ついでに師匠にも連絡してほしいですわ」

「解りました。代官が帰るときに同行しますか？」

クレンシーなら護衛を連れているだろうし、それにマリスさんが加われば、滅多なことはないだろうと提案すると、マリスさんは「そうしますわ」と頷いたのだった。


翌日からの私は、村の人に挨拶したり、細々とした用事を片付けたり、ミスティにお店の仕事を教えたり、モーガンたちに村を案内したりと、時間に追われた。

そして、あっという間に訪れる話し合いの日。

ウチの応接間に集まったのは、代官のクレンシーとフィード商会のモーガン。

ロッツェ家からはアデルバートさんを筆頭に、ウォルター、アイリス、ケイトの四人。

それに加え——。

「……あの、なんで私がここに？　お茶をお出しするだけじゃ？」

全員分のお茶を淹れ、退出しようとしたところを、手を引かれて座らせられたロレアちゃんが、戸惑い気味に隣の私を、そして少し怯えたように周囲を窺う。

──解る。ゴツい人、多いもんね。でもね？

「エリンさんに打診したら、『場違いだから』って、参加を拒否されたんだよね」

「あぁ、やっぱり村長さんじゃないんですね──って、場違いなら私の方です！」

「でも必要なの。ロレアちゃんは、ヨック村の代表兼、私の癒やし担当だから」

「無茶ですぅ～。少なくとも、癒やし担当は必要ないです……」

そう言いながらも席を立とうとしないのが、ロレアちゃんの良いところ。

場の空気が少し和んだところで、私は周囲を見回して口を開く。

「それでは会議を始めましょう。少々狭いですが、場所がないのでご容赦ください」

全員で八人、うち四人が体格の良い男性なので、何となく窮屈。

アイリス、ケイト、ウォルターの三人は立ったままとなっている。

そのことについて謝罪すると、何故かモーガンとクレンシーが反応した。

「確かに少し狭いようですね。サラサお嬢様、お店を拡張されるなら私どもに」

「今後を考えれば、多人数が入れる会議室などがあっても良いかもしれません。領の予算で増築、もしくは別棟を作りますか？　サラサ様」

「サラサお嬢様ほどの方であれば、もう少し大きなお店でも良いと思います」

「今は仕事が少ないので、サウス・ストラグから職人を手配することも可能です。このお店を二倍に拡張しても、領の予算からすれば大した負担にもなりません」

「え、えぇ？　このお店を？　拡張するなら村長の家なんじゃ……？」

まるで待ち構えていたかのように、交互に口を開く二人に戸惑いつつ、私は指摘する。

なんといっても村長の家、とても周囲に溶け込んでいるからね。

言われなければ、そうと気付けないほどに。

「あれは……そのままで構わないでしょう。仕事量に見合っています」

クレンシー、辛辣である。否定できないけど！

「でも、今後というなら、私は期間限定だから……」

「そうでしょうか？　殿下の性格からして、今後も何かと押しつけられるのでは？」

酷いフラグを立てるのは止めて欲しい。こっちも否定できないから！

「でも、少なくともすぐには無理です。この家は刻印が仕込んであるので、改変には時間が必要ですし、頼むなら村の大工さんにお願いします。それより本題に入りましょう」

どちらにしろ、今回の会議には役に立たない話。

そう思って私が先を促せば、クレンシーが「では、最初に私から」と手を挙げ、居住まいを正してアデルバートさんに正対すると、深々と頭を下げた。

「アデルバート様とロッツェ家の皆様、まずは謝罪をさせてください。立場もあり、調停の場では謝ることもできませんでしたが、既にカーク準男爵家は取り潰しとなりました。借金の件では、ご迷惑をおかけして誠に申し訳ございませんでした」

「謝罪を受け入れよう。借財ができなければ領民が飢えていたことも、当方に甘い所があったことも事実。調停で決着した以上、これ以上蒸し返すことはない」

「ありがとうございます。――それでは、具体的な話に入らせて頂きます」

クレンシーは再度深く頭を下げ、ロッホハルトの現状について説明していく。

それはとても明確に纏められていて、彼の有能さがよく判る。

あのカーク準男爵の下ですら、領地を破綻させなかったのは伊達ではないようだ。

「――と、このように。目下の難題は盗賊への対策になっております」

「その対策を、フェリク殿下に命じられたのが私です。ロッツェ家への命令でもありますので、アデルバートさんたちにも協力して頂きたいのですが……」

窺うように私が言えば、アデルバートさんは即座に頷いた。

「当主はサラサ殿。ただ命じれば良い。更に王命となれば否があるはずもない」

「はい。既に兵の準備も進めています。ですがサラサ様、ロッツェ家の当主としては、家の利益も考えるべきかと愚考しますが、如何でしょうか？」

さすがはウォルター。アデルバートさんに代わって領地を運営していただけあり、同意しつつも言うべきことはきちんと言う。

私も頷き、クレンシーに顔を向けた。

「クレンシー、サウス・ストラグとヨック村を繋ぐ街道の拡張、ヨック村からロッツェ領への直通街道の新設、それに加えてヨック村の整備拡張に予算を使いたいと思います」

取りあえず最大の希望を言ってみれば、彼は驚いたように「えっ？」と声を上げた。

――さ、さすがに直通街道は、ちょっと欲張りすぎだったかな？

しかし、続いたクレンシーの言葉は予想外のものだった。

「それだけでよろしいのですか？　サラサ様に大した利益はないかと思いますが……あぁ、そのためのフィード商会ですか。開発の利権を与えるのですね。それなら――」

「い、いえ、別にそんなことは考えてないですが……」

納得しかけたクレンシーの言葉を遮ると、彼は不思議そうに私を見た。なんで？

「も、もちろん、今回の軍事行動で使う食糧や資金は、出してもらいますよ？」

「それは当然でしょう。ですが、街道の整備はロッホハルト全体の利益でもあります。普通の貴族であれば、もっと自分の利益を求めるものですよ？」

そうなの？　と、私は視線を彷徨わせるが、残念ながらこの場にいる貴族は、権謀術数などとは縁遠いアデルバートさんだけ。

くっ、どうせなら、マリスさんにも同席してもらえば良かった！

「……でも、国王の命で兵を出すのは、貴族としての義務ですよね？」

「建前はそうですが、大抵は何かしら自分の利益をねじ込みます。贔屓の商人を関わらせて見返りを求めたり、理屈を捏ねて自分のために予算を使ったり。今回であれば、指揮を執るのに必要だと、屋敷を建てさせるぐらいはありです。——もっとも、全権代理であるサラサ様なら、そのような小細工をせずとも自由に予算を使えますが」

なるほど。最初にお店の拡張を提案したのは、無茶を言われる前に、と？

「……苦労、してました？」

そう尋ねると、クレンシーは驚いたように私を見て、疲れの見える笑みを漏らした。

「ははは……ええ、そうですね。ヨクオ様——いえ、前カーク準男爵を放置すれば、確実に財政は破綻しましたから。私にできたのは、なんとか無難に収めることだけでした」

ため息をつくように言葉を漏らしたクレンシーだったが、すぐに「ですが、今は違います」と力強く断言し、張りの戻った顔で私を見た。

「盗賊をお任せできるのであれば、工事は私が確実に差配しましょう。単純な力仕事であれば、使える人手は余っています。まずはロッツェまでの最適な経路の調査ですね」

「あ、それは既に。今回も使っていますから。そうですよね、アデルバートさん」

「うむ。サラサ殿が行き来したおかげで、以前よりも通りやすくなっていたな」

道をつけたのはアデルバートさんたちだけど、それを歩きやすくしたのは私の魔法。

これを拡張すれば、きちんと街道として機能するだろう。

そのことを説明すると、クレンシーはやや拍子抜けしたように頷いた。

「一番面倒な部分が解決済みですか。では、すぐに取り掛からせて頂きます」

「はい、お願いします。次にフィード商会ですが、彼らには領内の物流を担ってもらう予定です。地域の不安定化を避けるためにも、物流の維持は重要ですから」

「サラサ様、必要性は理解できますが、それを何故フィード商会に？」

ウォルターを始め、『あえてフィード商会を使う理由が解らない』と疑問を浮かべている面々に、モーガンは誇らしげに胸を張って微笑む。

「危険な街道でも確実に荷を届けられる、それが私どもの強みです。ご期待には応えられるかと。もちろん望まれるなら、盗賊の討伐に人を出すことも可能ですが……」

「いえ、遭遇した盗賊は斃してほしいですが、あえて探す必要はありません」

「かしこまりました。輸送と支店の開設に全力を注ぎます。既にサウス・ストラグの店舗は購入済み、人も到着したようです。この村にも支店を出すつもりだったのですが——」

「お、お父さんのお店が潰れちゃいます⁉」

これまで緊張したように黙っていたロレアちゃんが、大きな声を上げた。

だがモーガンは、不安そうなロレアちゃんを安心させるように優しく微笑む。

「ご懸念は承知しております。ダルナ氏にはフィード商会への傘下入りを打診しました」

「え、えっと……それって、どうなるんですか？　お父さん、困ったりしませんか？」

「むしろ今より楽になるかと。商品の仕入れ、輸送はフィード商会で担当しますので、ダルナ氏自身が荷を運ぶ必要はなくなり、この村での販売に専念できますから」

「つまり、盗賊に襲われる心配はなくなる……？」

「その通りです。まだお返事は頂けておりませんが、どのようなお答えを出されるにしろ、サラサお嬢様の大事な方を傷付けるようなことはいたしませんので、ご安心ください」

私の両親同様、ロレアちゃんの祖父母も盗賊に殺されている。

それもあってか、彼女は安堵したように息を吐き、ハッと顔を上げて周囲を見回した。

「――あっ、すみません。お話を遮ってしまって」

「構わないよ。村にとっても影響の大きいことだからね。でも、これまでより多くの商品が、より安く手に入るようになるから、村の人も採集者も喜んでくれると思うよ？」

フィード商会としても、往路はヨック村で売る商品を、復路は錬金素材を運べば良いので無駄がなく、十分に商売として成立するだろう。

「続いて、具体的な盗賊対策に移りましょう。これがこの周辺の地図ですが……」

テーブルの上に広げられているのは、ロッホハルトを中心とした地図。

南西に位置するロッツェ家を除くと、五つの領地がロッホハルトに接している。

北がハイネ準男爵、南がキプラス士爵、東にはアルハド士爵とバーケル士爵、南東はベイカー士爵の領地があり、ロッホハルトを南北に貫くように、大きな街道が走る。

「クレンシー、盗賊の被害状況や拠点、危険地域などの情報はありますか？」

「申し訳ございません。調査に人手が割けておらず……」

「ですか。私がレオノーラさんから得た情報では、北への街道の被害が深刻なようです。グレンジェ方面と南への街道がその半分程度、他の街道は少ないようですね」

「あの方ですか。であれば信憑性は高いですね。錬金術師でなければ引き抜きたいぐらい優秀すぎる方ですから。町の浄化では協力もして頂きました」

「レオノーラ殿だからなぁ……。しかし、そうなると、盗賊の拠点はサウス・ストラグの北、もしくはハイネ準男爵領にあるということか？」

そう言いながらアイリスが地図上に指を走らせるが、ウォルターが待ったを掛ける。

「必ずしもそうとは言えないかと。拠点の傍で仕事をすれば、見つかる危険性が高くなります。それを警戒して、あえて離れた場所で襲っているのかもしれません」

「そういうものか。では、大きな街道がない西側、この村方面が怪しいのか？」

ウォルターの指摘にアイリスが素直に頷き、今度は指をヨック村とサウス・ストラグの間に移動させると、ロレアちゃんが不安そうな表情になった。

「もっとも、仕事の度に移動していては目撃される確率も上がります。近場で襲い、全員殺して隠蔽する方法もありますが……完全に防ぐのは難しいでしょうね」

襲撃地点は判明しなくても、荷物が届かなければ、おおよその当たりは付けられる。

レオノーラさんが私に教えてくれたのも、それら周辺情報まで含めての予測らしい。

「……ウォルター、つまり何が言いたいのだ？」

少し不満そうなアイリスに、ウォルターが微笑む。

「襲撃が多い場所の警戒は必要ですが、拠点を見つけるには、情報収集を更に進めて広範囲に探すしかないと思われます。サラサ様、それでよろしいですか？」

「そうですね……ではウォルターは、情報収集に力を入れてください。領地の政務は私も協力します。書類仕事ならここでもできますし、必要ならロッツェ領にも赴きます」

「承知致しました。書類仕事だけでも大変助かります。残念ながら、ロッツェ家はその方面が弱く、奥様――いえ、ディアーナ様共々苦労しました。サラサ様が御当主となり、そのことに頭を悩ませる必要もなくなったことが、私にとっての救いです」

「うむ、良かったな、ウォルター！　はっはっは！」

「アデルバート様がそれを言いますか――!?」

まるで他人事のように呵々と笑うアデルバートさんに、ウォルターが目を剝くが、すぐに諦めたように、「今更でしたね」と深いため息をついた。

「えーっと、お疲れさま？」

「恐れ入ります。――あぁ、ですが、得意分野ではアデルバート様も頼りになりますので、ご安心ください。それと、政務に関しては、ケイトにも多少は仕込んでおります」

「そこは信頼しています。私も実務は初めてですし、頼らせてもらいますね？」

と、アイリスたちを見れば、目が合ったのは苦笑を浮かべたケイトのみ。

アイリスの方は何故かそっぽを向いていて……うん、理解した。

「あと……領境の近くで軍を動かすことを考えると、周辺領主には話を通しておくべきでしょうね。クレンシー、この領との関係はどうですか？」

「カーク準男爵領だった頃の話ではありますが、良くありません。改善すべきなのでしょうが、私はカーク準男爵の下で働いていたこともあり……」

理由は借財だったり、利権だったり。クレンシーはその頃から交渉の矢面に立っていたこともあって、印象は最悪に近い。カーク準男爵家が取り潰されたことは知っているだろうが、彼が赴いても関係改善が難しそうだと、後回しになっているらしい。

「では、私が挨拶に行きます。当家は元々、彼らと同じ被害者。それに加えてフェリク殿下の名前があれば、無下にはしないはずです。利権に関しては精査が必要ですが、借財は条件変更で対応しましょう。かなりの利息を取っていますよね?」

「はい。元本さえ戻ってくれれば問題はありません。ですが、よろしいのですか?」

申し訳なさと心配の混じったような視線で、クレンシーが私を見る。

既に王領になったとはいえ、元は憎きカーク準男爵領からの使者。

襲われたりはしないだろうが、嫌味ぐらいは言われるかもしれない。

「これもお仕事です。外見で侮られるかもしれませんが、この際、利用できる肩書きは利用しましょう。師匠を敵に回すような愚か者は……あんまりいないでしょうし」

ロッツェ士爵にして、マスタークラスの錬金術師オフィーリア・ミリスの弟子であり、国王から任命されたロッホハルトの領主全権代理。これに真っ向から喧嘩を売ることは、普通ならしない。逆に言えば、普通じゃないならする。

さすがにヨクオ・カーク並みの愚か者はいないと信じたいけど……。

「なら、キプラス士爵には儂が挨拶に行こう。彼とは旧知だ。ベイカー士爵についても、キプラス士爵に仲介を頼めるだろう。サラサ殿は他三者に専念してくれ」

「助かります。では、そちらはアデルバートさんにお任せするとして……。私一人で訪問するのは、立場的に問題がありますよね。どうしましょう？」

「サラサお嬢様、私どもが同行しましょうか？　それなりの外見の者たちは揃えられますし、商業的なメリットを提示することもできますが」

おそらく『それなりの外見』とは、威圧的な意味合いでだろう。

でも、今回の目的は和解。できればソフト路線で行きたいところ。

「フィード商会は自身の商売に専念してください。それがロッホハルトの利益になります。私の方は……アイリス、ケイト、お願いできますか？」

「――っ！　あ、あぁ！　任せろ！　私がしっかり守るからな！」

私が頼むと、アイリスは嬉しそうに顔を輝かせ、ケイトも深く頷く。

「それでは皆さん、よろしくお願いします。何かあればすぐに報告を。レオノーラさんとこのお店の間であれば、即時連絡が取り合えます。安全最優先で行動に移ってください」

「「はい（おぉ）！」」

貴族相手の交渉は、腕力でなんとかなる盗賊とは違う。

これもお仕事と受け入れたものの、正直、嫌々だった周辺領主への挨拶。

だが実際にやってみると、少々拍子抜けだった。

アルハド士爵、バーケル士爵に関しては、肩書きが十分に効果を発揮したようで、最初から相手の腰が低く、金利の引き下げを提示して理解を求めれば、あっさり受け入れてくれて、ロッホハルトとは今後とも良い関係でいましょう、という形で決着がついた。

もちろん、脅したりなんかはしていない。至極平和的。ホント、ホント。

――私を見る目の奥に、何故か怯(おび)えが見えたような気がするけど、たぶん気のせい。

カーク準男爵を物理的に首にしたのは私じゃない。変な噂(うわさ)には断固として抗議したい。

懸案だったのは、ハイネ準男爵。

ここは借金がなかったことに加え、爵位的にも私が下。

領主全権代理という立場も、ロッホハルトが準男爵領だったことを考えるとやや弱い。

今回こそ――と覚悟を決めた私だったけど、これは予想外の方法で解決した。

その立役者は、誰あろうマリスさん。

レオノーラさんから『連れて行ったら楽に済むわよ?』と助言を受け、お願いして来てもらったのだが、最初は尊大だったハイネ準男爵が彼女を見るなり急にヘコヘコ。

マリスさんがイラッとした素振りを見せるだけで、ハイネ準男爵の顔色がどんどん悪化。

こちらの要求を全部飲むという、とても協力的な態度を見せてくれた。

おそらく、何かしらの因縁があると思われる――マリスさん、伯爵家の人だしね。

そして、キプラス士爵とベイカー士爵については、アデルバートさんとウォルターが交渉を纏めてくれて、無事に周辺領主への根回しは終了。

本格的に盗賊対策が始まったわけだけど――私の日常は、驚くほど変化がなかった。

『盗賊退治！』と意気込む私に対し、ウォルターは『当主が前線に出てどうしますか。サラサ様にしかできないことをしてください』と言い、アデルバートさんは『折角自由に動けるようになったのだ。儂の仕事を奪わないでくれ』と言い、ロレアちゃんにまで『店長なのに、お店を空けすぎるのはちょっと……』と言われてしまった。

むぅ。すべて反論できない。

盗賊許すまじ、という気持ちは強いけど、今の私は錬金術師。

お任せできるのであれば、お任せし、本分に戻るべきだろう。

そんなわけで、私は盗賊対策を片手間に、お店で椅子を温めるのだった。

No 016

錬金術大全：第六巻登場
作製難易度：ベリーハード
標準価格：200,000レア～

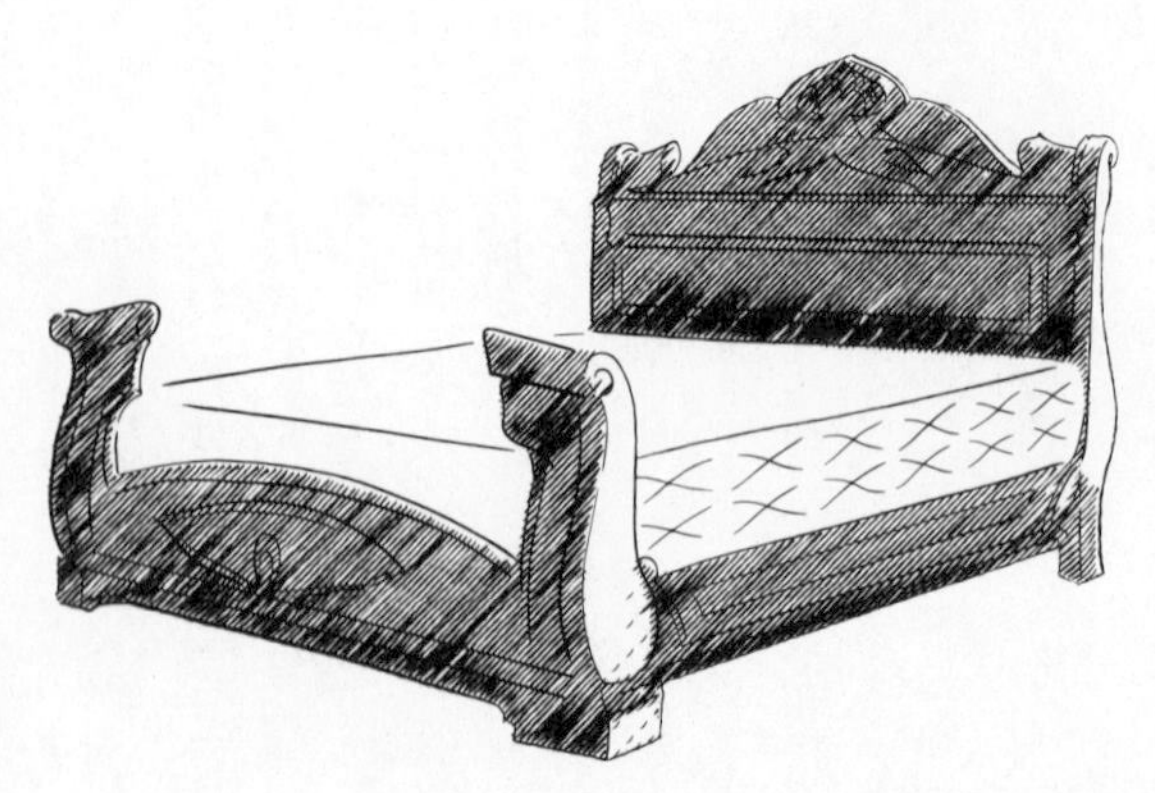

〈ダメ人間製造装置〉

年を取ると寝ることにすら疲れる。そんな経験、ありませんか？ですが、それももう過去のこと。

一見するとただのベッドですが、これの真骨頂はマットレスにあります。

どのような体勢で寝ようとも完璧に身体をサポート、腰痛、肩こりに別れを告げましょう。

ちなみに命名者は、発明者の弟子。一向にベッドから出てこない師匠に業を煮やし、
ベッドごと担いで登録に来た逸話は有名です。

Episode 3

Dealing with Pollution

公害対策をしよう

王都から戻ってしばらく経ち、季節は疾うに真夏へ突入していた。

「最近、本当に村に人が増えたねぇ」

「そうですね。今年の春と比べてもずっと。——ちょっと多すぎるほどに」

昼前のお客が少ない時間帯、お店を覗いた私に応え、ロレアちゃんもため息をつく。

ミスティもウチのお店に慣れ、三人体制での店舗経営も軌道に乗った今日この頃。

最近の私たちは、とある問題に頭を悩ませていた。

それは暑さ。

店内は空調があるので私たちは問題ないんだけど、変わったのは来店する採集者たち。

何というか、その……言葉を飾らずに言えば、とても臭い。

真夏に大樹海に入って採集活動に精を出せば汗もかくし、汚れもする。場合によっては数日掛かりで採集し、そのまま素材を売りに来るのだから、当然のように体臭が酷い。

氷牙コウモリの牙が流行った時にも辟易したけれど、今回の要因は別。

単純にお店の人口密度が高いのだ。ヨック村に人が増えたと、本来は喜ぶべきことなんだろうけど、私の素敵なお店が汚されるようで……うぅ。ジレンマである。

そのせいで、店舗スペースに置いてあったテーブルと椅子も撤去するしかなくなり、最近はのんびりとティータイムを過ごすこともなくなってしまった。

「先輩、去年もこうだったんですか？　頻繁に魔法で換気してますけど、正直キツいです」

「去年はもっとマシだったかなぁ……。換気はホントに助かってる、ありがと」

常に窓と扉を開放しておくと暑いし、風がないと空気も入れ換わらない。

その点、魔法を使えば一瞬。寮の部屋のお掃除で使われる『微風（ブリーズ）』は当然のようにミスティも扱え、お店の物が飛んでいかない絶妙な加減で換気に協力してくれている。

「サラサさん、実はアンドレさんたちを筆頭に、古参の採集者の皆さんは、気を遣ってくれていたんです。折角来てくれた若い女性の錬金術師、不快にさせないようにって」

先に水浴びをして、汚れを落としてからお店に来たり、代表者が一人だけで来たり。

氷牙コウモリの時に売り出した、消臭薬を常備してくれている人もいるらしい。

「ただ、新しく来た人たちは、そのあたりを意識していないようで……」

「……そういえば、採集者は不潔に慣れているって言ってたねぇ。アンドレさんが」

「そのようですね。ボクたちからすれば、まったく嬉しくないことに。店舗経営にはこんな問題もあるんですね。先輩、空気清浄機でも作りませんか？　作れますよね？」

「あぁ、それは良いね。強力なのを作るよ。コストと必要素材の入手性から後回しにしてたけど、今度フィード商会が来たら材料を注文しておこう」

涼しくなる前に間に合うか判らないけれど、そろそろ錬金術大全の五巻も終わりが近い。タイミング的にもちょうど良いし、この機会に作ってしまおう。

「本当は、採集者の皆さんが清潔にしてくれるのが一番なんですけどね。ディラルさんの宿屋にお風呂でもあれば違うでしょうか?」

「あまり違わないと思うよ、ロレア。気遣いができる人なら、水浴びして来店するよ」

冬場ならともかく、今の時季なら水浴びをしても寒いなんてことはない。

この村は井戸が自由に使えるのだし、そのつもりがあるなら既にやっているだろう。

「ちゃんと入ってくれるなら、公衆浴場を整備しても良いんだけど。山から温泉を引いてくれば……さすがに無理か。遠すぎるね」

普通に歩けば一日以上の距離、ここまで引っ張ってきても、途中で冷めてしまう。

「え、サラサ先輩、ここって温泉があるんですか? 行ってみたいです!」

「あるよ、私が作ったのが。――そうだね、涼しくなったら行ってみようか」

一般人にはちょっと無理な場所だけど、逸般人のミスティなら問題はないだろう。

「はい、是非! さすがです、先輩。温泉まで作っちゃうなんて……」

「うん、ひょんなことから、ね。村じゃ使えないのが難点だけど」

ミスティの尊敬の視線が少し痛い。

あれはアイリスたち救出の副産物、温泉掘りが目的じゃなかったから。

「でも、先輩。お風呂だけの問題なら魔熱炉を作れば良いのでは？　この辺りは水が豊富ですし、あれならお湯を沸かすぐらいは簡単ですよね？」

魔熱炉とは、少量の魔力で大量の熱を発生させる、超高効率な熱源のこと。

とても便利なので、錬金術師が関わる所——錬金術師養成学校とか、大きな公共施設とか、師匠の所とかには必ずと言って良いほどある代物なんだけど……。

「ゴメン。さすがに魔熱炉はまだ作れない。あれが載ってるのって、七巻だよ？　確か」

「え、そうでしたっけ？　よく見かけるので、先輩なら作れるかと……」

——後輩の期待が重い。

そりゃ、レシピを教えてもらえば可能かもしれないけど……。

「見かける機会は多いけど、基本的には中級以上の錬金術師が作るものだからね？」

意外そうなミスティにそう答えると、ロレアちゃんまでびっくりしたように私を見た。

「あの、サラサさんは、まだ中級錬金術師じゃないんですか？　こんなに凄いのに……」

「もうちょっとで錬金術大全の六巻に入れそうだけど、中級は七巻からだからね」

「先輩の実力的には、十分に中級錬金術師だと思いますけどね」

「ううん。実力的にもまだまだ足りないし、先の話。私、卒業二年目の新米だよ？」

自明のことを口にしただけなのに、ロレアちゃんは何度か瞬き。ポンと手を打った。

「……あ、そうでした。なんか、ずっと前から村にいたような気がしてました。まだ一年ちょっとなんですよね、サラサさんが来て」

「そうだよ？　でも、そう言ってくれるのは嬉しいかな。村に来た時は、受け入れられるか心配だったから……ロレアちゃんのおかげで、随分助けられたよ」

村長さんへの挨拶にドキドキしたのも、今となっては良い思い出だね。

と、そんな話をしていると、軽快な挨拶とともにアンドレさんがお店に入ってきた。

「ちわーっと。お、サラサちゃん、今日はこっちにいるんだな？」

「はい、ちょっと休憩中です。前みたいに、のんびりお茶はできなくなりましたが」

私が肩を竦め、目でテーブルセットがなくなった場所を示すと、アンドレさんもまた、同じように肩を竦めて笑う。

「ハハハッ、確かにそんな余裕はねぇだろうなぁ。最近は冷たい水も出してくれねぇし、去年みたいに、店でのんびり涼むこともできなくなっちまったから――」

「あ、やっぱり涼んでたんですね、アンドレさん」

「おっと、口が滑っちまった。――ところで何を話してたんだ？　盛り上がってたが」

ジト目を向けたロレアちゃんにアンドレさんはニヤリと笑い返し、大袈裟(おおげさ)に口を押さえた後、話を変えるようにそんなことを聞いてきた。

しかし話題の中心は、いうなれば採集者に対する苦情。そのまま口にするのは——。

「少し言いにくいんですが、最近は採集者の人たちの悪臭が酷いって話です」

果たして『言いにくい』とは何なのか。

婉曲(えんきょく)すら用いず、ズバリと口にするミスティの面(つら)の皮。

ミスティより付き合いの長い私だって、もうちょっと言い方を考えるよ⁉

だがアンドレさんは気を悪くした様子もなく、逆に申し訳なさそうに頭を下げた。

「あぁ、それはすまねぇ。気にしてるんだが、この時季は汗をかくから、どうしてもな」

「い、いえ、アンドレさんたち、古参の人たちは問題ないんです！　気にならないとは言いませんが、問題ない範囲なので！　でも、最近来た人たちがちょっと……」

ロレアちゃんが早口になり、フォローするようにそう言うと、アンドレさんは困ったように眉をひそめ、疲れたように肩を落とした。

「アイツらかぁ……。採集者だけなら俺らも多少は強く言えるんだが、そうじゃないのも交じっていてなぁ。そいつらがなかなかに酷いもんで、徹底ができねぇんだよ……」

アンドレさんの言う『そうじゃないの』とは、街道の整備を行っている人たちのこと。

基本的には現場に作られた仮設の宿で寝泊まりしているそうだが、休みが与えられたときにはヨック村に羽を伸ばしに来るらしい。

だが、所詮はヨック村。遊べる場所があるわけではなく、できるのはせいぜい、美味しい料理を食べて酒を飲むか、最近品数が増えた雑貨屋で買い物をするか。

そんな生活なので、とても清潔とは言えず、今ディラルさんの食堂は、なかなかに酷い状況になっているんだとか。

「そんなんで、『お前らは清潔にしろ』っても、なぁ……。最近は村のヤツらも飲みに来ねぇし、俺たちも自前の家を構えようかと相談しているぐらいなんだ」

アンドレさんは困り顔だが、それを聞いたロレアちゃんは嬉しそうな声を上げた。

「わぁ、アンドレさんたちが村に住んでくれるようになったら、安心です！」

「お、そうか？　受け入れられるかな？　俺たち」

「もちろんですよ！　ヘル・フレイム・グリズリーの狂乱の時に、皆さんが頑張って村を守ってくれたこと、私たちは忘れていません！」

と明るく笑ったロレアちゃんが一転、「フフフ」と暗い笑みを浮かべる。

「――もちろん、逃げ出した人たちのことも、忘れていませんけど」

私は顔も覚えていないけど、何やらあのときに逃げ出した採集者の一部が、最近大幅に増えた採集者たちに交じって帰ってきているらしい。

誰しも自分の命が一番大事。村の人たちもあからさまに嫌みを言ったりはしないが、あの時に残ってくれたアンドレさんたちとは、一線を画した対応となっているそうだ。

「お、おう。でも、ロレアちゃんがそう言ってくれるなら、本格的に検討してみるぜ！」

ロレアちゃんの微笑みにちょっと引きつつも、アンドレさんは照れくさそうに笑う。

「ボクたちも、有能な採集者が居着いてくれるのは嬉しいです。ねぇ、サラサ先輩？」

「うん。お得意さんの存在は、経営の安定に寄与するからね。でも、悪臭から逃げられないディラルさんは可哀想ですね。公衆浴場、本当に作るべきでしょうか……？」

私たちなんて、数組の採集者が入ってきただけでもキツいのに、それ以上の人数が四六時中いるなんてこと、ちょっと考えたくもない。仕事だから、拒否もできないだろうし。

「お、なんだ？　そんな話があるのか？　もしそんな良いもんがあれば、俺たちとしては嬉しいな。街道を作ってるヤツらも、風呂なら喜んで使うんじゃねぇか？」

「サラサさん、私からも、できればお願いしたいです。友達も働いてるから……」

「あ、そっか。人が増えたから、雇ったんだよね」

申し訳なさと心配が混じったロレアちゃんの視線を受け、私はポンと手を打つ。

最近はすっかりご無沙汰なので忘れていたけど、宿の拡張と採集者の増加に合わせて、ディラルさんの所では従業員も増やしていた。それは当然村の人で、これまた当然、ロレアちゃんのお友達。心配になるのは当たり前だろう。

「う～ん……、ミスティ、公衆浴場を作ることに関しての問題は？」

「そうですね、新しい井戸は必要でしょうが、水は確保できると思います。お湯を沸かすのも、魔熱炉は無理でも、サラサ先輩なら別の錬成具(アーティファクト)で対応できますよね？　となると、あとは水の浄化と採算性じゃないでしょうか？」

試しに訊(き)いてみれば、流れるように答えが返ってきた。このあたりはさすが錬金術師。残念だけど、ロレアちゃんやアイリスたちでは、対応できないところ。

「うん、私も概(おおむ)ね同じ意見。少なくとも、運用費用だけでも稼げないと厳しいよね。アンドレさん、いくらぐらいなら公衆浴場を使いますか？」

「俺なら、五〇レアまでなら毎日でも入るぜ？　けど、ルーキーには厳しいだろうなぁ。一〇……いや、二〇レアまでなら、多少強引にでも入るように躾(しつ)けられるが」

「ふむ、かなりギリギリですが……了解です。実現可能か、検討してみますね」

「おう！　楽しみにしてるぜ。何か協力できることがあれば、言ってくれよな！」

そう言って、いつものように錬成薬(ポーション)を補充して帰っていくアンドレさんを見送り、残った私たちは早速額を集め、検討を始めた。

「必要なのは、空気清浄機に加えて、浄水器と湯沸かし器ですね」

「湯沸かし器は、ここのお風呂にある物で良いんですか？」

「大型化と効率化は必要だけど、そうだね。空気清浄機と浄水器は似ている部分があるから、問題となるのは必要な素材が入手できるか、だね」

　要の素材はアステロアという海の生き物から採れる。

　大樹海で得られる素材でも代用できるけど、効率を考えると、できれば避けたい。

「建物の方はどうするんですか？　普通の家ならゲベルクお爺さんに頼めますが、浴槽は作れるんでしょうか？　この家以外にはありませんよね？」

「この家はゲベルクさんが建てたそうだけど……お風呂はどうだったんだろう？　無理そうならサウス・ストラグから職人を呼ぶことになるから、追加コストが掛かるね」

「普通に考えれば、まず採算が取れませんね。錬成具作製の手間賃を先輩が被ったとしても、建築費用だけで足が出ます。ロッホハルトの予算から出しますか？」

「出すとしても、できるだけ少なくしたいかな？　ヨック村に作るなら、他の村にも作らないと不満が出そうだし。一応、領主の代理として、それは避けたい」

　ロッホハルトにある町や村は七つ。

　うち四つはここと同レベルの村なので、少なくともそこに公衆浴場はないだろう。

「なら、寄付を募りましょう！　お金が無理な人でも人手なら出せますし、サラサさんを手間賃なしで働かせるなら、村の人だって同じぐらい頑張るべきだと思います！」

両手を胸の前でギュッと握り、ふんすっと鼻息も荒いロレアちゃん。

採集者が増えたことで利益を得ているのは村の人も同じだし、迷惑を被っているのもまた同様。であれば、村の人が何もしないのはおかしい、ということらしい。

「でも、公衆浴場は村からの要望じゃないし……例の如く、エリンさんに相談かな？」

「解りました！　それじゃ、早速行ってきます！」

一日中店番に立っているだけに、実はかなりキツかったのだろう。

ロレアちゃんは即座に走り出し――そこからの動きは速かった。

提案を受けたエリンさんが村人を集めて話を訊いたところ、思った以上に採集者や労働者の放つ悪臭に辟易していた人が多かったらしい。大半が諸手を挙げて賛成、そうでない人も金銭的、労働力的に協力する余裕がないだけで、反対という人はいなかった。

そのあたりの不公平感の調整は村長のエリンさん――じゃなかった。村長の娘であるエリンさんに任せるとして、結果、公衆浴場の設置自体はあっさり決まったのだった。

そんな話をした数日後、ロッツェ領に赴いていたアイリスとケイトが戻ってきた。

「公衆浴場か。確かに最近は臭いが気になるな……。あ、これが今回の書類だ」

「ありがとうございます、アイリス。ロッツェ村はどうでした？」

私はそう尋ねつつ、受け取った書類を広げる――台所のテーブルの上に。

う～ん、やっぱり執務室は作るべきかも？

「特に変わりなく――いえ、以前より良くなっているわ。無理な節約は必要ないし、魔法を使った開墾で農地も増えた。みんなの表情も明るくなって……全部サラサのおかげ」

「それはみんなが頑張っているからですよ？　開墾はできても、その土地を肥やし、良い作物を育てられるかは、村の人たち次第ですから」

「いや、まず農地にするのが大変なんだ。開墾の労力はとんでもないぞ？　女子供は石を拾い、男たちは草を刈って、木を伐り倒す。特に抜根なんか、泣きたくなるほどだ」

「ええ。一〇人がかりで丸一日掛けても、一つ取るのが精一杯だったりするんだから。それがサラサの魔法なら一瞬で……本当に凄いわよね。私も頑張ってるけど……」

「ふふふ、まだしばらくは、ケイトに負けるつもりはないですよ？」

魔法の師匠だからね、と私が笑えば、ケイトは呆れたように肩を竦めた。

「絶対に勝てないわよ。私なんて、硬い地面を柔らかくするだけで精一杯。それでも十分に便利なんだけど……実は人が増えて、また農地が足りなくなってるのよね」

「……え、そうなんですか？　多少の余裕は見ていたと思うんですが」

ロッツェ領も今となっては自分の領地。自重せず開墾したのに……おかしいな？

街道の整備はされているけれど、それはヨック村とロッツェ村の間のこと。

さして交通の便が良くなったわけでもなく、人口の増える理由が——。

「理由はお前だ、サラサ。新しい領主がお前になったと聞いて、戻ってきた若者が多い」

「私、ですか？　何故に？」

「サラサは自分の知名度を自覚すべきだな。サラサ・フィードという名前は知られていなくても、横暴な領主を追い出した錬金術師としては有名だ。その錬金術師によって一気に農地が広がったとなれば、村から出て行った若者も戻ってくる」

村から若者が出ていく理由の多くは、仕事がないから。農家であれば継げる農地がなく、商人でも後継者は一人のみ。そう言われれば納得できるけど……。

「随分と動きが早いですね？　なんでそんなに？」

「それは簡単だ。ウチの軍がロッホハルト中を動き回っているだろう？　当然のように町にも寄るし、旗印を見れば、ロッツェ領出身者なら近寄ってきて話もする」

軍とは言うけれど、そこにいるのは昔から知っている近所の小父さんたち。

『ちょっと世間話でも』と思うのも当然かぁ。で、村が良くなったと聞けば、町で苦労している人なら、故郷に戻ってみようと考えるのも必然、だよね。

「了解です。また開墾に行きますね。――盗賊討伐に関しては、聞きましたか？」

「父の情報収集があまり上手くいってないそうね？　ごめんなさい、サラサ」

「ある程度は討伐されていますし、被害も減ってはいるようですけどね」

現在判っているのは、盗賊たちには三つの集団があること。

一つ目は、カーク準男爵家が取り潰された時に追い出された、軍人崩れ。素行不良であっても一応は元軍人だけに、それなりに戦える者が揃っている。

二つ目は、サウス・ストラグを浄化した時に潰された、犯罪組織由来の盗賊。単純な戦闘力では一つ目に敵わないが、卑劣さでは上回り、手を焼かされる。

三つ目は、バール商会のように犯罪に手を染めていた悪徳商人たち。一部は捕まったのだが、財産を持って逃げ出した者も多く、資金力の面で厄介。

「幸い、これら三つは互いに連携していないようです。領地の安定という面では、現状でも概ね成功してますが、盗賊の拠点は見つからず、根本的解決には至っていません」

「ふーむ、できれば私たちも手伝いたいのだが、お父様に反対されてな」

「戦力は十分に足りているからって。母まで張り切っているし……」

「事実ですね。そもそも戦力不足なら、私が出ますよ。ミスティもいるんですから」

「いや、それもどうかと思うが……そのミスティは、工房か？」

アイリスたちは困ったように苦笑し、顔を錬金工房がある方へと向けた。

「はい。今は錬成薬（ポーション）を作ってもらっています。やっぱり基本ですからね」

「ふ～ん、サラサもちゃんと師匠をしているのね。てっきり、私は――」

と、ケイトが何か言いかけた時、廊下に続く扉からロレアちゃんが顔を出した。

「サラサさん、フィード商会の――あ、アイリスさん、ケイトさん、帰ってたんですね」

「ええ、ただいま。お客さんの邪魔になるから、裏口からね」

「へー。……実は臭いが気になるから、お店に入りたくなかった、とか？」

「うむ、それもある！」

疑うようなロレアちゃんの視線を受けたアイリスは、胸を張ってそう宣言した。

「堂々と⁉　私なんて、そこで頑張ってるのに！」

「いや、私たち自身の方もな？　しばらくお風呂に入れなかったから――ってことで、サラサ、お風呂を借りるな。旅の垢を落としてくる。ケイト、行こうか」

頬を膨らませ、眉尻を上げて抗議するロレアちゃんに、アイリスはパタパタと手を振り、ケイトをお風呂に誘うが、ケイトの方は少し驚いたように目を瞬かせた。

「え、一緒に入るの？　……まぁ、良いけど」

「あ、入るんですね。まぁ、私もロレアちゃんと入ったけど……」

「ふふっ、懐かしいですね。あれからもう一年以上――って、フィード商会の人が来ているんでした。取りあえず、応接間にお通ししましたが……」

「ありがと、すぐに行く。それじゃ、アイリスたちは、ゆっくり楽しんでください」

「そうね、正妻と愛人、仲良くやらないといけないし？」

「なっ⁉　そ、そういうつもりで誘ったわけじゃない！　サラサ、誤解しないでくれ！」

「なーんにも、誤解してませんよ～？　大丈夫です、たぶん一時間ぐらいは戻ってきませんから。お風呂で多少はしゃいでも、応接間までは聞こえませんから～」

クスクスと笑うケイトと、慌てたようにこちらを見るアイリスに、私は後ろ手に手を振り、ロレアちゃんの背中を押して台所を出ると、パタンと扉を閉める。

――うん、やっぱり防音がしっかりしてるよね、この家。

たぶん、工房で大きな音を出しても大丈夫なように作ってあるのだろう。

「ま、さすがに二人も、明るいうちから聞かれてマズいことはしないと思うけど」

「あははっ……。――え？　冗談ですよね？　夜なら……、とかないですよね？」

笑いを引っ込め、背後の扉を二度見するロレアちゃんに、私は微笑む。

「どうかなぁ～？　夜、監視してるわけじゃないから、可能性はゼロじゃない、かも？」

「えぇ……。私の部屋、隣なんですけど。気になって寝られなくなりそうです」

「大丈夫、私の部屋も隣だから！　その時は一緒だよ？」

「全然大丈夫じゃないです……。うぅ、もし聞こえたら、翌朝、顔が合わせづらいよぅ」

私はクスリと笑い、頬を染めているロレアちゃんの背中をポンポンと叩いて店舗へ送り出し、私自身は応接間へ。そこで待っていたのは、二人の男性だった。

一人がモーガンなのは予想通りとして、もう一人が——。

「番頭さん……？　なんでここに？」

少々意外な存在に目を瞬かせる私を見て、番頭さんは朗らかに笑う。

「この事業はフィード商会の柱ともなり得る大切な仕事、私が来るのは当然だよ。向こうでの仕事になんとか目処をつけられたから、急いで飛んできたんだ」

商会が潰れると困るし、無理のない範囲で良いんだけど……番頭さんなら大丈夫か。

「それで、どうですか？　上手くいっていますか？」

私の大雑把な問いに答えたのは、モーガンの方だった。

「商売に関しては非常に順調です。この村で得られる錬金素材を一手に担っていますし、仕入れる素材の品質はサラサお嬢様の保証付き。これで損を出すなんて、駆け出しの商人でも難しいでしょう。サウス・ストラグの店舗も格安で入手できましたから」

商売に於いて、仕入れの難しさは言うまでもない。目利きが不確かなら、偽物や質の悪い物を掴まされるし、必要以上に仕入れてしまえば、無駄に在庫を抱えてしまう。

特に錬金素材は品質の判定が難しく、素人が下手に手を出せば大火傷である。

その点フィード商会は、少なくとも品質は、プロである私が判定しているわけで。

大きく失敗する危険性はかなり低い。

「もっとも、それも盗賊から荷を守れてこそ、ですけどね。そちらの方は?」

「ある意味では、そちらも順調に。何度も襲われていますが、すべて撃退しています。深追いはしていないので、駆除数は多くないですが」

「サラサちゃん、ロッツェ家の人たちはどうなんだい? 動いているんだろう?」

「なかなか難しいようです。向こうから襲ってくることがありませんし、拠点もまだ見つかっていないので……。多少は情報も集まっているようですが」

そう言って私が知っている情報を開示すると、番頭さんたちはふむふむと何度か頷く。

「情報収集に関しては、私たちも協力できそうだね。報告書に纏めておくよ」

「助かります。見つけることさえできれば、あとは簡単なので」

実のところ、アデルバートさんは『他人の金で訓練ができる! しかも、仕事をしなくても良い!』と喜んでいるらしいが、一応ロッツェ家の当主である私としては、いい加減にけりを付けて、兵士たちを早く家に戻してあげたいのだ。

「少なくとも秋が終わるまでには、なんとかしたいんですが……。ところでモーガン、少し話は変わるけど、他の錬金素材を手に入れることはできる？」

「サラサお嬢様がご希望とあれば、と言いたいところですが……」

「難しいか。そんな伝があれば、前から扱ってるよねぇ」

先ほど言ったように、フィード商会の錬金素材の仕入れ先は私。

この村以外にも採集者や錬金術師はいるけれど、短期間で食い込めるほど甘くはない。

「王都などで仕入れてくることは可能ですが……。何かあるのですか？」

「実は公衆浴場を作ろうか、という話があるんだよね。なんというか……悪臭被害？」

具体的には言わなかったけれど、定期的に村に来るモーガンには理解できたのだろう。

困ったように苦笑して何度か頷く。

「それはそれは。何かご協力できることがあれば、仰ってください」

「なら、錬金素材以外をお願いできる？　大量の資材が必要になるから。錬金素材に関しては、私の方で入手します。——王都で仕入れるなら、転送陣もあるし」

私が何気なく漏らした言葉に、番頭さんが驚いたようにピクリと眉を動かした。

「転送陣？　サラサちゃん、それは？　物を送ることができるのかい？」

「はい。——あ、言っておきますが、普通の商売には使えませんよ？　転送には大量の魔力が必要になりますから。そもそも設置できる人が限られますし」

「そうなのかい？　でも、当然か。便利に使えるなら、広まってるか……」

残念そうな番頭さん。同じ商人としてそれは理解できるし、私も転送陣がなければ経営破綻していたと思うから強くは言えないけれど、土台無理な話である。

商会規模の流通を担うのは、魔力の多い私でも不可能なんだから。

「それより番頭さん。実際に来てみてどうですか？　何か気付きとかありましたか？」

それでも諦めきれないのか、俯いてブツブツ呟いている番頭さんに声を掛けると、彼はハッとしたように顔を上げ、すぐに笑顔を見せた。

「え……あ、あぁ、そうだね。王都にいると『辺境の地』という印象だったけど、実際には思ったよりも栄えていて驚いたよ。村の人たちも、みんなサラサちゃんを褒めていて、ホッとしたというのが正直なところだね」

「そ、そうですか。なんだか照れますね」

番頭さんの優しい視線が、ちょっと擽ったい。

口元をもにょもにょ動かす私を見て、モーガンと番頭さんは顔を見合わせて口を開く。

「胸を張ってください。サラサお嬢様の頑張りの結果が、今の状況なのですから」

「商人は慈善事業じゃないから、当然利益は必要だけど、お客さんに喜んでもらえなければ、意味もない。それを両立できてこそ、良い商人なんだからね」

「ですよね。大先輩の金言、心に刻みます」

「ハハハ、私もまだまだ。日々精進だよ。フィード商会の理念を守るためにね」

深く頷いた私に番頭さんは大きく笑い、懐(ふところ)を探りながら言葉を続けた。

「ところでサラサちゃんは、最近ハドソン商会がグレンジェに支店を構えたことを知っているかい？　モーガンたちが世話になったからね。挨拶に寄ったら手紙を預かったんだ」

番頭さんがテーブルの上に置いた手紙の宛先は、当然のようにミスティ。

これがご機嫌伺い程度なら良いんだけど、彼女の事情を考えると……。

「番頭さん、フィード商会とハドソン商会の関係は、どんな感じですか？」

「そうだね、悪くはないと思うけど……モーガン、どうなんだ？」

「取り引き量は増えています。以前はグレンジェにハドソン商会の船が来たときのみでしたが、支店ができて以降は、継続的に売買を行っています」

フィード商会が扱うのは錬金素材と、ロッホハルト各地の作物など。

前者はともかく、後者は特に目新しい物ではないが、盗賊がいても確実に輸送できるので安定的に売れ、逆にフィード商会の方は、この辺りでは手に入らない物をハドソン商会から仕入れ、ロッホハルト各地へと運んでいるらしい。

「つまり、今のところ敵対はしていない、と」

「今のところはね。ハドソン商会がサウス・ストラグに進出してきたら判らないけど……陸と海で上手く住み分けできれば良いんだけどね。サラサちゃんの後輩の実家だし」

「そうですね、できれば。――ミスティも色々あるようですけど」

私たちを乗せてくれた船長さんは良い人だったけど、私はミスティのお兄さんを直接知らないし、ミスティを跡取りに推している船長さんたちにしても商売人である。フィード商会と仲良くするより敵対する方が利益が上がると思えば、そちらを選ぶだろう。

「すべては相手次第ですね。ありがとうございました。渡しておきます」

私はそう言って、手紙を手に取り――。


「――ふんっ！」

渡された手紙を一読するなり、クシャクシャッと丸め、床に叩きつける。

それがミスティの取ったリアクションだった。

更にオマケで何度か踏みつけた後、彼女は晴れやかに「ふぅ！」と額の汗を拭う。

「先輩、焚き付けができましたよ」

「焚き付けって……せめて踏みつける前に言おうよ。それにウチは魔導コンロだから、焚き付けなんて要らないよ？　火を付けるときだって、私たちなら魔法を使うでしょ」

「そうですね。なら、ただのゴミですね。まったく、ゴミをわざわざ運ばせるなんて！」

ぷんすか！　と擬音でも付けたくなるほど怒り心頭のミスティ。

「……あえて訊いてみるけど、何が書いてあったの？」

「聞く必要はありません。先輩の耳が穢れます！」

「いや、そういうわけにもいかないでしょ。ミスティは私の弟子なんだから」

ミスティの足を退かし、踏みにじられた手紙を拾い上げて皺を伸ばして読んでみる。

なになに……？　ふ～む……これは怒るのも仕方ないかも？

まず、『サラサを上手く籠絡したようだな、良くやった』的なことが書いてあり、『グレンジェの港の利用権も手に入れるとは、存外やる』みたいな流れから、『フィード商会が扱っている錬金素材をこちらにも流せ』と。この部分は、読み方によっては私の目を盗んで素材を横流ししろ、みたいにも読める。一応、申し訳程度に時候の挨拶もあるけれど、遠い場所で頑張っているミスティを気遣うような文章はない。

「これって、誰からの手紙？　お父さん？　お兄さん？」

「直筆の署名はないですけど、たぶん兄からですね。兄の秘書が書いているので」

「そっか……。それでどうするの？」

「そうですね、お隣のエルズさんなら、焚き付けに使え――」

「じゃなくて！　ハドソン商会に配慮した方が良いの？」

　輸送はフィード商会に任せているけど、今でもレオノーラさんには素材を売っているし、当然のように師匠にも売っている。フィード商会と独占契約を結んでいるわけじゃないので、ハドソン商会に売るのも拒否するつもりはないけど……。

「しなくていいです！　こんな失礼な手紙を寄越すような相手になんて！」

　ミスティは腹立たしげに、私が広げた手紙を奪い取り、再びクシャッと丸める。

「船長も船長です！　港の利用権を商会に渡すなんて！　ボクの功績にしようとしたんでしょうけど、ボクは兄たちにも、ボクを商会の跡取りに推す人たちにも、協力するつもりはありませんから！　先輩、何だったら権利を取り上げても良いですよ？」

「う～ん、さすがにそれはしないかな？　船長さんに利用権を渡したのはお礼もあったけど、グレンジェの人たちに仕事を与えるという理由もあったし」

　グレンジェの港に関しては、正直なところ、あまり順調ではない。

　悪徳商人が大量に処分された影響で、『自分たちも理由を付けて処罰されるのでは』と尻込みする人が多く、新規の申し込みが停滞している上に、申し込みがあっても問題のない商会かどうかの調査に時間がかかり、入港する船がほとんど増えていないのだ。

その中でハドソン商会の船は、定期的に入港して仕事を作っている。

フィード商会との取り引きもあるし、いきなり権利を取り上げてしまうと悪影響が大きく、権力者の立場としても、一度認めたものを安易に撤回するのは問題があるだろう。

「むー、そうですか。領主としての判断であれば、ボクは何も言えませんね。でも！　ハドソン商会がボクを口実に何か求めてきても、きっぱり断って構いませんから！」

「うん、了解。普通に対応するね」

ふんすっ、ふんすっと鼻息も荒いミスティに微笑(ほほえ)み、私は丸められた手紙をそっとポケットに仕舞ったのだった。

◇　◇　◇

フィード商会によって資材が運び込まれ、公衆浴場の建設が本格的に動き出した。

資金は村の人の寄付に加え、街道整備費の一部。

労働者も風呂(ふろ)を使うから、という理由をつけて引っ張ってきた。

それに加えて私自身の資金から、ディラルさんが返済中の宿屋の建築費用を拠出した。

総指揮はゲベルクさんで、補助として町から戻ってきた彼の孫二人——といっても、ゲベルクさんがかなりのお爺さんだから、孫も私よりだいぶ年上だけど。

以前、ゲベルクさんは『根性のある奴がおらん』から弟子を取らないと言っていたけど、どうも弟子入りしたいと言う二人を、ゲベルクさんが拒否していたらしい。

『ヨック村に来ても先はない。町で地盤を築く方が将来のためになる』と。

でもヨック村は、昔とは変わった。今は採集者用の賃貸物件の建築が盛んだし、アンドレさんたちのように自分の家を建てる人も出てきている。

ゲベルクさんも『これならば』と、最近二人を呼び寄せたらしい。

そして、お金を出す余裕のなかった村の人たちや、採集者の有志が力仕事でサポート。

懸案だった浴槽については、孫の一人が左官を専門としていたことで解決。

残る問題は、公衆浴場に必要な錬成具だけになったのだった。

「と、いうことだから、ミスティ。湯沸かし器をお願いね。素材は準備してるから」

要となるのは火炎石。公衆浴場レベルとなれば効率を重視したい。

同じ湯沸かし器でもポットとか、ウチのお風呂とか、少量しか沸かさないなら必須じゃないけど、ヨック村なら比較的近場で採れることだし、これを採用すべきだろう。

——と、そんな説明をしてみれば、ミスティは困惑気味に私を見た。

「ええ……？　いや、先輩は？　先輩は作らないんですか？」

「私は作ったことあるし。ミスティも経験、積みたいよね？　錬金術大全を読むために」

使わない、そして売れない錬成具（アーティファクト）を作らせてあげる余裕はないけど、今回は違う。

既に設置先は決まっているし、費用負担も一部で済むのだから、やらない理由がない。

「でも、ボクはまだレベル二。三巻に載ってる湯沸かし器のレシピは読めませんよ？　しかも最初から公衆浴場で使う物を？　普通、湯沸かしポットから作りませんか？」

「大丈夫、レシピは書き出してあるよ。それに多少大きいだけで、コア部分の難易度はそこまで変わらないから。むしろ、鉄工部分が難しいかも？」

錬成具（アーティファクト）には、錬金釜で錬成する部分と、それ以外の部分がある。

例えば、冷蔵庫なら木製の箱がそれ以外の部分で、そこは他の職人に任せる人もいる。

でも、私は特別な事情（村の経済を回したい、とかね）がない限り自分でやるし、弟子にも自分でやらせるスタンス——で、いくつもり。私もそう教えられたから。

「何事も経験。やってみることが重要だよ？」

「なるほど……。やっぱりサラサ先輩は、オフィーリア様の弟子ですね」

「そう？　そう言ってくれると嬉（うれ）しいかも。あ、空気清浄機と浄水器、これもどちらか作れば良いみたいだから、片方はミスティに任せるね。私、良い師匠を目指してるから」

「微妙に意味合いが——って、それ、レベル五の錬成具ですよね!?」

「大丈夫、大丈夫。ちゃんと教えてあげるから。だから湯沸かし器は一人で頑張って！」

私がポンポンと肩を叩くと、ミスティは少し心細そうに私の目を見る。

「えっと、指導はしてくれないんですか？」

「素材に余裕はあるから問題ないよ。私はアイリスたちと海に行ってくるね」

「理由になってない！　先輩は弟子を放置して新婚旅行ですか!?　暑いですもんね！」

「残念、弟子は扱き使われる運命なんだよ？　——ってのは冗談だけど。目的は空気清浄機に必要な素材の入手。買っても良いけど、できれば高品質なのが欲しいんだよね」

浄化に必要なアステロアの処理は難しい。

採集者ではまず無理だし、お店に持ち込んでも、鮮度が悪ければ効果が落ちる。

高い浄化能力を求めるなら、自分で採りに行くのが最善なんだよね。

「むー、そういう理由であれば、反対もできないですね。解りました。お店はボクとロレアで守ります。先輩は頑張って素材を集めてきてください——できれば多めに」

「了解。何度か失敗しても大丈夫なぐらいに、頑張ってくるよ！」

渋々ながらも頷いたミスティに、私は胸をポンと叩いて請け合った。

「夏だ！　海だ！　海水浴だ！」

昊天の下、水着に着替えた私は青い海に臨み、広い砂浜に立って大きく深呼吸。

強い海の香りが鼻を抜け、ともすれば咽せそうになるが、むしろそれが心地好い。

最近、どこか汗臭さが漂う村から来た私としては！

そして私の隣には、同じように水着を着たアイリスとケイトがいて、花を添えている。

ここはバーケル士爵領の漁村、ベイザンの近くにある砂浜。

アステロアを採取するために訪れた場所である。

「確かに気持ちの良い天気だな。だが良いのか？　盗賊問題も解決していないのに」

「アイリス、人は盗賊討伐のみにて生くるものにあらず、ですよ？　それにこれは素材採集、お仕事です。盗賊討伐にかまけて、本来の仕事を疎かにしてはいけません」

「そうよね。頑張って街道の安全を保っているのに、仕事に支障が出たら本末転倒よね」

「はい。今回は別の目的もありますし……ディアーナさんたちは予定外でしたが」

背後の砂浜を振り返れば、そこにはタープの下で寛ぐディアーナさん、そしてカテリーナの姿。私たちが目を向けたのに気付き、微笑みながら手を振っている。

さすがにアイリスたちよりは大人しめの水着だけど、まだまだ若い二人の艶姿はアイリスやケイト以上。当然のように私とは比較にもならず、とても眼福である。けっ！

「お母様はなぁ……。お父様がいるから目立っていないが、実はかなり活動的なんだ」

「私もお止めしたんだけど、『自分がいた方が襲われやすい』と言われて……」

そう、私たちのもう一つの目的は、盗賊を誘き寄せること。

今、ロッツェ家の軍は、ロッホハルト各地を長期に亘って徘徊している。つまり、盗賊たちからすれば、仲間を討ち取られたり、仕事の邪魔をされたりしているわけで。

そんな状況で、ロッツェ家の女性たちが護衛も付けずに少人数でいる。

一発逆転を狙う者たちが出てきても、決しておかしくはないだろう。

もしかしたら、私の噂ぐらいは知っているかもしれないけど、ああいう人たちは自分たちに都合良く考えがち。上手く攫うことができれば無理な要求も通せる、自分ならできると安易に考え、行動に移すことも十分にあり得る——と、良いよね？

ま、メインは素材採集、囮は上手くいけば儲けもの。それぐらいの感覚である。

「実はリアとレアも来たがったんだが、さすがにそれはお母様も止めていたな」

「と、当然ですっ！　二人が怪我でもしたらどうするんですか‼　ちゃんと安全になったら連れてきますから、そう伝えてくださいね？」

「それは構わないが……サラサは二人に過保護だな？　少し嫉妬するぞ？」

「大事な妹ですから。むしろアイリスは、私を守る方でしょ？」

「うむっ！　サラサに貰ったこの剣に懸けて――っと、今は持ってないが」

私が上目遣いで見ると、アイリスは大きく頷いて腰元に手をやるが、その手は空振り。

少し恥ずかしそうに笑い、それを見たケイトが肩を竦める。

「微妙に締まらないわね、アイリス」

「仕方ないだろう⁉　大事な剣を海辺になんて持ってこられるか！」

「そもそも水着だものね、私たち。一応、銛は持ってきたけど」

あと安物の剣や弓なら、ディアーナさんたちがいるタープの下に置いてある。

盗賊が来たら、基本的には魔法で対処するつもりだし、おそらくは問題ないだろう。

「でもまずは、来るか判らない盗賊より、確実に得られる素材です。これを忘れるとロレアちゃんたちに怒られちゃいます。探すのは海底にいる、こんな形の生き物です」

私はそう言いながら、砂浜にアステロアの絵をカキカキ。

凄く単純だけど、とても特徴的なその絵を見て、アイリスが眉根を寄せた。

「……サラサ、アステロアとは、もしかしてヒトデの一種なのか？」

「あれ？　アイリス、ヒトデを知っているんですか？　海には縁がなさそうなのに」

森の生物や植物なら、採集者として調べていても不思議じゃないけど……。

「うむ。子供の頃に読んだ本に、お空の星が海に――んっんん！　実物は見たことはないが、形は知っているんだ！　そんな特徴的なものなら、すぐに見つかりそうだな」

なんだかメルヘンな発言が聞こえたけど……ここは聞き流してあげるのが情けかも？

アイリスの頰は僅かに赤く染まり、視線も逸らされてるから――と、思ったら。

「まぁ、良かったわね、アイリス。子供の頃の夢が叶うわよ」

聞こえた声に振り返れば、そこにいたのはニコニコと楽しそうなディアーナさん。

アイリスとの結婚云々で会った時に比べて雰囲気が柔らかいのは、諸々片付き、領主の責任と仕事もある程度は私に移行して、肩の荷が下りたからかな？

「お、お母様!?　な、なにを――」

「あら、忘れたんですか？　絵本を読んで、『海にお星様を拾いに行く～！』って――」

「お母様！　よ、余計なことを言わないでください！」

顔を真っ赤にしたアイリスが、ディアーナさんの口を塞ごうと飛びつくが――。

「甘いわよっ！　えいっ」

ひらりと避けたディアーナさんがアイリスに足払い、ふらついたその背中を押す。

「わっ、とっ、す、砂が――っ！　うわっぷ！」

地面は慣れない砂地。足を取られたアイリスは蹈鞴を踏んで波打ち際へ。

そこで大きくバランスを崩し、「ざばーん！」と水飛沫を立てて海に倒れ込んだ。

わぉ、なかなかの身のこなし。『かなり活動的』というのは嘘じゃないらしい。

「アイリス、夫婦間で隠し事をしないのが、夫婦円満の秘訣ですよ？」

「げほっ、そういう問題じゃ、げほっ！　ありません！　私の威厳が……」

ディアーナさんがピンと指を立て、教え諭すように言うが、すぐに立ち上がったアイリスが咳き込みつつも抗議、ディアーナさんは呆れたようにため息をつく。

「威厳なんてタイプじゃないでしょう？　あなたは一見しっかりしているように見えて、ちょっと抜けているところが可愛いのです。そうですよね、サラサさん？」

「え～っと、私の口からは何とも？　でも、アイリスはそのままで良いと思いますよ？」

私が曖昧に微笑むと、ディアーナさんも微笑んでアイリスの頭を撫でた。

「良かったですね、アイリス。サラサさんが好い人で」

「む～～～！」

少し子供っぽく頬を膨らませるアイリスを見て、ディアーナさんはもう一度笑うと、改めて私の方に向き直り、口を開いた。

「サラサさん、アステロアは私でも採れます？　折角ですから一緒にやってみたいです」

「え？　やるんですか？　直接触れなければ大丈夫ですが……」

アステロア、実は毒持ちなので、少し危険。死ぬようなものじゃないけど。

窺うようにアイリスを見れば、彼女は諦めたように肩を竦めた。

「やらせてあげてくれ。お母様は私が生まれて以降、領地を出る機会が少なかったんだ」

「解りました。幸い柔軟グローブの数に余裕はあります。必ずつけてくださいね？」

「ありがとうございます。カテリーナ、あなたも一緒にやりましょう？」

嬉しそうに笑ったディアーナさんがそう声を掛けると、少し離れた所で座ったまま、ニコニコとこちらを見ていたカテリーナさんは、驚いたように目を丸くした。

「え、私もですか？　私は護衛も兼ねていますから……」

「これだけ見通しの良い砂浜、怪しい人がいれば気付きますよ。あまり警戒していては、盗賊を誘き寄せるという目的も果たせませんよ？」

「……そうですね。サラサ様がおられるのであれば、心配は要りませんか」

責任重大。私は気を引き締めつつ、立ち上がって近付いてくるカテリーナを含め、全員に柔軟グローブと獲物を入れる網を配り、アステロアの説明を再開する。

「形状はこの絵の通りで、色は青から紫。より鮮やかな青に近い方が高品質な素材となります。毒があるので手袋をつけた手以外、腕や脚などには触れないように注意してください。動きは遅く、海底の岩場などに張り付いているはずです」

「解りました。それではカテリーナ、行きましょう！　アイリス、競争です！」

「はい、ディアーナ様‼　ケイト、あなたも頑張るんですよ？」

弾むような足取りで海に入っていく母親二人と、それを見送る娘が二人。

私は苦笑して、少し表現に困る表情を浮かべたアイリスたちの背中を軽く押す。

「私たちも行きましょうか。アイリス、ケイト」

「……そうね。さすがに採集者としての本分で、母に負けるのは屈辱だもの」

「これに採集者としての経験が役立つかは不明だが、それには同意だな。行くぞ！」

少し冷たい海水も、夏の日差しで火照った肌には心地好い。

ゆっくりと足の届かない場所まで進み、静かに泳ぎ出せば、アイリスとケイトも後ろを付いてくる。ディアーナさんたちを見れば、二人も泳ぎは達者なようで危なげさはない。

「みんな、問題なく泳げるんですね」

「ウチの領に海はないが、川はあるからな。それにお母様たちは若い頃、いろんな場所に行っていたようでな。海に来るのも初めてじゃないはずだぞ？」

「いろんな武勇伝を聞いたものよね……。私たちが採集者になった原因の大半は、そんな話を聞いて育ったからだし」

どこか遠い目をするケイトだが、すぐに切り替えて海の底に目を向ける。

「それじゃ、早速探しましょうか。母たちは既に潜っているようだし」

「うむ！　お母様たちには負けないぞ！　すぅはぁ、すぅ……んっ」

大きく息を吸い込んだアイリスが、とぷんっと水に潜り、ケイトと私がそれに続く。

アステロアがいるのは海の底。頭を下に一気に底まで潜って岩を掴み、手で歩くようにして、岩陰や海藻の下などを探していく。

——う〜ん、簡単には見つからないか。それなりに貴重な錬金素材だもんね。

代わりに美味しそうな海産物はある。もちろんそれらは回収して網の中に。

あ、当然だけど、ここを治めるバーケル士爵に許可は取っているので、問題はない。

前回来た時も美味しい料理で持て成してくれたので、関係は悪くないのだ——たぶん。

決して、私の機嫌を損ねないように気を遣っていたわけではない、はず？

何度か息継ぎに上がって周りの様子を窺うけれど、まだ見つけた人はいない様子。

ちなみに、魔法を使えば息継ぎ不要になるけれど……無粋だよね？

そして五回目に潜った時——あ、発見。岩陰からはみ出る鮮やかな青。

近付いてみれば、やはりアステロア。

大きさは手のひら大で標準的だけど、色は上質。

人に注意した手前、間違っても変な所に触れないよう、慎重に網の中に入れる。

そして海上に顔を出すと、同じように上がってきたアイリスと目が合った。

「お、サラサ、私はもう二匹も捕まえたぞ？　どうだ！」

笑顔で掲げられた網の中にはヒトデが二匹。

両方とも私が捕まえたものより大きいけれど……。

「残念。片方はアステロアじゃないですね。色が青よりも緑っぽいですよね？」

「なに？　……言われてみれば。ええい、紛らわしいぞ！　こいつめ！」

眉根を寄せてじっとヒトデを見たアイリスは、それを摑み出し、ぺいっと投げ捨てる。

「でも、一つは確保だな。サラサは……おぉ、随分と綺麗だな！」

「はい。かなり良い素材になりそうです。目標には全然足りませんけどね」

これだけでは公衆浴場の浄水器は言うまでもなく、お店の空気清浄機にも足りない。

「そうか。だが、このペースで見つかるなら、数日も掛ければ――」

アイリスがそう言いかけた時、ケイトの頭が水面から飛び出した。

「――ぷはっ！　サラサ、大物を捕まえたわよ！」

網には入らなかったのだろう。ケイトが掲げた手には、両手のひらを思いっきり広げたよりも大きなアステロア。とても肉厚で、私のものほどではないけれど、色も青に近い。

「ふふふっ、これならママよりも――」

「いや、ケイト、そうでもないようだぞ？」

ケイトが嬉しそうに笑うが、アイリスは半笑いで浜の方を指さす。

そちらに目を向ければ、協力してアステロアを運ぶディアーナさんとカテリーナの姿。

二人で運ぶほどなのだから、当然のようにそれはかなり大きく、一抱えほど。

色も明らかに鮮やかな青で、品質の良さは言うまでもないだろう。

「……え、何あれ？　あんなの、いるの？」

「私も初めて見ました。一般的には、ケイトが捕まえたものが最大サイズですが……」

「少なくとも、二回りは大きいよな、あれは。何というか……さすがお母様たち」

「くっ！　アイリス、負けられないわよ‼　サラサ、これをお願い！」

ケイトはアステロアを私に押しつけ、再び海に潜る。

「サラサ、すまないな。ケイトだけじゃ心配だからな、私も行ってくる」

「あ、はい。無理はしないでくださいね。油断すると、海は危険ですから」

頷いて潜っていくアイリスを見送り、私は獲物を置きに浜へと向かう。

既にディアーナさんたちは再び海へ戻っているが、浜に置いていた桶には大きなアステロアがドカンと突っ込まれている。ギリギリ入っているけど、本当にギリギリ。これに私たちが捕まえた物を加えると、確実に溢れる。

「……先に処理するしかないかな？　勝負なら、私が抜けた方がちょうど良いし」

私は小型の錬金釜を取り出し、アステロアの処理を始める。

切って、錬金釜に入れて、魔力を注いで。とても良い漁場だったのか、作業の間にも追加のアステロアは運ばれてくる。そして夕刻が近付き――。

「今日の勝負、ディアーナさんとカテリーナペアの勝利です！」

私がそう宣言すると、アイリスとケイトが肩を落とし、ディアーナさんとカテリーナは二人で手を合わせて喜びの声を上げた。

「「やりました（ね）！」」

「くっ、負けた……」

「数では勝てたのに……。ママ、運が良すぎだわ」

実際、数ではアイリスたちが上だったのだが、残念ながら価値では大幅に下だった。

やはり、最初に捕まえた巨大なアステロアの存在が大きかった。

あれ以降は普通サイズだったので、ケイトの言う通り、運が良かったのだろう。

「でも、食べられる海産物では、アイリスたちの勝ちですよ？　よく知ってましたね？」

アイリスたちが集めた物の中には、一見すると食べられるとは思えない物も多い。

私は当然知っているけれど、二人が知っていて、きちんと獲(と)れているのは意外かも。

「うむ。実は海に行くと決まってから、ミスティに色々訊(き)いたのだ！」

「見た目は微妙でも、美味しい物が多いと教えてくれたから……。アステロアから目移りしたのは否定できないわ」

ケイトが苦笑を漏らすと、ディアーナさんとカテリーナが桶の中を覗(のぞ)いて頷く。

「確かに色々獲っていますね。珍しい物も含まれていますよ」

「ケイトちゃん、お手柄です。これ、美味しいんですよねぇ」

「では、今日の夜はこれを食べましょうか。折角の新鮮な海産物ですし」

私がそう提案すると、四人全員が揃(そろ)って頷き――。

その日以降は、アステロア以外にも貝や海老(えび)、蟹(かに)を捕ったり、魚を釣ったり、それらを浜焼きにして味わったり。仕事をしつつも海を満喫して四日目。

ついに私たちは、目的のものを釣り上げた。


「――っ！　『風壁(エア・ウォール)』‼」

突如飛んできた矢を、私の魔法が弾(はじ)き飛ばす。

そして矢と同時に、剣を振りかざして走ってくる一〇人あまりの破落戸(ごろつき)たち。

対して私たちは、今日も水着着用の無防備な姿。

普通ならば危険な状況。だけど……。

「あら〜、お客さんですね。サラサ様、お手伝いは必要ですか？」

「不要です。折角この場を選んだんですから。——『流砂（クイックサンド）』！」

私たちまで二〇歩ほどの距離。彼らがそこまで到達した瞬間、魔法を発動。

砂浜の砂が渦を巻き、男たちを足下から飲み込んでいく。

「なっ！」「何だこれは！」「た、助けてくれ！」「息が、ぐぼっ——」

男たちはすぐに逃げだそうと藻掻（もが）くが、その程度で逃げられるほど甘くはない。

ただの乾いた砂ですら足を取られるのだ。それに魔法が加わればどうなるかなど、言うまでもなく、男たちは僅か数秒で砂に埋まり、身動きできなくなった。

「むぅ……説明は受けていたが、思った以上だな。さすがはサラサ」

「ええ。サラマンダーに使った魔法を見ているから、意外ではないけど……凄（すご）いわね」

「無力化には便利でしょう？　ご覧の通り、使える場所が限られる魔法ですけどね」

ここが砂浜でなければ、殺さず捕まえるのには、もう少し苦労しただろう。

もっとも一部は、頭まで埋まっているので、尋問できるのは半数ぐらいかも……？

「全員を連行するのは——あら、一人逃げますね。——えいっ！」

魔法の設定範囲が甘かったのか、最後方にいた弓を持つ男が一人、砂から這い出す。

だが私が何かする前に、ディアーナさんが動いた。

砂浜に転がっていた流木を素早く拾い上げて投擲、軽い掛け声とは裏腹に、ずぎゃんと飛んだ木は男の後頭部に激突。その意識を――いや、おそらくは命を刈り取った。

わぉ。さすがはアデルバートさんの妻、そしてアイリスの母。

そんなことを成したにも拘わらず、何事もなかったかのように言葉を続ける。

「連行するのは大変ですし、これぐらいで十分でしょう」

「なっ！　ま、まさか、罠だったのか⁉　護衛がいないのも――！」

狼狽したように声を上げるリーダーっぽい男に、私は当然と頷く。

「そうですよ？　来てくれて助かりました。わざわざロッツェ家の軍を遠ざけてまで、待っていたんですから。今日来なければ、さすがに諦めようかと思っていましたし」

実のところアデルバートさんは、私たち五人だけで行くことに難色を示していた。

しかし、ディアーナさんに一喝されて渋々了承、現在はヨック村方面を巡回中である。

「お前らは、無駄に用心深いからな。どうだ、美味しそうな餌に見えただろう？」

「ざっけるな！」「ぶっ殺してやる！」「そっちのはイマイチだな」

得意げに見下ろすアイリスを、砂に埋まった男たちが罵倒する。

「むっ、私のサラサに失礼なことを言うな！」

アイリスが『イマイチ』とか言った男に、足で砂を掛ける――が。

「ちょっと待って、アイリス。今、『誰』とは断定してなかったよね？」

「はて……？　おっと、これ以上汚い言葉を聞く価値はないな、縛ってしまおう」

私の指摘にすっとぼけたアイリスは、さり気なく先ほどの男の頭を砂浜に押し付けて口を塞ぐと、ケイトから阿吽（あうん）の呼吸で渡された縄で、猿轡（さるぐつわ）をしてしまった。ぬぅ。

「アイリス様、こういうときは目隠しもして、首に縄を掛けて、窒息しないギリギリまで絞（しぼ）るのがコツですよ。キュッと縄を引っ張るだけで静かになりますから」

「なるほど、勉強になる。さすがはカテリーナだな」

アイリスに指導しつつ、カテリーナが手際（てぎわ）良く縄を掛ける。

盗賊たちは若干苦しそうだが、所詮は盗賊、同情の余地はない。

「手足も縛らないとダメですが……サラサ様、魔法で砂から引き出すことはできますか？

無理ならこの縄で引っ張り上げますが」

――いや、カテリーナ、その縄、盗賊の首に掛かってるよね？

引っ張ったらどうなるかなど自明であり、盗賊たちの顔から血の気が引く。

「問題ないですよ。一人ずつ砂から出しますね」

可哀想とは思わないけれど、まだ死んでもらっては困る。

アイリスが剣を突き付け、私が魔法で引き出し、ケイトとカテリーナが縄を打つ。

その役割分担で縛り上げた盗賊の数は五人、縛る必要がなかったのが九人。

物言わぬそれらと、剣や弓矢などの武器。そんなものを綺麗な砂浜に埋めておくわけにはいかないので、全部引き上げ、ひとまず脇に積み上げておく。

「ふぅ……一息、ですね。ホント、来てくれて助かりました」

私がパンと手を叩いてため息をつくと、アイリスも同様に、苦笑気味に息を吐く。

「だな。さすがにこれ以上粘るのはなぁ。体力的にも、外聞的にも……」

我武者羅にアステロアを探していたのは初日だけ。二日目以降は程々に。

でも傍からは、毎日遊び呆けているようにしか見えないわけで。バーケル士爵には罠のことを伝えていないため、成果を出さずに帰るのは避けたかったのだ。

「あとはコレの処分ですが……先に着替えましょうか」

「ですね。サラサさんの用意してくれた日焼け止めのおかげで、肌は痛くないですが、この歳になると、ずっと日差しと海風を浴びているのは疲れます」

まったくそうは見えないけれど、疲れているのは私も同じ。

魔法で全員の身体を洗い、フローティング・テントを設置して、順番に着替える。

そして、最後の私がテントから出ると、ちょうどディアーナさんたちが、盗賊の死体を引き摺って、砂浜の外へ運び出しているところだった。

さっきも思ったけれど、そこには動揺の欠片も見えない。

貴族の女性が死体を見たら、顔を青くするなり、騒ぐなりすると――おや？

私の知っている人たち、誰一人として、死体程度で騒いだりはしそうにないぞ？

プリシア先輩、ラシー先輩、マリスさん、それからついでにアイリスも。一番それっぽいマリスさんですら、破落戸に襲われれば、悲鳴を上げつつもぶち殺すタイプだろう。

死体に動揺する貴族の女性というのは、ただのフィクション……？

「サラサ様？　あの、サラサ様！　お手数ですが、魔法で穴を掘ってくれますか？」

「――えっ？　あ、はい、そうですね。解りました」

カテリーナに声を掛けられ、思考を遮られた私は、言われるままに穴を掘る。

そして、私が気付きかけた新たな真実は、盗賊の死体と共に闇へと葬られるのだった。

◇　◇　◇

盗賊たちの拠点が判明した。

そんな報告が私の元に齎されたのは、盗賊たちを引き渡した二日後のことだった。

ちなみに、ここはサウス・ストラグの領主館、報告を持ってきたのはクレンシー。

――そう、実は私、ヨック村に帰ることができていなかった。

折角採ってきた素材、早く帰って空気清浄機が作りたかったのに、クレンシーが『色々と判断して頂きたい案件が溜まっております。お近くまで来られたこの機会に是非！』と、どこぞの客引きみたいなことを言って、やや強引に引き留めたのだ。

そんな私に付き合って、アイリスとケイト、それに母親二人も滞在中。

でも、人手不足で持て成しは皆無、料理すら自分たちで作っている状態だけど、豪華な屋敷は見て回るだけでも面白いらしく、案外楽しそうに過ごしている。

今度、リアとレアも連れてきてあげようかな？　私が全権代理でいる間に。

なお、ディアーナさんは料理の腕も確かで、今も全員で執務室に集まり、彼女が淹れてくれたお茶と作ってくれたお菓子に、舌鼓を打っているところだった。

「そうですか。クレンシー、他に判ったことは？」

「サラサ様が捕まえた盗賊たちは、この町の犯罪組織が主体となった集団でした。他二つの集団とは交流がなく、拠点の場所も知らないようです」

「それは残念ですが、一つは片が付きそうですね。では早速潰しに――」

「いえ、討伐の方はアデルバート様たちにお願い致します。今日中には到着すると連絡がありましたので。サラサ様は、あなたにしかできない仕事をお続けください」

意気込みを潰された。盗賊退治こそが私の真骨頂――はさすがに言いすぎか。

『見つけたら確実に駆除』が家訓ではあるけれど。

でも、今の仕事より得意なのは間違いない！

「……これ、本当に私がする必要があります？　私は盗賊対策担当だったはず」

盗賊の悪影響をどう緩和するかという内容などは、まだ理解できる。

街道整備に関する書類も、私が要望したものだけに頑張るべきだろう。

ロッホハルト各地の町、村の開発に関しても……ギリギリ許容範囲？

でも、ロッホハルトの将来的な行動計画(アクションプラン)まで考えさせるのは、さすがに違うと思う！

そう主張した私だけど、残念ながら裏切り者は身内にいたようだ。

「だが、将来的にはサラサも領主となるのだ。この機会に学ぶのは良(い)いのではないか？」

「そうよね。なかなか経験できないことだもの。盗賊は私たちに任せて」

「二人とも、妻とか愛人とか言うなら、ここは助け船を出す場面じゃないですか⁉」

「うむ、だから私にできることをしようと――」

私の抗議に胸を張って宣言しかけたアイリスだったが――。

「あら？　アイリスとケイトも来る必要はないですよ？　特にアイリス、あなたは少しサラサさんのお仕事を手伝いなさい。ずっと採集者もないでしょう？」

「ケイトちゃんもです。将来的にあなたは補佐役となるのですから」

人を呪わば穴二つ？　母親に諭された二人は、揃って「はい」と頷くしかなく、私の仕事を手伝ってくれることになったんだけど……。

うん。気持ちは嬉しかったかな？

ただ結果として私には、『新人教育』という仕事まで増えることになったのだった。

三日後、盗賊の拠点へ向かったアデルバートさんたちが戻ってきた。しかし――。

「もぬけの殻だった、ですか？」

「うむ。確かに拠点として使っていた形跡はあった。だが、何も残っていなかった」

盗賊の姿は疎か、盗んだ物も見つからず、はっきり言ってしまえば成果はゼロ。

アデルバートさんとウォルターから報告されたのは、そんな内容だった。

私たちが盗賊を捕まえて討伐に向かうまで、無駄な時間はほとんど使っていない。

あえて言うなら、盗賊の尋問に二日かかったことだけど、それだけの時間で拠点を引き払う決断をして実行に移すとは、あまりにも迅速である。

「……奴らが帰ってこなかった時点で、即刻見切りを付けたのか？」

少し考えたアイリスがそう言うと、アデルバートさんも同意するように頷く。

「かもしれないな。もしかすると、サラサ殿を襲うリスクをよく知っている敵がいるのかもしれない。失敗の時点で破滅すると、そう考えたのかもな」

「だから即座に逃げ出した……？　ならば、そもそも襲わなければ良いだけなのでは？」

ケイトがそんな疑問を口にするが、それに答えたのはウォルターだった。

「対象の盗賊団は複数の犯罪組織が主体だぞ？　一枚岩であるはずがない」

「あぁ、そういえば。一発逆転を狙いサラサを襲う一派と、それは身の破滅と理解した一派が分かれ、後者は結果を見る前に拠点を捨てた――可能性はありそうですね」

「襲ってくるまで時間がかかったのも、それが原因か？　納得はできるが――」

「罠が意味を成さなかったということですね。う～ん……」

確実に数は減っているので無駄ではないけれど、結果を見れば作戦は失敗。

――むむっ、領地の盗賊退治は思ったよりも難しいぞ？

ただ撃退すれば良い商会とは違い、領主代理はそれだけでは済まない。

被害は減っているし、フィード商会のおかげで流通に大きな問題は出ていない。

でも、ロッツェ家による巡回をこのまま続けるのは、負担が大きすぎる。

どうしたものか、と私が頭を悩ませていると、執務室にノックの音が響いた。

「はい、どうぞ。――って、あれ？」

入ってきたのはクレンシー。これはいつも通り。

彼は頻繁に、追加の書類を持ってくるから――ちっとも嬉しくないことに。

しかし、その後ろに続いたのは、少し意外な訪問者だった。

「レオノーラさん？　どうしたんですか？」

いつもお世話になっている彼女に閉ざす門戸はないけれど、予定になかっただけに、ちょっとびっくり。アイリスたちも知らなかったようで、不思議そうな顔を見せている。

「こんにちは、サラサ――っと、皆さん、お集まりですね」

集まる面々を見てそう言うレオノーラさんに、ウォルターがため息混じりに応じる。

「ちょうど帰還したところです。残念ながら成果はなかったですが」

「だと思ったわ。そんなあなた方に、耳寄りかもしれない情報よ」

レオノーラさんの言葉にウォルターがピクリと眉を動かすが、彼女は気にした様子も見せず、私を見て少し悪戯っぽく笑う。

「ねぇ、サラサ。良い情報と悪い情報があるわ。どちらから聞きたい？」

「えぇ……」

事情通のレオノーラさんの齎す情報。確度が高いだけに聞くのが怖い。

アイリスに助けを求めて視線を向けてみても、彼女も困惑気味に首を振るのみ。

「……まずは悪い情報から、お願いします」

私は迷った末、嫌なことを先に済ませることにする。

少しでもマシな気分で、この後の仕事を続けたいし？

「カーク準男爵領の正統な後継者を自称する男が現れて、ホウ・バールと手を組んだわ」

何ともコメントに困る情報だった。取りあえず――。

「ホウ・バール、生きていたんですね」

「ええ、死んでないわ。――バール商会は死んだけど」

私とアイリスが結婚することになった、直接の原因。

見方によっては花鳥の使い――いや、そんな綺麗なものじゃないか。

下種な企みを粉砕した後は放置してたけど、結局は商会を立て直せなかったらしい。

「だがレオノーラ殿、それが悪い情報なのか？　貴族家が潰されれば、そんな愚か者が出てくるのはよく聞く話。没落商人がそれに手を貸したとて、どうなる？」

「ええ。大商人が推すなら、馬骨にすら価値が出るかもしれないけど……。むしろホウ・バールが没落したという、良い情報ではないかしら？」

ホウ・バールには、非常に嫌な思いをさせられたアイリスとケイト。

顔を見合わせてうんうんと頷き合うが、それを否定したのはクレンシーだった。

「それがそうでもないのです。その自称後継者——ハージオ・カークという名前なのですが、確かにカーク準男爵家の家系図に載っていました」

「本人なのですか？　ただの騙りではなく？」

「いえ、カーク家の一部が合流したことを確認しています。おそらくは本物でしょう」

クレンシーは、そのハージオという人物に会ったことはないそうだが、カーク一族には当然顔を知っている人もいるはずで、彼らが認めている以上、偽者とは考えにくい。

でも、本物であることに価値があるかといえば……。

「カーク準男爵家は取り潰されたのだぞ？　今更そんな主張をしてどうなる？」

問われたのは国家反逆罪。普通に考えて、カーク準男爵家の再興など不可能である。

アデルバートさんのもっともな指摘に、クレンシーは困ったように私を見た。

「その通りなのですが、今回の取り潰しはやや強引。サラサ様には申し上げにくいのですが、『錬金術師とはいえ、平民を殺そうとしたぐらいで』という意見もあるのです」

「あー、なるほど。ありそうな話ですね」

カーク準男爵家が取り潰しになった直接の原因は、フェリク殿下を殺そうとしたからだけど、切っ掛けは私への殺害未遂。錬金術師を保護するという国の方針はあれど、それを気に入らない貴族もやはりいるわけで、元平民である私の立場は結構微妙。

死んでいないのだから問題ない、と考える貴族がいてもおかしくはないし、だからこそ殿下も、ヨクオ・カークを挑発して決定的な罪を犯させたのだろう。

もちろんそこには、私の師匠がオフィーリア・ミリスであることや、元々カーク準男爵家の改易を狙っていたということも影響しているだろうけど。

「つまりその人たちは、やり方次第でカーク準男爵家を再興できると？」

「そこまでは考えないでしょうが、ロッホハルトの代官ぐらいは、と思っているのかと」

「サラサの命を狙っておきながら、ふざけた話だな！　よし、殺そう」

かなり本気の口調で立ち上がろうとしたアイリスを、アデルバートさんが制する。

「まぁ、待て、アイリス。クレンシー、そのようなこと、可能なのか？」

「不可能です。その理由如何（いかん）では、改易された元領主に代官を任せることもあるでしょう。ですが、今回のような状況ではあり得ません。私が代官となったことで、勘違いしたのかもしれませんが……」

元家令であるクレンシーが代官になれるのなら、自分たちはもっと相応（ふさわ）しい、と？

「勘違いした貴族が考えそうなことですねぇ……」

「でも、なんで盗賊に加担するの？　そこが理解できないわ」

「ケイト様、そのような者たちに、まともな思考を期待するだけ無駄かと思いますが……力尽くでも代官になってしまえば、後はどうにでもなると考えているのでは？」

代官なら犯罪行為をもみ消すぐらいは簡単——かもしれないけど、代官を任命するのは国王。力で奪い取れるものではないのだから、完全に計画が破綻している。

「とはいえ、減らした盗賊がまた増えたのは事実。確かに悪い情報ですね。では、良い情報は？　是非とも、気分が晴れる情報を期待したいところですが」

「そいつらが盗賊たちを纏め上げて、一つの大盗賊団を結成したわ」

「……それ、良い情報ですか？」

私が眉根を寄せると、レオノーラさんは肩を竦めて小さく笑う。

「三つに分かれていた集団が纏まるのよ？　人数が増えれば見つけやすくなるわ」

「ふむ。私たちの問題は、拠点が見つけられないこと。——確かに良い情報ですね」

人が増えるということは、食料の消費が増えるということ。

これを領内で調達すれば、その痕跡を隠すことは難しいだろう。

各個撃破できなくなるのが問題といえば問題だけど、一度で済むなら、私やアイリスたちなど、投入できる戦力には十分な余裕がある。

「それに邪魔な人間も遠慮なく処分できるのよ？　アイリスも嬉しいでしょ？」

「……なるほど。ホウ・バールも、その自称後継者も合法的に殺れるのか。くくっ」

ちょっと暗い笑みを浮かべて、なんだかやる気のアイリスである。

——でも、主目的は盗賊の討伐だからね？　あえて止めないけど。

「けど、レオノーラさん、よく情報を摑めましたね？」

ウォルターだって頑張っているのに、そんな情報は得ていない。何故そんなことが可能なのかとレオノーラさんを見れば、彼女は呆れ気味に私を見返した。

「私は、サラサが生まれる前からこの町で根を張ってるのよ？　ロッツェ家だって、この領の人間じゃない。むしろ情報収集で負けたらダメでしょ」

そういえばレオノーラさんって、若く見えても、私の二倍以上生きてるんだった。

錬金術師としても、経営者としても大先輩で、経験はもちろん、人脈だって比較にならないわけで……。今の私が勝てるはずもない。

——ちなみに、ご老人は『私はレオノーラ様が生まれる前からなのですが……』とショックを受けているけど、そこは得意分野の違いというもの。諦めて。

「そう言われると、納得するしかないですね。でも、助かります。情報料は——」

「アステロアを分けてもらったから、あれで十分よ。私も他人事じゃないし」

「良いんですか？　ありがとうございます。いつも頼ってしまってすみません」

「ふふん♪　良いのよ～。ついでに、拠点も多少は目星がついているけど……聞く？」

気分良さそうに口角を上げたレオノーラさんが、更に重要情報をぶっ込んできた。

「聞きます！　それ、一番良い情報じゃないですか！」

思わず身を乗り出した私を落ち着かせるように、レオノーラさんは『まあまあ』と手を動かし、テーブルに広げられた地図の一点を指さした。

「私の調査で、今一番確率が高い場所はここよ」

「……ルタ村、ですか？」

そこは、サウス・ストラグから見て、南西に位置する小さな村。

ヨック村に向かう街道を途中で外れ、細い道を南に進んで行けばそこにある。

私も地図を見て存在は知っていたけれど、用事もないので行ったことはない。

「西のフェルゴ方面、北のナルタ方面も注視してたけど、今回の件でボロが出た感じね」

ちなみに、アデルバートさんたちが肩透かしを食らった拠点がフェルゴ方面。

そう考えると、北にも放棄された拠点がある可能性は高そうである。

「ウォルター、クレンシー、どう思いますか？」

私たちの中で情報収集を担当する二人に話を振れば、彼らは渋い顔で頷く。

「……あり得ます。私は食料の流れから足取りを追っていましたが、村へと運ばれる食料に関しては盲点でした。村人が買い付けに来れば、不審人物とは認識されません」

「申し訳ございません、サラサ様。私の落ち度です」

「そんなことはないと思いますが……。村というのは私も失念していましたし」

盗賊といえば、隠れ潜むもの。まさか、堂々と村にいるとは予想外。

しかしクレンシーは、首を振って肩を落とした。

「いえ、私であれば気付けたことでした。思えばあそこの村長は、前領主に協力的だったはず。きちんと調査を行い、処罰しておくべきでした」

そんなクレンシーを見て、レオノーラさんが少し困ったように言葉を足す。

「あ、一応言っておくと、村が協力しているかは不明よ？　盗賊に占拠されて、脅されているだけかもしれないし……。サラサ、皆殺しにする前に、きちんと確認してね？」

「ちょっ、私、どんだけ酷薄と思われているんですか⁉」

酷い風評には断固抗議である。

しかしレオノーラさんは、半笑いで私を見る。

「酷薄とは言わないけど、『サラサは盗賊を見ると、笑いながらぶち殺す』という情報も入ってきてるのよねぇ、私の元には」

「それは偽情報です。『盗賊にも慈悲を以て当たる』と更新しておいてください」

「了解。戦場に於ける『慈悲を与える』の『慈悲』ね」

「そんな感じです」

私がコクリと頷けば、アイリスから胡乱な視線が飛んできた。

「いや、それ、『止めを刺す』の婉曲表現だよな……？」

「同じ『慈悲』でも、盗賊と村人、差があるのは当然ですよ？　とはいえ、その両者を区別しないといけないわけですが……村の調査は難しそうですね」

小さな村に知らない人が来れば、噂なんて一瞬で広がる。

ヨック村なら採集者に扮すればいけそうだけど、ルタ村はそういう村じゃない。

――怪しまれないのは、商人かな？

申し訳ないけれど、フィード商会に頼むのも一つの方法。

そう考えた私だったけど、それを口に出す前にウォルターが手を挙げた。

「サラサ様、私にお任せ願えませんか？」

「えっと……、この中で頼むのならあなたでしょうが、他に専門の人がいたりは？」

貴族であれば、隠密部隊とか抱えていそう。

そんな儚い希望はロッツェ家にはなかったようで、アデルバートさんは首を振る。

「普通の兵士ですら、先日、サウス・ストラグから引き抜いた者たちが精鋭というレベルだぞ？　専門というなら、むしろウォルターだ。当然のように儂にはできんし、カテリーナやケイトを行かせるわけにはいかんだろう？」

「命じられれば、私は――」

「「ダメです（だ）」」

ケイトの言葉に私とウォルターの言葉が重なる。

だがウォルターは、すぐにハッとしたように私を見て、深く頭を下げた。

「申し訳ございません、サラサ様！　スターヴェン家は、当主の決定に異を唱えるつもりはありません。必要であれば、ケイトも如何様にもお使いください」

「い、いえ、そこまで堅苦しくしなくても良いと思いますが……気持ちはありがたく受け取っておきます。ただ正直なところ、ケイトだと少々不安なので」

ケイトの能力が低いとは言わない。

けど、高いとも言えない。

その辺の破落戸なら複数を相手取れるだろうけど、砂浜で襲ってきたような盗賊に囲まれると危ないだろうし、盗賊の中に思わぬ腕利きがいないとも限らない。

「それこそ必要なら、私自身が行く方が――」

「「ダメです（だ）！」」「「とんでもありません！」」

全否定である――レオノーラさん以外の全員から。

「えー、自分で言うのもなんだけど、対応力は一番ですよ？」

「サラサ、自分の立場を考えてくれ！　お父様ならともかく、当主となったサラサが一人で行くなど、認められるわけがないだろう⁉　それに、サラサも女の子なんだぞ！」

「まったくです。少しは部下のことを考えてください。任せることも信頼ですよ？」

『そうだ、儂ならともかく――んん？　儂も当主だったはずなのだが？』

アイリス、ウォルター、アデルバートさんが声を揃えるが、最後の一人だけは途中で眉をひそめ、アイリスたちを見る。だが、見られた方は顔を見合わせ、ため息。

「だってお父様は、言っても止まらないじゃないですか……」

「何度私が苦言を呈したか。もっとも、所詮は害獣駆除、危険性も低かったですが」

ぐうの音も出ない、と言うのかな？　無言で腕組みをするアデルバートさん。

ウォルターはそんな元当主から視線を外し、改めて私を見る。

「ご不安かもしれませんが、まずは私に任せてください。無理はしませんので」

「……そういうことであれば。ですが、十分に注意するように。クレンシー、今回はロッホハルトの軍も出します。準備を進めてください」

盗賊たちの総数は未だ不明だけど、三つの盗賊団が纏まったなら、それなりの規模にはなっているはずで、ロッツェ家の軍だけで対処するには不安がある。

多少なりともロッホハルトから軍を出せれば、それだけでも助けになるだろう。

「かしこまりました。可能な限りの数を集めます」

「犠牲は避けたいので、練度優先でお願いします。それからアデルバートさん、さすがに今回は私たちも出ようと思います。良いですね？」

「少々悔しいが、ここは意地を張るべきではないのだろうな。全員の安全を考えれば、それが最善と認める。アイリス、サラサ殿をしっかりと守る――心意気で頑張るんだぞ？」

「お父様……。これでも少しは腕を上げたんですよ？」

肩透かしを食らったように呟くアイリスだったが、すぐにキリリと表情を引き締める。

「全力で当たります。ケイトと力を合わせて」

「はい。お任せください、アデルバート様」

「うむ。ではウォルター、無理のない範囲で、急ぎ調査を進めてくれ」

「かしこまりました。早急に取り掛かります」

そして私たちは、動き出す。

しかし、その調査結果が出る前に、事態は予想外な方向へと転がるのだった――。

Episode 4

The Imprisoned Princess?

囚われのお姫様？

執務室の机の上には、書類が積み重なっていた。

その大半は私の担当とは思えないものだったけれど、それを処理すべきクレンシーは軍の調整に奔走中。そして私は、ウォルターの調査結果を待っている身。

放置するのも心苦しく、私は猫の手二つと共に、書類の処理に精を出していた。

しかし所詮は猫の手、一匹目の猫は『あー、うー』ばかりで半ば観賞用、もうちょっとマシな二匹目の猫――ケイトもあまりペンが進んでいない。

そんなわけで、今日の私はちょっとお疲れ気味。

そろそろ休憩でも、と思っていたところに訪問者があった。

「おつかれさま、サラサちゃん。王都からお菓子が届いてね。持ってきたよ」

それは、お土産にお菓子を携えた、フィード商会の番頭さん。

そのタイミングの良さに、思わず笑みがこぼれる。

「ありがとうございます。早速頂きますね。お茶を――」

「私が淹れよう！」

即座にペンを放り出し、お茶の準備を始めたのは一匹目の猫――もとい、アイリス。

普段は率先して淹れたりはしないのに、とても迅速な行動だった。

それを見た私は、ケイトと顔を見合わせて苦笑し、ペンを置いて伸びをした。

「んー！　ふぅ……。番頭さんも座ってください。お茶を淹れてくれるようですから」

番頭さんにソファーを示し、私も立ち上がってそちらへ移動する。

「すまないね。――サラサちゃんは、領主としての仕事も熟せているようだね？」

「なんとか、ですねぇ。勉強はしましたが、実務経験はありませんから」

「私からすれば、サラサは十分以上なんだけど……」

「うむ。私たちは足を引っ張るばかりで、申し訳ない限りだ」

お茶の準備を進めつつも、恐縮気味のアイリスたち。

私は『猫の手』と考えていたことなど、おくびにも出さずに首を振る。

「始めたばかりですから仕方ないですよ――って、わ、初めて見るお菓子ですね！」

ケイトが小皿に取り分けてくれたのは、キューブ状のお菓子だった。

全体に緑色の粉が塗され、大きさは一撮みほど。味はちょっと想像がつかない。

あえて言うなら携行保存食に似ているけど、まさかあれってことはない……よね？

「距離的に、日持ちする物を選んだんだけど……。売れているそうだよ？」

「王都で人気のお菓子ですか。なら美味しいんでしょうが……」

恐る恐るフォークで突き刺してみると、思った以上に弾力があり、ぷにっとしている。

口に入れて噛めば、とてもぷにぷに。歯応えがとても面白い。

周りの粉は甘く、ぷにぷには香ばしさを強く感じる。

「――もむもむ。木の実を使っているのかな？　不思議な食感です」

「う～む、何だろうな、この緑の甘い粉は。美味しいのは間違いないが」

「そうね。中の柔らかい物の作り方が、ちょっと想像できないわ」

変わったお菓子だけど、美味しいことは間違いなく、私は二つ、三つと続けて口に運び、甘くなった口をお茶でリセット、更にもう一つ味わう。

番頭さんはお茶を飲みながら、そんな私をニコニコと嬉しそうに見る。

「気に入ってくれたようで、良かったよ。私はあまり甘いものを食べないからね。こちらでの仕事はどうだい？　近々目処は付きそうかい？」

「はい。盗賊については秒読みですね。もうすぐヨック村に帰れると思います」

「そうか。なら安心だね。事情が事情だから仕方ないけど、私たちはともかく、村の採集者からすると、錬金術師のお店が閉まったままだと困るだろうから――」

番頭さんがホッとしたように息を吐くが、そこに含まれたのは聞き流せない言葉。

「ちょっと待ってください。え、お店、閉まっているんですか？」

慌てて話を遮って訊き返せば、番頭さんは目を見開き、顔を強張らせた。

「ロレアさんから聞いていない――いや、まさか、まだ来ていないのかい？」

「そう訊くということは、ロレアちゃんがこちらに向かったんですか？」

「……これは、最初から話した方が良さそうだね」

質問に質問を返すと、番頭さんは真剣な表情になって顎に手を当てた。

「まずは……ハドソン商会から、ミスティさん宛の手紙を預かったことからだね」

「ん？　ハドソン商会は競合だろう？　それなのに手紙を運んだのか？」

アイリスにも、ミスティが受け取った手紙の内容は話している。

フィード商会を中抜きして錬金素材を――しかも、やや阿漕な方法で手に入れようとしたハドソン商会の依頼を請けたのかと、不思議そうなアイリスに番頭さんは首を振る。

「それはそれ、これはこれ、ですよ、アイリスさん。手紙だけでなく、荷物の輸送も請け負っています。我々は別に、他の商会を潰したいわけではないのですから」

ちなみに番頭さんがこちらに来る時は、ハドソン商会の船に乗せてもらったそうだし、王都の本店からグレンジェへ、荷物の輸送も依頼しているらしい。

商売をしていれば他の商会と競争関係となるのは、よくあること。

余程拗れない限り、競合しない分野では普通に協力もする、そんなものである。

「ただし、悪徳商人は別です。そのときはフィード商会の全力で潰しにいきます」

「なるほど、サラサの実家らしいな。——あぁ、話の腰を折って済まない、続けてくれ」

なんだかとても納得した様子のアイリスが促すと、番頭さんは頷き、続ける。

「手紙は五日前、無事にミスティに届けたんだけど、問題はその内容でね」

「もしかして、またミスティさんに無茶なことでも言ってきたんですか？」

「いや、違うよ。私も直接読んだわけじゃないけど、彼女のお兄さんが原因不明の病気に罹って危篤だからグレンジェまで会いに来い、そういう連絡だったようだね」

「病気で危篤……？　じゃあ、ミスティはお兄さんの所に？」

「最初は『関係ない』、『仕事があるから』と強がっていたようだけど、ロレアさんが会いに行くべきと強く説得してね。『亡くしてからじゃ後悔もできない』と」

「それは、その通りね。幸い、私もアイリスも、親弟妹は健在だけど……」

「死に目に会えないのは悲しいですからね。ミスティなら助けられるかもしれませんし」

最近は関係が悪化したようだけど、学校に入るまでは仲が良かったとも聞いている。

ハドソン商会の跡取りであれば、きっと良い医者に診せているとは思うが、ミスティだって錬金術師。別のアプローチで解決策を見いだせるかもしれない。

「でも、グレンジェならここは通り道、ミスティも挨拶ぐらいはしそうですが……それだけ急いでいたんでしょうか？　——ん？　ロレアちゃん？　……まさか⁉」

先ほどの番頭さんの問いを思い出して目を向ければ、彼は深刻そうな表情で頷く。

「あぁ、同行しているはずなんだよ、ミスティさんに。いくら急いでいても、彼女がサラサちゃんに、お店を閉めていることを報告しないとは考えにくいだろう？」

つまり、まだサウス・ストラグに着いていない可能性が高い。

それが意味することを想像し、心がざわつく。

私は気持ちを落ち着かせようと、少し冷めたお茶を口に含み、ゆっくり飲み込む。

「……でも、なんでロレアちゃんが同行を？」

「だよな？　錬金術師なら一人でも……いや、ミスティはサラサとは違うか」

「アイリス、なんか気になる言い方ですね。否定はしませんが」

私なら多少の盗賊は返り討ち、頑張って走れば半日ほど。

野宿をする必要もないのだから危険性は低いけど、ミスティはそうもいかない。

「ロレアさんも一人で行かせることが心配だったようで。最初はクルミ、かい？　サラサちゃんが作った錬金生物（ホムンクルス）を護衛にするつもりだったようだけど、言うことを聞かなくてね。なら自分が付いていく、と。ミスティさんは反対したんだが……」

「命令が衝突しましたか。ミスティは護衛対象に入っていませんしね」

クルミはロレアちゃんやアイリス、ケイトの言うことも聞くけれど、命令の優先順位は私が最上位。私がロレアちゃんの護衛を命じている以上、たとえロレアちゃんが頼んだとしても、彼女から長時間離れることはしない。

「ロレアちゃんが行けばクルミも付いてくる、と。理屈としては解るけど……」

「戦力面では、微妙だよな。夜、交代で寝られるのは助かるだろうが」

「強がってはいても、ミスティさんはかなり動揺していましたから。ロレアさんが同行したのも、そちらの理由が大きかったのかもしれません」

気持ちは解る。肉親が危篤と聞かされれば、冷静でいようと思っても簡単ではない。

そんなとき傍に人がいてくれたら、それだけでもきっと心強い。

「フィード商会と一緒に移動することも提案したのですが、やはりすぐに行きたかったようで。私たちがヨック村に着いたその日のうちに、急いで出発されたようです」

「ミスティの都合に合わせるわけにはいきませんしね。彼女たちだけの方が移動も速いでしょうし。――でも到着していない、と。番頭さんたちが追い抜いた可能性は？」

「基本的には一本道だから、それはないと思うが……。たまたま道から外れて長時間の休憩を取っていたなら、可能性はあるかな？　ロレアさんは旅慣れていないんだよね？」

「はい。でも、ロレアちゃんは案外健脚なんですよね。街道を歩くぐらいでは……」

少なくともマリスさん以上なのは、冬山に登った時に証明されている。

番頭さんが手紙を渡したのが五日前。

ヨック村からここまで、普通の人の足なら二日から三日。

二人なら、どんなに遅くとも昨日には到着するはず――何事もなければ。

焦りから無理をして足を痛めたとか、その程度のトラブルならまだ良い。

でも、もし盗賊に襲われたとしたら……。

「……サラサ、落ち着いて？」

「落ち着いてますよ？　ええ、冷静です、私は」

「なら、まずはカップを置け。そのままだと砕けそうだぞ？」

アイリスが私の手を優しく撫で、そっとカップを抜き取る。

そのことで私は、自分が空になったカップを握りしめていたことに気付く。

「まずは確認からね。本当にロレアちゃんたちが到着していないか、調べてみましょう」

「ハドソン商会にも連絡を取るべきだろう。直接グレンジェに向かった可能性もある」

「アイリスさん、そちらは私が対応します。クラークを遣りましょう」

「助かる。それから、お父様たちも動かすか。幸い、いつでも動ける状態だ。ヨック村に向かってもらい、街道の確認をお願いしよう」

アイリスたちが矢継ぎ早に対応策を挙げていき、番頭さんもすぐに動き出した。

そのことに頼もしさを感じつつ、私は大きく深呼吸、感情を抑える。

「すみません、助かります。少し動揺してしまったようです」

私がそう言うと、ケイトが私の頭にポンと手を置いて微笑む。

「仕方ないわ。ご両親のことを考えれば。それに、こんなときぐらいは頼ってほしいわ。これでも年上なんだからね？　あとは……あっ、クルミがいるなら、サラサなら――」

「そうでした！　えっと――」

錬金術師ならすぐに思いつくべきことをケイトに指摘され、改めて冷静ではなかったと認識、急いでクルミとの同調を試みるが――。

「…………ダメですね。距離が離れすぎているようです」

「ということは、少なくともこの町にはいないか。――だよな？」

「はい。妨害されていない限り、そうなります。でも妨害なんて、簡単にはできませんから――あ、いや、レオノーラさんの所ならあり得るかも？」

レオノーラさんのお店なら、そんな防御装置があってもおかしくはない気がする。

そして、ミスティたちがあそこに立ち寄る可能性も、十分にあるわけで……。

「では私が確認してこよう。ケイトはお父様の方を頼む」

「解ったわ。サラサはここにいて。人が来るかもしれないから」

「私も――いえ、よろしくお願いします」

「「任せろ（て）！」」

アイリスとケイトは声を揃えて私の背中を軽く叩くと、小走りに部屋を出ていく。

そんな二人を見送り、私はもう一度深呼吸。僅かに震える手を強く握った。

私は目の前に座る若い男と、その後ろに立つ中年の男の存在に困惑していた。

連れてきたのは番頭さん。

この緊急時に会うと決めたのもそれが理由だけど、困惑の理由は別だった。

「お目にかかれて光栄です、サラサ様。妹がいつもお世話になっております。私、ハドソン商会のレイニー・ハドソンと申します。今後、お見知り置き頂けますと幸いです」

それがこの自己紹介。色々と話が違う。

病気で危篤って話は？　ミスティとは対立してるんじゃなかった？

商人だけに仮面を被っているのかもしれないけど、ニコニコと人の良さそうな物腰は演技には見えないし、ミスティのことを口にした時も嫌な感じはしなかった。

まさか、ミスティの兄は二人いたの？　聞いてないけど……。

「サラサ様には、グレンジェの港の利用権も融通して頂き、誠に感謝を――」

「ちょっと待ってください。一つ確認ですが、ミスティの兄はあなた一人だけですか？」

更に続けようとするレイニーの言葉を遮り、私がそう尋ねると、彼は一瞬だけ怪訝そうな表情を浮かべたが、すぐに笑顔に戻って頷く。

「ええ、私だけです。父に隠れた愛人でもいない限り。ハハハ……」

私たちの硬い空気を感じてか、レイニーは空気を解すように、冗談っぽくそんなことを口にするが、私たちの誰も笑わず、その笑い声は尻すぼみとなった。

この場にいるのは、アイリスとケイト、先ほど駆けつけてきたアデルバートさん、そしてレイニーを案内してきた番頭さん。いずれの顔も険しい。

「あの……なにか気分を害されるようなことを、言ってしまったでしょうか……？」

「いえ、そうではないですが……あなたは病気に罹り、危篤と聞いていたのですが？」

おかしなことは多いけど、今は考える時間も勿体ない。

不安そうなレイニーに私が直接疑問をぶつけると、彼は瞠目して声を上げた。

「えぇっ⁉　何故そのような話が！　私は三日前にグレンジェに着いたばかり。その足でこちらに伺ったので多少疲れてはいますが、ご覧の通り健康に問題はございません！」

「みたいですね。ですが、そのような手紙がミスティに届けられたのは事実です」

「ミスティに？　一体誰が？」

「もちろん、ハドソン商会の方からですよ。ですよね、番頭さん？」

「はい。レイニー殿、以前一度ご挨拶させて頂きましたね。フィード商会の番頭、ルロイ・クラドです。手紙は当商会のクラークが預かり、ミスティさんへ届けました」

番頭さんが一歩前に出て名乗り、そう説明すると、レイニーも頭を下げて「これはご丁寧に」と挨拶を返した後、眉根を寄せて考え込んだ。

「ですが、私はこの通り。――騙りでしょうか？」

「かもしれません、が――クラークから聞いた手紙を預けた方の特徴は、そちらの方に似ているようです。あなたは？」

番頭さんが鋭い視線を向けるのは、レイニーの背後に静かに立つ男性。

執務室に入った後は一言も喋ることもなく、やや緊張気味に目を伏せている。

「彼は私の秘書です。ザドク、心当たりはあるか？」

「ございません。私と似た男がハドソン商会を騙ったのでは？　腹立たしい限りです」

「相手の顔を覚えるのは、商人としての基本ですよ？　確かに彼は護衛ですが――」

「ただの護衛ですか。では、間違えてしまうのも――」

「ですが！　彼もフィード商会の人間。教育を怠ってはおりません。当然、ハドソン商会の方と確信するに足るだけの状況であったと思いますが？」

番頭さんがザドクの言葉を遮って強く言うが、ザドクは視線を逸らせて首を振る。

「そうですか。ですが、知らない以上、自分からは何とも」

「サラサ様、ザドクは私の信頼する秘書です。彼がこう言っている以上は……。それとも、証拠となるような物はあるのでしょうか？　その手紙とか」

身内だから当然だろうけど、レイニーがザドクを庇う。

しかし、私が信用するのは番頭さんたちの方。私がじっとザドクを注視していると、彼は居心地悪そうに小刻みに足を動かし始め、唇を震わせる。——ふむ。

「……まぁ、今重要なのは、そのことではないですね。ひとまず、棚上げにしましょう」

私が息を吐いてそう言うと、ザドクの顔に明らかな安堵が浮かぶ。

「ところでレイニー。それとは別に、このような手紙があるのですが、心当たりは？」

私がレイニーに差し出したのは、しわくちゃになった手紙。

それをレイニーは訝しげに受け取り、ザドクの顔が安堵から一転、驚愕に染まる。

「拝見します——っ！　これは⁉　ど、どういうことだ、ザドク！」

「い、一体、な、何のことだか、自分には——」

眉を吊り上げたレイニーが振り返って詰問、ザドクがしどろもどろに答えるが、その顔からは完全に血の気が引き、額には脂汗が浮かんでいる。

それを見て彼の言うことを無条件に信じるとすれば、それはただの愚か者だろう。

「サラサ、あの手紙は？」

「アイリスは見てませんでしたっけ。焚き付けですよ」

こそっと訊いてくるアイリスにそう答えると、彼女は「ん？」と小首を傾げる。

その仕草に私は少し笑いを漏らし、改めて説明する。

「以前、ミスティに届いた手紙です。怒って燃やそうとしたのを回収しておいたんです。ミスティは兄から——レイニーからと理解していましたが……」

「私ではありません！　ですが、内容は怒るのは当然のもの……どういうつもりだ‼」

レイニーが慌てて弁明し、再びザドクを怒鳴りつける。

「じ、自分は、レイニー様のためを思って——」

「何が私のためだ！　このような手紙——私とミスティの関係だけではない。サラサ様、延いてはこのロッホハルトとの関係も悪化することぐらい、理解できないのか‼」

「それは、その……問題はなくなると……」

レイニーに怒鳴られてザドクが小さく言葉を漏らすが、それを聞き咎めたのは、これまで黙っていたアデルバートさんだった。

「問題はなくなる、だと⁉　どういう意味だ！」

レイニーとは比べものにならないその迫力にも、ザドクは強く唇を結び沈黙を守る。

「まさか……、サラサ殿を害するつもりだったのか⁉」

「そうなのか、ザドク！　答えろ‼　私に黙って何をしていた！」

「…………」

ついにレイニーが立ち上がり、ザドクの襟首を摑んだが、それでもザドクは何も言わず下を向く。それを見ていたケイトが、考えるように口を開いた。

「……いえ、それはないかと。もしサラサを殺そうものなら、関係者は確実に処刑されます。その程度、少し考えれば解るはずです。――余程の馬鹿でもなければ」

「うむ。錬金術師という立場も然る事ながら、それに加えて現在は、国王に任命された領主代理。国の威信を懸けて容赦なく処罰されるだろうな」

ケイトとアイリスの言葉はやや大袈裟だけど、嘘でもない。

実行犯は当然として、関係者と疑われただけでも処罰されかねない。

もちろん、実行犯が所属していた商会など言うまでもなく、当然のように潰される。

それを理解してなお何かするのならば、ハドソン商会に対して自分の身を賭してでも晴らしたい恨みがあるか、もしくは処罰されないと考えるだけの根拠があるのか……。

「う～ん、少し整理してみましょうか」

私は顎に手を当て、これまでの出来事と得た情報を思い起こす。

盗賊の動き、商会の動き、ロッツェ家の状況、領地の状況、その他諸々……。

まず、ザドクが私の命を狙ったという考えは、少々根拠が薄い。

しかし最初の手紙を見れば、ミスティに隔意を持っていたのは確実で、『レイニーが危篤』という手紙を出したのがザドクであることも、おそらく間違いないだろう。

なら、その目的は？　ミスティの行動からして――。

「なるほど、そういうことですか。あなた、盗賊団と手を組みましたね？」

私がそう言って睨むと、ザドクの肩がビクリと震えた。

「盗賊側にはカーク準男爵領の後継者を自称する人物がいます。私を何らかの手段で引きずり下ろし、そちらを後釜に据えれば、ハドソン商会は有利な立場となりますね」

「いや、サラサ、それは不可能と結論づけただろう？　仮に引きずり下ろせても、代官や領主を任命するのは国王。自称後継者を任命するはずがない」

「なら……脅迫？　トップはサラサのまま、人質を使って実権は……」

「あり得ます。それなら実現性はありそうです。――もっとも、それで私が意志を曲げると思われているのなら、業腹ですけど」

盗賊相手に妥協はない。一歩でも引けば、結果的により多くの人が危険に曝される。

たとえ自分の大切な人を助けるためでも、その原則を曲げるつもりはない。

――手を出した敵には、絶対に後悔させてやるけどね。

「……申し訳ないのですが、ご説明頂けますでしょうか？」

情報を持つ私たちにはおおよその状況が理解できたが、レイニーからすれば、初めて聞く話に加え、全体的に情報不足。その顔にザドクへの怒りと、おぼろげながらも想像できる状況への不安を浮かべながら、私たちの顔を見回した。

「先ほど少し話しましたが、ミスティの元に、あなたが危篤との連絡が届きました。それを受け、彼女はグレンジェへと向かいましたが、現在行方不明となっています。そちらの彼の様子からして、共謀した盗賊に襲われたか、囚われたか――」

「何だって⁉　ザドク、貴様っ！」

努めて冷静に状況を説明する私の言葉は、レイニーによって遮られた。

彼は強くザドクを睨み付け、左手で掴んだ襟首を絞って、その身体を半ば持ち上げる。

一見、そうは見えなかったけれど、実はレイニーもかなり鍛えていたらしい。

ザドクは苦しそうに喘ぐが、それでも必死に叫ぶ。

「レイニー様！　ハドソン商会のためなのです！　彼女がいなくなれば——」

それは完全な自白。レイニーが感情を爆発させ、握りしめた右の拳を振り抜く。

バキッと鈍い音が響き、ザドクの身体が激しく床に叩きつけられる。

「ふざけるな‼　妹を害して就く地位に何の意味がある！　しかも、サラサ様を敵に回しておきながら、何がハドソン商会のためだ！　破滅の未来しか見えん‼」

「そうですね。実はミスティと一緒に、私のお店の店員で、大事な妹分も行方不明になっているんですよ。これが商会ぐるみでの行為なら、私の持てる人脈すべてを使ってでも、完膚なきまでに潰しているところですが……」

私がポツリと漏らした言葉を聞き、レイニーは怒りで紅潮していた顔を一気に真っ青にすると、即座に膝をついて額を床に擦り付けた。

「申し訳ございません！　コイツと私については、如何様にでもして頂いて構いません！　他に関係した者がいれば差し出します！　ですが、ミスティと……恥ずかしながらハドソン商会については、何卒ご寛恕頂けないでしょうか‼」

「いえ、ミスティは当然として、ハドソン商会自体に怒っているわけではありません。当然、従業員を無為に路頭に迷わせるようなことはしませんよ」

商会が倒れたときの苦労は、身を以て知っている。

私がそう言うと、レイニーは救われたような表情を浮かべ、再度深々と頭を下げる。

「ありがとうございます！　ミスティは本当にサラサ様のことを尊敬しているのです。届く手紙にも、サラサ様のことが多く書かれていて……。できることは何でも致します。ミスティがまだ生きているのなら、お願いです、助けてやってください！」

「当然、そのつもりです。ミスティたちが簡単に捕まるとは思えませんが、仮に捕まっていたとしても、人質とするのが目的であれば、すぐに殺されたりはしないでしょう」

――少々希望的観測ではあるけれど。

もちろん、一番良いのは盗賊になんて捕まっていないこと。

でも、ここにレイニーがいる以上、グレンジェに直接向かったという可能性はなく、なにかしらのトラブルが起きていることは確実。すぐに動く必要があるだろう。

「それで、そちらの方ですが……」

レイニーに殴られ、倒れているザドクに目を向ける。

彼は悔しそうな表情で体を震わせていたが、顔を歪ませて私を睨み付け――。

「くそっ！　こうなったら――っ‼」

叫ぶと同時に立ち上がり、私に向かって飛びかかってきた。

その右手に、懐から取り出したナイフが光る。

「「「サラサ（殿）！」」」

アイリスとケイト、それにアデルバートさんが咄嗟に動くが、場所が悪い。

ソファーに座る私の正面にレイニーがいて、そのすぐ横に倒れていたのがザドク。

ケイトとアイリスが立っていたのは私の背後であり、アデルバートさんはザドクの後ろ。

番頭さんも動こうとしてくれたが、彼は最も高齢である。

驚いて顔を上げたレイニーの隣を抜け、ザドクが私に迫る。

成功している商会の人は、身体を鍛えるのが基本なのだろうか？

その動きはかなり速く、破落戸程度では相手にならないだろう。

――でも私は破落戸ではないわけで。

迫るナイフを見極めてザドクの手を左手で軽く払うと、右の握り拳を突き出す。

ドスッ！　お腹にめり込む拳。

ガンッ！　ザドクの身体が吹っ飛んで壁に激突、力を失って床に崩れ落ちる。

「「「…………」」」

部屋の中に暫し沈黙が落ち、アイリスがおもむろに口を開いた。

「……そういえばサラサは、ヘル・フレイム・グリズリーすら蹴り殺すんだったな」

「そうだったわね。最近は剣が活躍していたけど……」

「そうですよ？　昔は剣を買う余裕はなかったですから。安上がりですよね、ステゴロ」

不意打ち程度で慌てていては、命がいくつあっても足りない。

それが錬金術師である——いや、違うかも？

視界の隅では番頭さんが『サラサちゃん、苦労したんだね……』と目頭を押さえているけど、今となってはそれも良い思い出。こうして、命を守れているわけだしね？

「……はっ⁉　も、申し訳ございません！　まさか、これほどの愚か者とは！」

急な状況の変化に、立ち上がる途中で動きを止めていたレイニーが、土下座の体勢に移行する。何というか……頭を下げてばっかりで、ちょっと不憫。

「別に構いませんよ。危険もなかったですし」

そんな気持ちもあって私が軽く応えると、アデルバートさんが呆れ気味に私を見た。

「いや、普通なら危険な状況だったのだが……。だがまずは、此奴を牢に入れてこよう」

「すみませんが、よろしくお願いします」

普通なら護衛の兵士のお仕事だけど、残念ながらそんなもの、この館にはいない。

アデルバートさんがザドクを運び出し、執務室に戻ってきたところで仕切り直し、跪いたままのレイニーを座らせて、話し合いを始める。

「最初に先ほどの彼ですが、さすがに私を殺そうとしたとなると、情状酌量の余地もありません。王国法に則(のっと)り、処刑されることになるでしょう」

「当然のことです。私も連座となるならば、どうぞそうなさってください。ですが、せめて……せめて、妹を助け出すまでは……」

顔を伏せ、絞り出すように言うレイニーの後頭部を見ながら、私は首を振る。

「いえ、ハドソン商会の力を使って襲ったわけでもありませんから、あなたの関与がなければ、連座はありません。本当に関与がないかは、今後調査しますが」

「感謝……致します。存分に調べてください。私に疚(やま)しいところはございません」

「そう望みます。ミスティも悲しむでしょうから」

ミスティはあの焚き付けを見た後でも、危篤と聞けば会いに行くことを選んだ。

口では色々言いつつも、やはり兄のことを嫌ってはいないのだろう。

そして話を聞く限り、レイニーもミスティを大切に思っている、はず。

——実は見せかけだけ、ってことはないよね？

もしそうだったら……是非もなくブチ切れ案件である。

お店の倉庫にある封印指定の錬成薬(ポーション)をぶっかけて、吊(つる)してやろう。

「さて。ミスティたちの行方不明が盗賊の仕業とは、まだ確定していませんが、この状況でウォルターの報告を待つ余裕はありません。動ける人を大急ぎで集めます。幸い、ロレアちゃんの元にはクルミがいるはずです。近くに行けば状況は摑めます」

「問題ない。ロッツェ家の兵士たちは既に準備を始めている」

アデルバートさんがすぐに頷き、番頭さんもそれに続き口を開く。

「サラサちゃん、ウチの護衛も連れて行ってくれ。この町にいるのは一〇人ほどでしかないが、盗賊程度には後れは取らないと思うよ」

「助かります。サウス・ストラグの兵士は、練度に少々不安がありますので」

たぶん大丈夫だとは思うけど、盗賊の人数は未だ確定していない。

それに加えて、拠点となっていると思しき村には、一般人もいるかもしれない。

私の魔法で纏めてボンッ、というわけにもいかないからね。

「ミスティたちのことも考えれば、戦力に余裕ができるのは助かります」

「であれば、私どもにも協力させてください！　ウチも荒事はそれなりに得意です‼」

フィード商会に続けとばかりに、レイニーが慌てて口を挟むが、私は首を振る。

「気持ちはありがたいですが、裏切る恐れがあるようでは……」

海賊とも遣り合うハドソン商会の人間なら、戦力としては十分だと思う。

しかし、盗賊と繫がっているのが、ザドクだけとは限らないわけで。

「一人一人、調べる時間がありません。それに、グレンジェから呼ぶには時間が――」

「ご安心ください。ウチから出すのはサラサ様をお乗せしたラバン船長たちです。彼らがミスティを裏切ることは決してないでしょう。幸い今は、私の護衛と休暇を兼ねてサウス・ストラグに来ています。声を掛ければ即座に集まるでしょう」

「あの人たちですか……解りました。許可します」

裏切りのリスクがゼロとは言えないけど、戦力としては頼もしい。

それに、ミスティを可愛がっていた彼らの表情、それが嘘とは思いたくない。

「ありがとうございます！　すぐに集めます！」

私は立ち上がり、改めて全員の顔を見回す。

「目標は三日以内。相手が準備を調える前に片を付けます」

翌日の早朝、領主館の前には多くの男たち、そして少数の女性たちが集まっていた。

まずはサウス・ストラグの兵士。最も人数が多く、揃った装備も軍隊っぽいが、緊張気味に整列するその様子は少々経験不足にも見え、頼り甲斐には乏しい。

次はロッツェ家の兵士。人数は二番目。ピシリと整列していて練度も高そうに見えるが、装備にはややばらつきがあり、個々の実力では下から二番目だろう。

それからフィード商会の護衛たち。人数は一〇人あまりで最も少なく、装備もバラバラ。練度、実力もばらつきが多いようだが、全体的な実力はかなり高そうに見える。

そして最後は——。

「お嬢を攫うたぁ、ふえてぇ下種共だ！　野郎共、解ってるな‼」

「「「おう！　ぶっ殺せ‼」」」

咆える男たちは、ハドソン商会の人たち。

ラバン船長以下、全員が来ているようで、何というか……とても暑苦しい。

夏の早朝なのに、爽やかさはゼロである。

フィード商会の護衛たちも、結構厳つい人たちの集まりなんだけど、これを見た後では上品にすら見えてくる不思議。頼り甲斐はありそうだけどね？

そして、その中にレイニーも交じっているのが、少し意外。

一応、ハドソン商会の跡取りという立場であるはずなのに。

「あの、本当にレイニーも行くんですか？　危険ですよ？」

「妹の危機に行かない理由なんてないでしょう？　それに、この程度の危険など……ハハハッ、嵐の海で海賊と戦ったことを思えば。揺れない地面、素晴らしいですよね？　あの時は海に落ちた時点で死亡確定でしたからねぇ……。ハハ、ハハハ……」

ハイライトの消えた瞳で、乾いた笑いを漏らすレイニー。

なるほど、御曹司ってわけじゃなさそうだね。

「解りました。でも十分気を付けてくださいね？　万が一があると、ミスティが悲しみますから。船長さんも、今回はよろしくお願いします」

「ったりめぇだ！　サラサ様は大船に乗ったつもりで構えていてくれりゃいい。一度も船を沈めたことがねぇのが儂の自慢だ！　──おっと、今は陸の上だったな。ハハハ！」

呵々と笑い、厚い胸板をどんと叩く船長さん。

冗談はイマイチ面白くないけれど、船長さんが実戦経験豊富なのは事実。

「頼りにしています。ただし、全体の指揮はロッツェ家のアデルバートが執ります」

「アデルバート・ロッツェだ。よろしく頼む」

私の紹介でアデルバートさんが船長さんに相対すると、船長さんはアデルバートさんの全身を見て何度か頷き、手を差し出して不敵に笑う。

「ふ～ん、なかなか鍛えているようだな。了解だ、従おう。ただ、儂らの最優先事項はお嬢の身の安全だ。それを蔑ろにするようなことは認められねぇぞ？」

「解っている。こちらも救出が優先だ。しっかりと活用させてもらう」

　アデルバートさんは差し出された手を強く握り返し、こちらも不敵に笑うと、私の方に顔を向けて、「それから」と続けた。

「今は休ませているが、先ほどウォルターが帰還した。ルタ村が盗賊の拠点なのは確定だが、普通に生活している村人もいて、関与の範囲は不明。ロレアたちの存在も未確認だ」

「仕方ないでしょうね。行方不明が判ったのは、ウォルターが出た後ですし」

　それで『調査済み』と言われたら、逆に驚く。

　少しだけ、偶然にでもミスティたちと出会ってくれていれば、とは考えたけど。

「ですが、無事に戻ってくれたのは朗報です。ウォルターにはお礼を伝えてください」

「了解した。村人への対応はどうする？　完全に盗賊とは分離できそうもないが」

「精査は事が終わってから行います。全員捕らえてください。襲ってくるなら、盗賊と見なして殺しても構いません。多少の怪我は私が治療しますので、手加減は無用です」

　小さな村。幼児でもない限り、何も知らないということはないだろう。

　仮に脅されての行為でも、悪事を為す人と為さない人、優先すべきは絶対に後者。

　残酷と言われても、過剰な配慮でこちらに犠牲が出ることは許容できない。

「私たちは先に行きます。アデルバートさん、あとはよろしくお願いします」

「任せてくれ。――出るぞ！　全員、準備は良いか‼」

「「おう（はい）‼」」

アデルバートさんの号令に兵士たちが声を揃え、指揮に従って歩き始める。

目標は、今日中にルタ村の近くに陣を張ること。

一般人なら難しいかもしれないが、鍛えられた兵士なら十分に可能な進軍速度だろう。

「それじゃ、アイリス、ケイト、行きましょう」

「了解だ」「わかったわ」

不安そうに見ている番頭さんたちに軽く手を振り、私たち三人は走り出す。

別行動の目的は、ミスティたちを救出する道筋を付けること。

まず必要なのは、本当にミスティたちが囚（とら）われているかの確認。

あの後、ザドクを尋問し、彼が盗賊たちに依頼されてミスティを誘（おび）き出したことは確定したが、もしかしたら上手（うま）く盗賊の手を逃れたかもしれない——可能性は低いけど。

それでも一応調査して、不幸にも二人が捕まっていると判れば、アデルバートさんたちの軍を囮（おとり）として、私たち三人で救出を行うことになる。

これには反対もあったけれど、手を出されたのは私の店員と弟子。

私自身が助けに行かずにどうするのかと、やや強引に押し通させてもらった。

そして、アイリスたちでもついてこられる速度で走り続けること数時間。

私は街道を外れる小さな道を見つけて、足を止めた。

ヨック村とサウス・ストラグを繋ぐ街道も決して立派とは言えないが、それに輪を掛けて小さな道で、大きな馬車はもちろん、小さな馬車でも厳しそうなほどである。

道標も一応あるけれど、普通に歩いていれば見落とすこと確実な地味さ。

何度もここを通った私も、当然のように素通りしていた。

「この道ですね。お疲れさまです、アイリス、ケイト」

しかし後ろからは、荒い息づかいが聞こえるだけで返事はない。

振り返ればそこには、膝に手をついて必死に息を整える二人の姿。

「ふむ……もうちょっと速くても大丈夫でした？」

「だ、大丈夫なわけあるか！　ギリギリだろう⁉　どう見ても！」

もう少し時間を節約できたかも、と小首を傾げる私に、アイリスからの抗議が入った。

「いえ、立っている余裕はあるようですし？」

「気力でね！　サラサ、厳しすぎるわ……。これじゃ、戦えないわよ？」

「大丈夫です。そこは考えています。幸い、ここに見張りはいないようですし」

用心深い相手ならこの辺りを監視するかと思ったんだけど、そこまで警戒していないのか、単に馬鹿なのか。侮るつもりはないが、有能な敵よりはありがたい。

「まずは座ってこれを飲んでください。体力が回復しますから。大盤振る舞いです」

普段は疲れたぐらいでは使わないけれど、今回は緊急事態。街道を外れて森の中に入ると、そこに腰を下ろし、アイリスとケイトに体力回復用の錬成薬(ポーション)を渡す。

「助かる……。ごくごく――ん！　サラサ、これ、凄(すご)いな！　一気に楽になったぞ？」

「ええ。しかも、案外美味(おい)しいし……。良いわね、これ」

目を丸くして空になった錬成薬(ポーション)瓶を見るアイリスたちに、私は当然と頷く。

「ええ、アイリスと出会った時に飲ませた物に、即効性を加えた物ですから」

「なるほど――って、出会った時って、私が死にかけていた時のことだよな⁉　私が莫大(ばくだい)な借金を背負うことになった！　とんでもなく高いんじゃ……」

「お、お、大盤振る舞いにしても、つ、使って大丈夫な物……？」

やや震え気味にこちらを見る二人に、私はパタパタと手を振る。

「あれは、腕をくっつける錬成薬(ポーション)が特に高価だっただけです。もちろん、これも安くはないですけど、必要な経費は惜しみませんよ、私は」

所詮は一本数千レア程度。ロレアちゃんたちを助けるためなら安いもの。

「それより、元気になったら護衛をお願いします。私はクルミに繋いでみますから」

「む、そうだったな。任せろ。サラサのことは私が守る」

「もちろん、私もね。気を付けて——って、言うべきかは判らないけど、気を付けて」

「はい、よろしくお願いします」

クルミがルタ村の近くにいるならば、ここから届くはず。

私は祈るような気持ちで目を閉じ、クルミへと——繋がった！


視界は真っ暗だった。

身体をモゾモゾ動かすと頭上から「ひゃっ！」と小さな声。

急に明るくなり、こちらを覗き込むロレアちゃんの顔が見えた。

どうやらクルミは、ロレアちゃんの服の中に突っ込まれていたようだ。

「あ、あの、サラサさんですか？」

不安そうな囁き声に私が「がう」と頷くと、強張っていたロレアちゃんの顔が安堵に緩み、「よ、良かった……」という呟きと共に、その目に涙が滲む。

「サ、サラサ先輩、なんですか？　本当に？」

ロレアちゃんの服から這い出してみれば、こちらも目に涙を浮かべ、祈るように両手を組んだミスティの姿。私が「がう」と答えると、ミスティはとても深い息を吐き、崩れるように床に手をついて、「あはは……」と泣きそうな声を漏らした。

その手をポンポンと叩き、周囲を見回す。

ここは……小さな部屋、かな？

ベッドを一つ入れればギリギリなほどに狭く、窓も家具もない。

物置か、もしくは人を閉じ込めるために作った部屋か。

状況的には想定通りかな、と頷く私に、何故かミスティは跪くように頭を下げた。

「すみません、サラサ先輩、ボクが無理をしたから……」

「いえ、私も同じで、無理に同行したのに、見張りもできずに寝ちゃいましたし……」

「やっぱり悪いのはボクで――」「でも、私がいたのは――」

何やら責任の押し付け合い――いや、引き付け合い？　を始めた二人。

でも今は、そんなことを言っている場合じゃない。必要なのはこれからどうするか。

「がうっ！」

私がピッと手を挙げて声を掛けると、二人はハッとこちらを見る。

そしてさすがはミスティ、すぐに冷静な声で話し始めた。

「状況を説明しますね。経緯は省略しますが、ボクたちは今、盗賊に捕まって、その根城となっているルタ村で監禁されています。幸い、怪我はありません」

確かに怪我をしている様子はないけれど、二人は明らかに奪れている。

私と連絡がついたからか、表情には明るさが見えるけど、体力的にはきっと別で、何日にも亘って監禁されていれば、精神的疲労もかなりのものだろう。

「ここはルタ村の一番奥にある建物で、周囲には人が立って監視しています」

村の奥……救出を警戒して、近付きにくい場所を選んで閉じ込めたのかな？

もしくは、人を閉じ込めるのに都合の良い建物が、たまたま都合の良い場所にあった？

——いや前々から、それを目的とした建物を建てていたと考えるべきかも。

そうなると、やっぱり村ぐるみで盗賊と考えるのが自然？

「がうがーう、がうが、がうがうがーう？」

疑問をジェスチャーで二人にぶつけてみるけど、ミスティは不思議そうに首を傾げる。

くっ、さすがに細かい内容を伝えるのは無理か。

床を削って文字を書くべきかと考えていると、ロレアちゃんが控えめに口を開いた。

「えっと……たぶん、村人の全員が盗賊の仲間なのか、訊きたいんじゃないかと」

「がうっ！」

私が『それ！』と反応すると、ミスティが目を瞬かせて私とロレアちゃんを見比べた。

「な、なるほど。ロレア、凄いね？　ボク、全然解らなかった」

「ふふっ、クルミとの付き合いの長さなら、ミスティさんには負けませんよ？　サラサさんとの付き合いも結構長いですし、一緒にお店を守ってきましたから！」

「先輩とは、まだボクの方が長いはずなんだけど……。付き合いの深さかぁ……」

ミスティとも同じ寮で暮らしていたけど、ロレアちゃんは同じ家だからねぇ。

以心伝心という意味では、ロレアちゃんに軍配が上がるかも？

ロレアちゃんのドヤ顔にミスティは悔しそうだが、すぐにまた口を開く。

「盗賊に積極的に協力しているのは、村長など、極一部だと思います。盗賊の総数は不明ですが、大半は奥さんや子供を人質に取られて、逆らえないようです」

「私たちと同じように、この建物に閉じ込められています」

――へぇ？　子供たちを人質に？　よし、殺そう。

いや、ロレアちゃんたちを攫った時点で処刑確定なんだけどね？

私に残っていた霞のような慈悲すら、完全に消え失せたよ？

でも、盗賊に加担しているのが、村人の一部というのは朗報。

二人と一緒に捕まっている子供たちも助け出せれば、ずっと楽になるかもしれない。

戦いの邪魔になっても困るので、上手くやらないといけないけど……。

「がうがぁーあ、がう、ががーがぅ」

「……近くに来ているので、助けに来る、ですか？　あ、そうですよね、クルミと同調できるってことは、近くにいるってことですよね！」

「そっか、近くに──って、サラサ先輩ですからねぇ。近いといっても、絶対そんなに近くないですよね？　いや、『こんぐらい』って腕を広げられても、解りませんから！」

「ハハハ……、確かにサラサさん、凄く遠くからでも同調していたような……。けど、助けが来ると判って安心しました。サラサさん、待っています」

「がうっ！」

輝きの戻った目でこちらを見る二人に強く頷き、私はクルミとの同調を切った。

「ふぅ……」

急に身体が重くなったように感じて、私は息を吐いた。

突然切り替わった視界に、頭を慣らすように何度か瞬きすると、私の左右に立ち、少し心配そうにこちらを見ているアイリスとケイトの顔が目に入る。

「サラサ、戻ったのか？　どうだった？　同調はできたようだが……」

「ばっちしですっ！　二人は無事でした。情報も手に入りましたよ」

私はグッと親指を立てて笑顔で頷き、アイリスたちに二人から聞いた話を伝える。

「……ふむ。つまり、サラサによって村一つが消え去る事態は避けられたわけだな」

「だから、消しませんって——盗賊しかいないなら、別ですけど。もしそうなっても、今の私は領主的立場。ちゃんと移民を募って再生まで面倒を見ます。勿体ないですから」

「それってもう、同じ場所にあるだけで別の村じゃない？」

やや呆れたようなケイトの視線を受け、私は肩を竦める。

「そういう見方もできますね。でも、盗賊しかいない村って、それは村でしょうか？　村を装った、盗賊のアジトじゃないかな？　そんなもの、消し去っても問題ないよね？

「否定は……できないわね。それで、盗賊の総数は判ったの？」

「残念ながらそこまでは。二人も閉じ込められているわけですし」

「当然か。しかし、クルミとミスティがいて捕まるとか、一体何があったんだ？」

「まだ詳しくは訊いていませんが、二人とも旅慣れているわけではありません。おそらくは、移動に疲れてウトウトしたところを、互いを人質に取られたのかと」

二人とも『自分が』『いや、自分が』と言い合っていたけれど、話の中身としてはそんな感じだったように思う。クルミは店で暴れる破落戸への対策として作ったものだし、ミスティも実戦経験には乏しく、搦め手にはたぶん弱い。

臆測を交えて私がそう説明すると、アイリスたちも納得したように頷く。

「そういう面では素人になるのか、二人とも。サラサとは違って」

「私たちだって、野営の経験は多くないもの。それに素材採集だと、警戒対象は野生動物や魔物だけど、今回は知恵のある人間。採集にすら慣れてない二人だと……」

「マリスさんも、素材を自分で採りに行く錬金術師は古いとか、言っていましたしねぇ。

……うん、ミスティを鍛えてあげないとダメですね。師匠みたいに！」

師匠ほどではないけど、私だって多少は剣を使えるし、格闘技ならもっと得意。

私もミスティの師匠になったわけで、戦い方を教えるのも大事な役目だよね？

「でもサラサ、以前、『剣より錬金術を教えてほしい』とか言ってなかった？」

――そんなことも、言ったかもしれない。

折角師匠が来てくれたのに、何故か剣の修行だけをさせられた時に。

「……こうして伝統は、師匠から弟子に受け継がれるんですね。悲しみの連鎖です」

「大袈裟!? いや、悪しき伝統は打破しても良いと思うぞ、私は」

「それが、『悪しき』じゃないのが問題で。実際、この剣のおかげで助かってますし」

あの時に貰った剣は、今も腰に佩いている。

それをポンと叩いて私が言うと、アイリスたちは微妙な表情になった。

「間違ってはいないが……それは錬金術師のやることか？」

「なるほど。つまり、これぐらいの剣を作れるようになってから言え、と？　至言です。この件が終わったら頑張りますね。ミスティへの修行は、それからにしましょう」

私が「うん、それが良いよね！　錬金術師っぽいし」と頷けば、ケイトは「そういう問題……？」と眉根を寄せ、すぐに諦めたように首を振った。

「もうそれで良いわ。——これから、どういう風に動くの？」

「情報は得られたわけだが、お父様が到着するのを待って攻めるのか？」

「いえ、私たちは予定通り先行して、二人が閉じ込められている場所の確認と、状況によっては奪還を行います。ここで合流すると動きにくくなります」

私たちの利点は、盗賊たちに気付かれにくい少人数であること。

盗賊たちが軍を監視していたら、私たちの存在もバレて人質の救出も難しくなる。

「了解だ。ではすぐに動こう。お父様たちに追いつかれては、本末転倒だからな」

「「はい（ええ）」」

街道からルタ村への道は、小さな一本道である。

盗賊たちがその道を見張っていないとは考えにくく、私たちは一度街道に戻ってから、ヨック村方面へ半時ほど歩き、そこから再度森の中へと入る。

選んだのは、直線距離でルタ村に最も近い場所。

実のところ先ほどの道は、通しやすさ優先で作られていて結構遠回りなのだ。

しかし逆に言えば、私たちが選んだ道なき道は、険しい場所の連続ということ。

もっとも、大樹海で活動しているアイリスたちからすれば、そんな難所も苦労するほどではないし、それに私の魔法も加わればちょっとしたピクニック。

数時間ほどで軽く踏破し、私たちはルタ村を目視できる場所にまで辿り着いていた。

「小さな村……ではあるが、所々、不自然に立派な家があるな？」

「そうですね。ヨック村はみんな似たような家ですが……村長さんも含めて」

一応は村の長なのだから、もう少し良い家を建てても良かっただろうに、村自体にそこまでの余裕がなかったのか、歴代の村長さんが控えめだったのか。

その点こちらは、如何にも有力者と、それ以外との差が見て取れる。

「でも、盗賊がいるのは間違いないようね。どう見ても村人じゃないわよね、アレ」

森の中から窺うだけでも、破落戸にしか見えない男たちが歩いているのが目に入る。

その数は思ったよりも多く、普通の村人っぽい人の方が少ないほどである。

「村に侵入して、盗賊だけを斃していくというのは無理そうですね。当初の予定通り、ロレアちゃんたちの救出を目指しましょう」

「了解だ。村の奥というと……あっちだな。行こう」

私たちは盗賊たちに見つからないよう、村から距離を取って森の中を進む。

襲撃者を見つけるための警報装置、森に潜む見張り、拠点を守るための罠。

当然のようにあるだろうそれらを警戒して、注意深く足を進める私たち。

だが、そんな私たちを嘲笑うかのように、森の中に妨害と言えるものは何も存在せず、
私たちは村の奥まで、とてもあっさり到達してしまった。完全に拍子抜けである。

「むぅ……此奴ら、盗賊の自覚が足りないんじゃないかなっ⁉」

「サラサ、怒るようなこと？　楽で良いじゃない」

「そうなんですけど～。こんなのに、私の貴重な時間が浪費させられたのかと思うと！」

本当なら今頃、採取したアステロアで空気清浄機を作ったり、ミスティと一緒に湯沸かし器を作ったり、ロレアちゃんたちと公衆浴場を楽しんだりしていたはずなのに！

「だが、自覚ある勤勉な盗賊も嫌じゃないか？」

「同感ね。盗賊なんて、楽をして良い思いをしたいというクズの集まりだもの」

「……それもそうですね。でも、そんなモラトリアムの日々も今日まで。今後は死ぬまで肉体労働の日々ですよ――運良く生き残ることができれば。くふっ、ふふふ……」

やっとけりがつくのだと思うと、思わず笑いが込み上げてくる。

——不運な盗賊の皆さんには、怠惰の代償として永遠の眠りを贈ろう。

——幸運な盗賊の皆さんには、勤勉という言葉を思い出してもらおう。

既に捕らえられた人たちは、街道整備で強制的に頑張ってくれているようだし？

「生き残るのが運が良いのか、疑問を覚えるような笑いね、サラサ」

「私と相対して生きている時点で、盗賊としてはすっごい幸運ですよ？ ——あ、あの建物で間違いないみたいですね。クルミの存在を感じます」

ルタ村の一番奥、森に面した場所にあったのは、比較的大きな平屋の建物だった。

一見すると倉庫みたいだけど、よく見れば窓が一つもなく、入り口も一つだけ。

普通に使うには不便としか思えない造りも、特定の目的のためと考えれば理解できる。

「監禁用か。こんな建物があるとは、以前からまともな村じゃなかったのかもな」

「最近作られた物には見えないものね。監視もいるけど……少ないわね」

入り口の近くに二人だけ。しかも、椅子に座って雑談をしている。

捕まえている人が逃げ出すとか、救出に人が来るとか、考えてもいないのだろう。

「サラサ、どう攻める？ あんな見張りでも、こっそり忍び込むのは無理だろう？」

「他の出入り口がないものね。始末しましょうか？ 一人だけなら確実に殺れるわよ？」

ケイトの弓の腕は知っている。

私の魔法も併せれば、見張り二人を声も上げさせずに始末することはできる。

捕まっている人たちを連れて、すぐに逃げるならそれでも良いのだろうけど……。

「暗くなるのを待ちましょう。夜のうちに忍び込んで、明日のアデルバートさんたちの攻撃に合わせて救出、その流れで盗賊たちを掃討します」

効率を考えれば、村の女性や子供を全員閉じ込めているとは考えにくい。

一家に一人か二人。それだけでも人質としての価値は十分にあるわけで。

逆に言えば、今捕まっている人たちを助けても、事が始まる前にバレてしまえば別の子供が人質になるだけに終わるだろう。

「予定通りなら、今日の夕方にはルタ村近くで陣を張るのよね？」

「はい。そろそろ村に動きがあってもおかしくないんですが……」

ルタ村への道を監視していれば、兵士の移動を見落とすはずがない。

しかし、村にいる盗賊たちに緊迫感はなく、完全に油断している。

どうやら彼らは、思った以上に無能だったらしい。

——もっとも私たちも、盗賊たちを笑えないんだけどね。

長い間、この拠点を見つけられなかったという、悲しい実績があるからねぇ……。

「ふむ。この状況なら、気付かれずに連絡を取ることもできると思うが？」

真剣な表情で『どうする？』と私を見るアイリスと、少し心配そうなケイトの顔。

「時間は……ありますね。でも、人質について知らせるのが、本当に良いのか」

迷う。とても……迷う。

何も知らせずに戦えば、脅されているだけの村人が死ぬかもしれない。

でも、こちらが人質を気にして手加減すれば、兵士たちに被害が出るかもしれないし、盗賊がそれを察して人質を利用しようとするかもしれない。

どちらがより犠牲者が少なくて済むのか、その判断は難しい。

「……犠牲は最小。それが最善ですが、私が守るべきは、現時点で私の命令に従い、戦ってくれている人たちの方です。――たとえ、村人に犠牲が出たとしても」

だが、人質となっている子供の親が、私の采配の結果として死ぬかもしれない。

そのことに気が重くなり俯く私の肩を、アイリスが優しく抱く。

「サラサ、あまり抱えすぎる必要はないと思うぞ？　少しは私を頼ってくれ」

「……でも、責任者は私です。不本意とはいえ、全権代理に任ぜられた以上、決断は私の仕事です。その結果がどうなったとしても。それが責任というものでしょう……？」

私はアイリスを見上げ、自分に言い聞かせるように言葉を連ねる。

しかし、口から漏れ出たのは、自分でも気弱に聞こえる声だった。

「立派だとは思うが、気にしすぎては動けなくなるぞ？　前領主を思い出せ。あいつなど、ヨック村が魔物に襲われても、援助どころか税を上げようとしたんだぞ？」

「いや、さすがにアレを例に出されても……」

私が顔を歪めると、アイリスは頷いて苦笑した。

「うむ、あれはダメな方での好例だな。だが、領主が自分の力量を超えて人を救おうとすれば、必ず無理が出る。――例えば、前ロッツェ家当主のようにな？」

「ええ。前当主は無理をしすぎたわね。その結果、一時的には救えても、最終的にはより悪い結果になっていたはずだわ。――サラサに救ってもらえなければ」

アイリスとケイトは二人で顔を見合わせて頷いた後、揃って私を見る。

「だが、そんな前当主もダメなだけではない。あれでも戦いに関しては、それなりに頼りになるんだ。人質については連絡だけして、後は任せる。それで良いと思うぞ？」

「同感ね。必要ならアデルバート様が開示するだろうし、言わない方が良いと考えれば黙っていると思う。そのあたりの匙加減は信頼できるわ」

あえてなのだろう。

軽い調子で話す二人の様子に、私の心の重さも少し和らぐ。

「ふふっ。なら、その言葉に甘えさせてもらうと、しようかな……？」

私の雰囲気が変わったのを感じたのか、二人はホッとしたように表情を緩めた。

「『うむ（ええ）！』」

それから私たちは、アデルバートさんたちと一度合流して、得られた情報を伝えた上で監禁場所の近くまで舞い戻り、夜を待った。

そして真夜中。再び建物に近付くが、そこには昼間にはいた見張りの姿はない。

完全に放置しているとは思えないので、おそらく中にいるのかな？

どちらにしろ、近くまで軍が迫っているとは思えないほどの無警戒振り。

村にも慌ただしさは見えないので、やはりまったく気付いていないのだろう。

「何というか……お粗末な盗賊団ですね。巡回ぐらいすれば良いのに」

いや、私たちには好都合なんだけどね？

「村を出て十分も歩けば、陣が見えるんだがなぁ……。あまりに無警戒すぎて、罠を疑いたくなるぞ？　——まさか本当に、罠じゃないよな？」

自分の言葉に眉根を寄せたアイリスに、ケイトが首を振る。

「この状況で盗賊たちにできることなんて、逆に夜襲を掛けることぐらいでしょ。これまで見つからなかったことで、こちらを侮（あなど）っているのでしょうね」

「やっぱりそう思います？　でも、それも今夜で終わり。私、この仕事を片付けたら、錬金術にどっぷり浸かった日々を送るんだ！」

面倒事からやっと解放される嬉しさに、私は希望を口にする。

すると何故か、アイリスとケイトがぎょっとしたように私を見た。

「なんか不吉な発言だな⁉　大丈夫か、サラサ！」

「サラサ、終わるまで気を抜いちゃダメよ⁉」

「当然です。何を言っているんですか？　二人とも」

それは、あまりにも当たり前のこと。不思議に思って二人を見返すと、アイリスたちは些か腑に落ちないような表情で、しかしすぐに小さく首を振った。

「……まあ良い。それで、どこから入る？　正面の扉からか？」

「さすがに扉の内側には見張りがいるでしょう。看守と言うべきかもしれませんが」

「ふむ、そうか。なら……静かに壁をぶち抜く、とか？」

「それは無理です。音を外に漏らさないという錬成具もありますが、残念ながら私は持ってません。なので、屋根から侵入します」

「屋根？　屋根をぶち抜くのか？」

アイリス的には意外な場所だったのか、不思議そうに小首を傾げる。

「ぶち抜くという発想から離れてください。普通に剝がして入ります。案外盲点なんですよ、屋根って。壁や扉は丈夫に作りますけど、屋根はそうでもなかったりするんです」

難点は、屋根を歩く音は室内によく響くことだけど、そこは上手くやるしかない。

壁をぶち抜くよりは、きっとマシだから。

「……まぁ、屋根も丈夫な建物だったら、ぶち抜きますけど」

「結局、ぶち抜くのね。気付かれないようにできるの？　それ」

「魔法を使ってなんとかやってみます。取りあえず、行ってみましょう」

目的の建物は一階建て。魔力で身体強化すれば、屋根に上るのも容易いこと。

最初に私が跳び乗り、続いて身軽なケイト。アイリスには二人で手を貸して引き上げる。

「屋根は、板葺きですね。――うわっ、ボロッ！　これ、雨が降ったら雨漏りしますよ」

建物の屋根葺きは、薄い板を重ねて石で押さえただけの、とてもシンプル――いや、雑な造りだった。しかも下の野地板は、私なら通り抜けられそうなほどに隙間だらけ。

どうぶち抜くかではなく、どうぶち抜かないかの注意が必要なほどである。

「二人とも、足下に注意してくださいね――というか、動かないでくださいね。下手に動いたら、それだけで下に落ちますよ、これ」

「りょ、了解だ！」「わ、解ったわ！」

私は二人に注意を促し、慎重に石を取り除けて木の板を剥いでいく。

節約なのか、釘も未使用の屋根は防御力に乏しく、私たちはあっさり小屋裏への侵入に成功。魔法で明かりを灯し、這うようにしてミスティたちのいる部屋の上に到達した。

「サラサ、この下か？」

天井板を指さすアイリスに頷き、私は『むむむっ！』と集中する。

「はい、間違いないと思います。取りあえず……クルミ・スラッシュ！」

ザシュッ！

アイリスとケイトの目の前に鋭い爪が生えた。

「「――っ‼」」

二人は慌てて自身の口を手で押さえ、非難するように私を見る。

「……いや、ちゃんと距離は測ってましたよ？　三〇センチは空いているでしょう？」

顔がある位置から前方にそれぐらい。きちんと距離を確認しての行為である。

自分で自分を攻撃するとか、シャレにならないし？

「それでも事前に教えて！　心臓が止まるかと思ったわ！」

「そうだ！　そうだ！」

「まあまあ、今は感動の対面の場面です。抗議は後で受け付けません」

「それなら……って、受け付けないの⁉」

囁き声で叫ぶ二人を宥めつつ、クルミの爪で天井板を切り裂き、下を覗き込めば、そこには涙目でこちらを見上げるロレアちゃんとミスティの姿。クルミ越しには見ていたけれど、直接無事な姿を見ることができて、安堵に力が抜けそうになった。

しかし、ここはまだ敵地。私は気合いを入れ直し、静かに下に飛び降りる。

すると途端に、涙を溢れさせたロレアちゃんとミスティが飛び付いてきた。

「しゃ、しゃらしゃさ～ん！」

「サ、サラサ先輩……！」

「おっと！　もう大丈夫だよ、ロレアちゃん。ミスティ。よく頑張ったね」

二人とも大事な妹分。しっかり受け止め、両手でギュッと抱きしめる。

――そう、妹分。身長は私と大差ないけれど。一部は負けているけれど！

「二人とも、一応、私もいるからな？」

「当然、私もね」

私に続いて下りてきたアイリスたちが、苦笑気味にこちらを見ているのに気付き、ロレアちゃんたちは、少し恥ずかしそうに私から離れて涙を拭った。

「はい、ありがとうございます。お二人も……」

「お世話になりました。ボクたちのために」

「なに、当然のことだ。——しかし、狭い部屋だな。ベッドすらないじゃないか！」

胸を張って二人に頷いたアイリスが、少し腹立たしげに部屋を見回す。

部屋の中は私が作った明かりに加え、ミスティが魔法で灯したと思われる明かりも浮かんでいて、とても明るい——が、その明かりに浮かび上がるのは、毛布が二枚だけ。

ベッドはもちろん、家具と呼べるような物は存在していなかった。

正に監禁部屋だね。

下手したら、牢屋より酷いかも？　入ったことはないけど。

「幸い、時季的に寒くはなかったですけど……少し身体が痛くなりました」

「ボクは結構キツかったです。ロレアは強いね？」

「ウチは貧乏だったので慣れてます！　サラサさんが来て、すっごく変わりましたけど」

ロレアちゃんはそう言って、ミスティと顔を見合わせて微笑み合う。

こんな状況になって、攫われた原因や責任云々で二人が仲違いしていないか、少し心配だったけれど、逆に仲が深まったのかな？　一緒に苦難に立ち向かったおかげで。

そのことにホッとしつつ、私は二人に状況を説明する。

明日の朝、アデルバートさんたちが村を攻めること。

そのタイミングで私たちも逃げること。

一緒に捕まっている村人たちも助け出すこと。

それから——。

「ミスティ、お兄さんは元気だったよ。手紙は誘き出すための罠だったみたいだね」

安心させようと思っての言葉。しかし何故かミスティは、悲しそうに目を伏せた。

「そうですか……。狙ったように盗賊が現れた時点で、そうじゃないかとは思っていたんです。でも兄が……こんなことしなくても、ボクは跡取りになるつもりは——」

「あ。いやいや、手紙を出したのは、お兄さんの秘書——えっと、ザドクだっけ？　彼の独断だった感じ。詳しくは直接聞いて。来てるから」

言葉足らずだったと慌てて説明を加えると、ミスティは驚いたように目を瞬かせた。

「え、独断？　兄は関係ない？　来てるって？」

「うん、そこまで。明日の攻撃にも参加するんじゃないかな、船長さんたちと一緒に」

「な、何してるんですか、兄さん……。荒事、得意なわけでもないのに……」

困惑と嬉しさと疑問。それらがない交ぜになった、泣き笑いのような表情を浮かべてミスティが俯き、そんなミスティを慰めるようにロレアちゃんが抱きしめる。

「良かったじゃないですか、ミスティさん！　お兄さんは裏切ってなかったんですよ！」

「で、でも、本当かどうかは、まだ判らないし……」

「だから、ちゃんと面と向かって訊いてみましょう！　話していないんでしょう？」

「う、うん……そうだね。きちんと話さないとダメだよね……」

ロレアちゃんが励まし、ミスティが頷く。

むむむ、ミスティの師匠としての立場、ちょっぴりピンチ？

ここは師匠として、何か深いことでも言っておくべきかも、と考え始めた直後のこと。

ケイトが手を上げて「静かに」と囁き、全員がすぐに口を噤む。

耳を澄ませると、聞こえてきたのは、廊下を歩く足音と男たちの話し声だった。

——そう、とても不快な。

「アニキ、いいんすか？　手を出したらマズいんじゃないんっすか？」

「かまやしねぇよ。どうせ無事に返しやしねぇんだ。いつものように適当に楽しんで森に捨てておけば、動物が片付けてくれる。逃げたことにしておきゃ良いだろ」

「でも、逃がしたら、俺らの責任になるんじゃねぇっすか？」

「昼の奴らだって、どうせまともに見張っちゃいねぇ。ばっくれりゃいいだろ？」

「そうっすよね！　オレも味見して良いっすか？」

「おう、好きにしろ！　ったく、折角、好みの女を捕まえたっつぅのによぉ！　今回に限って手を出すなって、あのクソデブ、最近来たくせにデカい面してんじゃねぇよ！」

何かを蹴ったような、ドカンという音。

深夜に迷惑なことである。寝ている人だっているだろうに！

——お前らも、もうすぐ永遠に寝るわけだけど。

「……良かったね、ロレア。好みの女、だって」

「いえいえ、ミスティさんのことかもしれませんよ？　私なんてイモですよ？」

「大丈夫だよ、ロレアは可愛いから。ボクは知ってるから」

「二人とも、何の譲り合いよ……って、サラサ、笑顔が怖いわよ⁉」

呆れたように言葉を漏らしたケイトが、私を見てぎょっとしたように目を剝いた。

「え、そうですか？　今の私は慈悲深くも、穏やかな人生の終わりを迎えさせる方法について考えていたんですが。——アイツらの」

「サラサ、捕まえて働かせるという話はどうなった⁉」

「……あぁ、そうでした。死ぬまで肉体労働でしたね。盗賊に慈悲は不要でした」

怒りに我を忘れて、つい一瞬で終わらせるところだった。

ちゃんと苦しませないと！

「ありがとうございます、アイリス。おかげで自分を取り戻せました」

「これでお礼を言われるのは複雑な気分だな――っと、来そうだぞ」

すぐに明かりを消し、私は扉の横で拳を握ってスタンバイ。

ミスティたちは部屋の一番奥に移動させて、アイリスは鞘がついたままの剣を構える。

鍵が開けられ、扉が開く。見えた敵は二人。

先頭の男を引き倒し、背後の男に拳を――。

「「――っ!!」」

と、私が動く前に、小さな影が飛び込んだ。

「ぐへっ!」「げはっ!」

ドスッ、ドスッと鈍い音が連続して響き、男たちの呻き声と倒れる音が続く。

「がうっ!」

「「クルミ!?」」

勝利のポーズとばかりに、腕を高々と掲げて床に降り立ったのはクルミだった。

「えっ!?　サ、サラサさん!?」

「してない、してない、何もしてない!　自主的にやったの、クルミが!」

「がうがーう!」

仁王立ちしたクルミは、『自分は頼りになるよ!』とでも言うように、張った胸を片手でポンと叩く。本当に何の指示もしてなかったんだけど……。

「もしかして、私たちが捕まった時に何もできなかったから、気にしてたのかな?」

「がう！　がぅぅがうがう」

ロレアちゃんの言葉に、がうがう言いながら頷くクルミ。

どうも同意しているっぽい。

「でもあの時は、人質を取られてたから……。ヘタに動いたら殺されてたかもしれないし、仕方ないと思うよ、クルミ」

「がぅ……。がう！　がうがーう」

クルミは少し項垂れ、すぐに『でも次こそは！』と顔を上げる。

頑張るのは良いけれど、さすがにそれは錬金生物の役目ではないような?

「ええ……サラサ先輩、この錬金生物、頭良すぎません？」

「うん、マリスさんも驚いてたね。今回の件は、私も少し驚いたけど」

「少し!?　……まぁ、先輩ですもんね。まずはこのクズたちを縛っておきましょう」

諦めたようにため息をついたミスティは、ケイトから渡された縄で男たちを縛り上げると、床の毛布を親の敵のように引き裂き、男たちの口に詰め込んだ。

「もうちょっと！　まともな寝具を！　用意しろってんですよ！」

床の上で毛布一枚という環境は、お嬢様育ちのミスティには厳しかったらしい。

学校の実習でも、それなりに厳しい環境を経験しているはずなんだけどね？

「う～む、予想外な形で、あっさり片が付いてしまったな……。サラサ、どうする？　もう人質を助けてしまうか？　それとも明日の朝、逃げる前に助けるか？」

「……明日の朝にしましょう。聞き分けの悪い人がいると、困りますから」

足下に転がっている男たちの会話からして、ここの見張りはおそらくこの二人だけ。

だから他の部屋の鍵を開けて回っても、妨害はないとは思う。

でも、助けた人たちが私の指示に従ってくれるかどうか。

犯罪者なら力尽くだけど、普通の村人にそれはできない。

「勝手に出て行かれると、作戦が台無しよね。子供もいるみたいだし」

「はい。それが心配です。ですから、夜が明けるまでは休憩しましょう。ミスティとロレアちゃんは、お腹減ってない？　一応、食べ物も持ってきたよ？」

男二人はひとまず廊下に投げ捨て、持ってきた荷物を広げると、それを見たロレアちゃんたちの顔が輝き、「くぅ」とお腹で返事があった。

「あはは……嬉しいです、サラサさん。実はペコペコで……」

「ここの奴ら、碌な物を出さないから――うげ。これ、携行保存食じゃないですか！」

私が出した箱を見て、喜んだのはロレアちゃん、顔を顰(しか)めたのがミスティ。

どんな携行保存食(レーション)があるか、よく知っているからだろうけど……。

「大丈夫、これは『白』だから」

「あぁ、『緑』じゃないんですね」

ホッとしたように息を吐いたミスティに、私は苦笑する。

「ロレアちゃんも食べるのに、不味(まず)いのは持ってこないよ。さ、食べて」

「ありがとうございます。——あ、甘くて美味(おい)しい。お菓子みたいです」

「うむ、『白』は美味しいよな！　ついつい、二つ、三つと食べたくなるが、手を伸ばすときは要注意だぞ？　後で泣きを見るからな」

「一粒一日分ですもんね。食べ過ぎると太りますよね。アイリスさん、やりました？」

「ノーコメントだ！」

「了解です。すべて理解しました」

頷き何かを理解したミスティは私の横で座り込み、携行保存食(レーション)を口に放り込む。

他三人も同様に座り、目を瞑(つぶ)って静かに体力の回復に努める。

そして数時間ほど。やがて夜明けが近付き、ソワソワとし始めた私たちの耳に遠くから届いたのは、何か大きな動物が唸(うな)っているような、深く響くような音だった。

「な、何ですか、この音……」

最初に不安そうな声を漏らしたのはロレアちゃん。

アイリスとケイトも警戒するように視線を鋭くさせる。

「こんな所で魔物が出ることは……。でも、なんか、聞き覚えがあるような？」

引っ掛かりを覚えて首を傾げる私の隣で、ミスティが恥ずかしそうに頬を染める。

「……すみません、ウチの人たちが」

「ウチの……？　あっ！　港で聞いた⁉　でも、あれって……」

「はい。葬送の歌です。実は、戦いの前にも歌うんですよね、アレ」

「戦いの前に？　それはもしかして、『これからてめぇらの葬式だ！』という？」

「そう、そんな感じです。もちろん、身内が死んで送り出す時にも歌うんですけど」

――あの歌、万能すぎじゃないかな？　取りあえず歌っとけ、的な？

しかし、あれを知っているのは、この場では私とミスティだけ。

訝しげに眉根を寄せたアイリスたちが、確認するように私に尋ねる。

「よく解らないが、攻撃が始まったという理解で良いんだな？　ならば急いで動こう。本格的にぶつかる前に、人質を助けるべきだ」

「同意です。廊下の男たちは……ここに閉じ込めておきますか」

ミスティとロレアちゃんを部屋から出し、代わりに男たちを蹴り込む。

これで鍵を掛けておけば、逃げられないとは思うけど……仕返しぐらいはしたい。

なんか、楽しむとか、味見とか、とても不快なことを言っていたし？

——よしっ！　折角だから、二人で楽しんでもらおう。

一人目の男は仰向けに、もう一人の男は俯せに、二人を重ねて縄でギュッと縛る。

ただし、お互いの股間が目の前に来るように、互い違いで。

「こんなものかな？　……いや、もうちょっとサービスしてあげよう」

剣をちょちょいと閃かせ、ズボンをずらす手間も省いてあげることにする。

目が覚めたら存分に楽しむなり、味見するなり、すると良いよ？

「これで良し。こんなクズでも森に捨てたりしない私、慈悲深い」

うむっ、と私は頷くが、それを見るケイトとアイリスの表情は微妙だった。

「あぁ、やっぱり滅茶苦茶怒ってたのね、サラサ」

「当然です。二人に手を出そうなど、万死に値します。しかも確実に常習犯、許されるはずがありません。僅かなりとも被害者の気持ちを理解すれば良い、そう思いませんか？」

「あえて止める理由もないが、今は時間がないぞ？　サラサ、役割分担は？」

「そうでした。私は入り口を固めます。みんなは建物を回って、人質を集めてください」

「「了解（しました）」」


男たちから回収しておいた鍵の束をアイリスたちに預け、私は建物の入り口へ。

そこにあったのは予想通り、玄関と監視部屋を兼ねたような部屋だった。

他に出入り口はなく、外に出るにはこの部屋を通るしかない。

そんな構造は監禁にはとても効率的だと思うが、そのことが逆に私を苛つかせる。

私は即座に扉を開け放つと、そんな苛立ちを吹き飛ばすかのように魔法を行使。

部屋に散らばる酒瓶や食べ残しなどのゴミ、淀んだ空気も纏めて外に放り出した。

「うー、ちょっとスッキリ。朝の空気は爽やかだね！」

魔法で強制的に換気され、少し肌寒さを感じる部屋の気温が逆に心地好い。

扉を開けたことで葬送の歌がより鮮明に聞こえ、村に満ち始めたざわめきも耳に届く。

「こちらを気にする余裕はなさそう、か。……上手くいけば良いけど」

「サラサさん！」

呼ばれて振り返れば、ロレアちゃんたちが人質を連れてやってきていた。

人数は二〇人ほど。その三分の一ほどが女性で、残りは子供。

まだ小さな子供も多いが、意外にもこちらの指示におとなしく――。

「クマさん！　ふかふか！」「私も触らせて！」「ぼくぅ！　ぼくもぉ！」

おとなしくはないけれど、従ってくれている様子。

「がぅ～、がぅ～」

――残念、クルミは犠牲になったのだ。間違っても同調はしないでおこう。

「アイリス、説明は？」

「簡単にはした。だが、子供たちが理解しているかは……」

不安そうなアイリスが視線を向ける先には、大人気のクルミ。

うーん、あのへんは厳しいか。私は外への扉の前に立つと、大人たち、そして不安そうにこちらを見ている、少し年長の子供たちに対して話し始める。

この村が盗賊の拠点となっていること、その討伐に軍が来ていること、仮に脅されてのことであっても、武器を持って襲ってくれば斃(たお)さざるを得ないこと。

「村人はできるだけ助けたいと思っています。だからお願いします。あなたたちの家族を助けるため、武器を捨てて投降するように説得してください」

私がそう言って協力を求めると、大人たちはもちろん、少し予想外なことに、クルミに夢中だった子供たちも真剣な表情でこちらを見て、深く頷(うなず)いていた。

「それから、盗賊や村長、盗賊に積極的に協力していた人などを見つけたら教えてください。――大丈夫です。今日以降、そいつらは村から消えることになりますから」

『密告するようなことをして大丈夫なのか』、そんな不安を大人たちの表情から感じ、私は言葉を付け加えて、話を続ける。

「これから戦っている方へと向かいます。私たちが守りますが、子供が飛び出していかないよう、大人は手を繋いでいてください」

「ぼく、そんなことしないよ！」

私の言葉を遮るように声を上げたのは、小さな男の子。

明らかに、一番に飛び出していきそうな子。だけど――。

「うん、そうだね。じゃあ、小さい子と手を繋いであげてね？」

「わかった！」

男の子は誰と手を繋ごうかと辺りを見回すが、その手を握ったのは近くにいた女の子。

そのことに、男の子は満足そうな表情で『ふすー！』と鼻息を漏らす。

でも、その女の子、身体こそ男の子より小さいんだけど――。

冷静な目でこちらをじっと見る女の子に私は小さく頷くと、他の人たちの表情も確認。

アイリスたちの方も見て、外に向かって踏み出す。

「では、行きます！」

村では既に戦闘が始まり、怒号が飛び交っていた。

主戦場は村の入り口付近。正面で戦うのはロッツェ家、フィード商会、ハドソン商会で、ロッホハルトの兵たちは村を包囲するように動いている。

盗賊の数は意外に多く、ロッホハルトを除いたこちらの兵数を上回っているようだ。

しかし、その盗賊たちを俯瞰してみれば、大まかに三組に分かれていた。

一つ目は、苦しげな表情で前線に立ち、不慣れな様子で戦っている組。

二つ目は、如何にも盗賊っぽいのに、一組目の後ろであまり戦闘に参加しない組。

そして最後は、一番後ろで喚くだけの、戦えそうにない人たち。

「つまり、前線で戦わされているのが――」

「ウチの人たちです！　あんたー！　武器を捨ててぇ～！」

私に答えるように声を上げたのは、一人の女性。

それに釣られるように、私の背後から色々な声が戦場に向かって掛けられる。

「お父さ～ん！」「おとう～‼　ぼくはここだよ！」「戦うのを止めてぇ～！」

――ちなみに先ほどの男の子は、ばっちり走り出していた。

女の子が引き摺られつつ、踏ん張って止めてたけど。

「おいっ！　なんで人質たちが逃げてんだ！」

「知らねぇよ！　さっさと捕まえろ！　アイツらが言うことを――」

盗賊たちより先に動いたのは、前線で戦っていたスキンヘッドのマッチョだった。

「坊主っ⁉　どけやっ、オラァ‼」

持っていた剣を盗賊に向かってぶん投げると、行く手を阻もうとした盗賊たちを殴り飛ばしながら、こちらに向かって走ってくる。

その表情、鬼神の如く。

――あれ、近付けても大丈夫？

私が不安に思ったその時、男の子を引っ張っていた女の子が手を放し、走り出した男の子がその鬼神――じゃなかった。男性に向かって突っ込んでいった。

「うぉぉぉぉ‼　坊主ぅ！　無事だったかぁぁぁ‼」

「うん！　おとう！　あのお姉ちゃんたちが助けてくれたんだ！」

男性が男の子を抱き上げると、獣の咆吼のような声を上げ、それが契機となった。

前線で戦っていた人たちの大半が、武器を背後に向かって投げつけて走り出す。

「武器を捨てた者は保護しろ！　未だ武器を持つ者は敵だ！　殺せ！」

「「「おうっ‼」」」

アデルバートさんの号令が響き、ハドソン商会を筆頭に力強い声が応じる。

「――あ、兄さん。本当に戦っている」

どこか唖然としたようなミスティの視線を辿れば、海の男たちに交じって剣を振るレイニーの姿。それは思った以上に様になっていて、下手な兵士よりも強そうである。

「それでサラサ、私たちは参戦しなくて良いのか？」

「おっと、そうでした。アイリス、ケイト、行きましょう」

既に大勢は決した。このままでも問題はないだろうけど、怪我人は少ない方が良い。

アイリスたちに声を掛けて私が歩き出すと、それを遮るようにマッチョが前に立った。

「坊主を助けてくれて感謝する！　俺も手伝うぞ！」

子供と再会した一時の喜びが過ぎ、改めて怒りを思い出したのだろう。

顔は憤怒に染まり、握る拳は凶悪そうだが、素人が参加すると逆に危ない。なので――。

「あなたはここで子供たちを守ってください。盗賊とそれ以外、区別できますよね？」

「なるほど……大事だな。おう！　任せてくれ！　クソ共はぶん殴ってやる‼」

「はい、お願いします。ミスティと……ロレアちゃんもここにいてね」

「サラサ先輩、ボクは戦えますよ？」

「知ってる。だから、ここを守って。それに消耗もしてるでしょ？」

一見元気そうに見えても、二人は攫われて何日も監禁されていたのだ。

ミスティはそれなりに戦えるはずだけど、いきなり戦わせるのは不安。

そんな私の気持ちが伝わったのか、二人は何も言わずに頷いた。

「それじゃ、サクサクいきますか。盗賊退治は嫌いじゃないですけど、いい加減、私はお店の経営と錬金術に戻りたいんですよっ！　――ふっ‼」

ドカッ！　バキッ！　ドゴッ‼

私は拳を握り、立ち塞がる盗賊たちを沈めていく。

素手で戦うのは久し振りだけど、学生時代に身体で覚えた技術。自然と手足が動く。

「サラサ、腰の剣は使わないのか？」

「大事な剣ですよ？　勿体(もったい)ないです。――それに、切り落としたら治療できませんし」

盗賊たちの身体が、ヘル・フレイム・グリズリーの首より丈夫(じょうぶ)とは思えない。

この剣を振るえば、腕でも、脚でも、それこそ胴体でも簡単に切断されるだろうし、そんな怪我を治療できるような錬成薬(ポーション)を使ってしまえば、どんなに働かせても赤字。

心はへし折り、身体はへし折らず。

その力加減が重要かも？

「おいっ、なんでここに軍が来ている！　もう脅迫状を送ったのか⁉」

「まだです！　何故(なぜ)ここが……少なくとも、まだ数日は余裕があったはずなのに！」

盗賊たちの向こうから、愚か者たちの会話が聞こえる。

妙に無警戒だと思ったら、私たちがまだ誘拐を知らないと思ってたのか。

確かに今回のことは、タイミングが良かったという面も大きい。

番頭さんが手紙の内容を知らなかったら。

ミスティたちと前後して、フィード商会がサウス・ストラグに向かわなかったら。

レイニーがちょうどサウス・ストラグに来ていなかったら。

レオノーラさんがルタ村の情報を摑(つか)んでいなかったら。

そして、ロレアちゃんがクルミを上手く隠していなかったら。

「じゃあ、見つかったのは偶然か⁉　くそっ、運の良い奴(やつ)らめ！」

「まったくです！　私たちはこんなに頑張ってるのに！　幸運だけの奴らが‼」

——幸運？　ううん、私はそうは思わない。

ヨック村との定期便ができていて、レオノーラさんが時間をかけて調査してくれていて、ロレアちゃんの安全のためにクルミを作っていて。

あえて言うなら、レイニーがサウス・ストラグに来ていたことが偶然だけど、ハドソン商会との繋がりがなければ、彼が私の所を訪ねてくることもなかった。

つまり、すべては積み重ねの結果。

幸運だけで上手くいったわけじゃない。

そもそも、『頑張ってる』って、犯罪行為を頑張ってどうするのかと。

そんな愚物の顔を拝んでやろうと、私は目の前の盗賊を拳で沈めて振り返る。

「……ん？　あれ？　なんだか記憶にある顔ですね」

「むっ、あれはホウ・バールだな。――サラサ、手が滑ったらすまない」

盗賊たちの後ろで騒いでいた男の一方。

その顔を見て、不快そうに眉間に皺（しわ）を寄せたアイリスに、私は鷹揚（おうよう）に頷く。

「戦いですからね。そんなこともありますよ」

「それ、遠回しな殺害予告じゃない……」

だいぶ近付いていたので、向こうにも私たちの声が届いたのだろう。

ホウがこちらを見て目を剝（む）いた。

「なっ！　お前はアイリス・ロッツェ!!」

「誰かと思えば、平民錬金術師か!?　クソッ、お前が！　お前さえいなければぁぁ!!」

私を指さし、顔を真っ赤にして怒鳴っているのは、縦横比に異常を来している人。

似ているものを探すならクルミ。でも、クルミと違って可愛（かわい）くはない。

「サラサ、アレと知り合いか？」

「いえ、見覚えはありませんね。あんな特徴的な人、そうそう忘れないと思いますし」

嫌悪感を露骨に浮かべ尋ねるアイリスに、私はきっぱり首を振ったのだが、ホウでない方の男は更に噴火し、舌をもつれさせながら口角泡を飛ばす。

「ふじゃ、ふざけるな！　こ、こ、このハージオ・カーク様を忘れたか！」

「あぁ、あなたが自称正統な後継者の。でも会ったことなんてないですよね？」

「会っただろうが！　王都で！　王宮の前で！」

「…………あ。いきなり『結婚してやる』みたいなことを口から垂れ流した変態ですか。あまりにも意味不明な妄言だったので、発言者ごと意図的に記憶から消してました」

そこまで言われて思い出す――名前だけは。

顔はやっぱりピンとこない。あの時もかなり脹よかな人だとは思ったけれど、今の彼は脹よかとか、ぽっちゃりとか、そんな言葉では誤魔化せない状態だし。

端的に言えば球。そんな感じ。

「う～ん、人間ってたかだか数ヶ月で、あそこまで成長できるんですね。あの時はまだ人の形でしたが……変態の人が、人外の変態にパワーアップしています」

「いや、それは成長なのか？　そもそも気付かないほどの違いが……？」

「体形は雲泥――いえ、砂と泥ぐらいですが、顔はあえて見てませんでした。殿下の無茶振りで頭が痛い時に、不快な言葉を垂れ流す顔など見たくもなかったですから」

私が肩を竦めると、ハージオはズドン、ズドンと地団駄を踏み、再度私を指さした。

「クソッ、クソッ、クソッ‼　おい！　今ならまだ許してやるぞ、平民！　俺の高貴な胤を授けてやるんだ。そんな栄誉、今後望んでも得られないんだぞ‼」

――いや、誰がそれに『うん』と言うの？

さすがは変態。一般人の私には理解不能すぎる。

「……あいつはこの状況で何を言っているんだ？　現実が見えていないのか？」

人質で脅していた村人は離脱し、生粋の盗賊たちはその多くが既に斃され、ハージオの周りに残っているのは、元商人らしき戦いが苦手そうな人たちである。

「彼は正統な後継者ですから。きっと私たちとは、視点が違うんでしょう」

それは完全な皮肉だったのだが、やはり変態。

視点のみならず、頭の構造も違ったらしい。

何故か機嫌良さそうにふんぞり返り、意味不明な言葉を漏らし始めた。

「何だ、解っているじゃないか。そうだ、俺が正統な後継者だ。正直、俺はお前みたいな貧相なのは好みじゃないんだが、喜べ、特別に結婚してやる。だから、俺に領地の支配権を渡せ。まずは、その生意気そうな性格を矯正してやろう」

「………」

——あのボールは、一体何を言っているんだろう？　無機物の言葉は難解すぎる。

「だが、そっちの女どもは悪くないな。聞いていた以上だ。纏(まと)めて可愛がってやるから、俺の慈悲深さに感謝して素直に股を——」

「『力弾(フォース・バレット)』」

「げぶぉわぁ——！」

血反吐(ちへど)を吐きながら吹っ飛んだハージオの身体(からだ)が、ボンボンと数度弾んで、ゴロゴロゴロ。地面を転がって倒れ伏し、ピクピクと震えて動かなくなる。

「すみません。手が滑りました」

「滑ったってレベルじゃないんだけど……。しれっと言うわね、サラサ」

ケイトがそんなことを言って苦笑し、こちらを振り返るが、不思議なことに私の顔を見るなりビクリと震え、すぐに慌てたように目を逸(そ)らした。はて？

対してアイリスの方は、転がっている変態をつま先で蹴り、小さく頷(うなず)く。

「ふむ。まだ生きているようだな。さすが、サラサは慈悲深い。さて、ホウ・バール。そして、周りにいる同類たち。私はサラサと違い、慈悲の持ち合わせは少ないぞ？」

笑みを浮かべたアイリスが、一歩踏み出した次の瞬間——。

「こ、降伏します！」「命ばかりは――っ！」「死にたくないぃぃ！」

口々に身勝手なことを言いつつ、両手を上げて膝をつき、何故かケイトに慈悲を請う男たち。そんな熱い視線を向けられたケイトは、困ったように私を窺う。

「ってことだけど、どうする？　サラサ。向こうも、そろそろ片が付きそうだけど」

見ればアデルバートさんたちの戦いも、終わりに近付いていた。

武器を捨てた村人は前線から離れ、逃げ出した盗賊は周囲を固めるロッホハルトの兵士によって捕縛済み。未だ数人ほどは抵抗しているが、それらも斃せない強敵というより、殺さずに捕らえようとして、時間をかけているだけに見える。つまり――。

「残るは彼らだけ、ですか。……仕方ありません。アイリス、良いですか？」

「ふむ、そうだなぁ。折角の機会、切り落としておきたいが……」

右手の剣を揺らしながら、アイリスが鋭い視線を向けるのはホウの下半身。

それに気付いたホウは、完全に顔色を失い、ブルブルと震えながら脂汗を流す。

アイリスはそんな彼をしばらくじっと見ていたが、やがて息を吐いて剣を納めた。

「……サラサに汚い物を見せる必要もないか」

その言葉で気が抜けたのか、ホウが白目を剝いてバタンと仰向けに倒れ、前後して走り寄ってきたアデルバートさんたちによって、他の男共々縄が打たれた。

「ふぅ～。やっと……、終わりましたか」

私が深く深く息を吐くと、アイリスとケイトが笑みを漏らし、捕縛を他の兵士たちに任せたアデルバートさんも近付いてきて、私の肩をポンと叩いた。

「サラサ殿、上手くいったようだな？」

「おかげさまで、なんとか。アデルバートさん、そちらの被害は？」

「死亡者はいない。酷くても骨折までだな。――盗賊の方は、何人か死んだが」

「こちらに大きな被害がなければ十分です。アデルバートさんの差配のおかげですね」

「さほどのこともない。儂の取り柄はこれぐらいだぞ？　盗賊程度に後れを取ってはな」

私の言葉にアデルバートさんは苦笑して肩を竦めたが、アイリスたち、そしてこちらに歩いてくるロレアちゃんとミスティを目にすると、嬉しそうな笑みへと変わった。

「アイリス、それにケイトも良くやった。己の役目を全うしたようだな？」

「重要なところは、やはりサラサ頼りでしたが……なんとか」

「恐縮です。でも私は、やはり採集者の方が気楽ですね」

「わははははっ！　そうか、そうか。うむ、今はそれで良い。盗賊の相手など儂らに任せ、お前たちはもう少しこの時間を楽しむと良い。まずは、再会の喜びからかな？」

アデルバートさんはそう言うと、近付いてきていたウォルターを促して盗賊たちの方へと向かい、ウォルターも無言で頭を下げて後に続く。

そして、それを待っていたかのように、ロレアちゃんとミスティが私に飛び付いてきた。

「サラサさん！　もう終わったんですよね？　大丈夫ですよね？」

「サラサ先輩、お疲れさまでした！　そして改めて、ありがとうございました」

「うん、これで終わり。盗賊たちが纏まってくれたから一網打尽、だね。――そういう意味では、あのハージオとかいうのにも、感謝しても良いかもね？」

「えー、先輩、あんなのに感謝なんて不要ですっ。今生きているだけでも幸運なのに！　ボクだったら、もっと派手に手が滑ってますよ‼」

ミスティが不満げに頬を膨らませ、未だ意識を取り戻さないハージオを睨む。

そんな彼の容態を確認していた兵士が、首を横に振っているのが見える。

どうやら本当に、生きているだけの状態らしい。

嫌だけど、治療しないとダメかもしれない。死んだら尋問できないし。

「ま、感謝は言葉の綾だけどね？　ただ、ロッホハルト領の長期的利益を考えるなら、誘蛾灯として目立ってくれたのは、幸運だったと思うよ」

ハージオに正当性はないけれど、それでも前領主の血縁。

隠然とした影響力はあるだろうし、それを利用して地下組織など作られたりしたら色々と面倒だったが、彼は盗賊たちと組んで犯罪に手を染め、随分と目立ってしまった。

ハージオが愚かなのか、彼を担ぎ出した人たちも纏めて愚かなのか。勘違いしたその行動は、ヨクオ・カークが領主だった頃の感覚が抜けていないのかもしれない。

今後はハージオの背後関係を洗い、関与した親族や支援者などの取り締まりが行われることになるのだろう——私以外の手によって。

たぶん、クレンシーとか、フェリク殿下とか、殿下に指名された哀れな犠牲者とか。

そんな犠牲者に私は心の中で黙祷を捧げつつ、ミスティの背後を示す。

「それよりミスティ。あなたにも心配してくれる人が来ているよ？」

そちらを振り返ったミスティが、『うえっ』と露骨に顔を顰めて一歩後退った。

近付いてきているのは、男二人を先頭に、全身が日に焼けた迫力満点の男たち。

そう、ハドソン商会の皆様方である。

知らなければ、盗賊と一緒に捕縛してしまいそうなほど——は、さすがに言いすぎ？

でもかなり柄が悪く見えるのは間違いなく、全員が嬉しそうな笑顔なのに、初めて見るロレアちゃんなどは、怯えたように私の後ろに隠れてしまった。

「お嬢！　心配しやしたぜ！」

「ミスティ！　無事だったか‼」

近付いてきた船長さんとレイニーの声が重なり、一拍置いて二人の視線も重なる。

ミスティを後継者に推す船長さんと、本命となっているレイニー。

少々微妙な関係ではあるが、船長さんにはザドク云々に関して既に説明済み。

ミスティを案じていたという点では同じなので、二人の間柄は決して険悪ではない。

でも、良好とも言い難い、何とも微妙な空気。

それを察してか、ミスティは困ったように眉根を寄せて、二人の間に入った。

「ははは……。ラバン船長、そして船員のみんな、助けに来てくれてありがとう」

「なに、お嬢のピンチとなりゃ、船を放り出してでも来るに決まってらぁ！　なぁ‼」

「おうとも！」「当然だ！」「お嬢‼」

口々に声を掛けられ、嬉しさと照れくささの混じったような笑みを浮かべたミスティだったが、隣で所在なげに立っているレイニーを見ると、戸惑い気味に目を泳がせた。

「あと……兄さんも来てくれたんだね？」

「当然だ！　妹の一大事だぞ⁉　どんな大事な商談でも、放り出して来るさ‼」

「いや、商会の経営陣、次期商会長として、それはどうかと思うけど……。一応、今もボクのことを大事に思っているんだ？」

「一応⁉　一応なんかじゃない！　妹のことが大事じゃないわけ、ないだろう！」

　レイニーは強く否定するが、ミスティは目を逸らしたまま続ける。

「でも……、ボクは入学しても、定期的に手紙を書いていたのに、返事は来なかったし」

「馬鹿な……。私は書いたぞ？　――くっ、ザドクの奴か！　すまない。きちんと顔を合わせるべきだったな。勉強の邪魔はすべきじゃないと、気を回しすぎたようだ」

　怒りに声を震わせて吐き捨てるレイニーを、ミスティがちらりと見る。

「じゃあ、ボクの就職を邪魔したのは？　王都周辺だと、断られたんだけど？」

「邪魔？　そんなことは……。就職に関して何か言ったとするなら、知り合いに『ミスティが、尊敬する先輩のお店に就職したがっている』と話したぐらいだぞ？　――父さんについては、私も知らないが」

　今度は本当に不思議そうに、レイニーは首を傾げた。

　――う～ん、嘘じゃなさそう。関係者が勝手に気を回した、とか？

　就職したがっている→他には就職したくない→他には就職させるな、みたいに。

　もしくはレイニーの言う通り、ミスティに帰ってきてほしい父親が手を回したか。

　ザドクのことがあるからかミスティも頭から否定はせず、言葉を続ける。

「なら、サラサ先輩を籠絡しろ、とかは？」

「ろ、籠絡――!?　そんなことを言うはずがないだろう！　ミスティとサラサ様がただの友人以上の関係になれれば、とは思っていたが、それだけだ！」

こっちは……それを聞いた人が『（親友・師弟的な意味で）友人以上』を『（性的な意味で）友人以上』と取り違えた、もしくは悪意を持ってミスティに伝えたのかな？

「……錬金素材をハドソン商会に流せというのは？」

「サラサ様と直接取引ができたら良いな、とは漏らしたが、お前に無理をさせるつもりはまったくなかった。言い訳になるが、あれも完全にザドクの独断だ。あの手紙は私も読んだ。失礼極まりない内容に、正直目眩がする思いだった。本当に申し訳ない！」

深々と頭を下げたレイニーを見て、ミスティは「そっか……」と呟く。

気になっていたことをすべて訊き、蟠りがとけたのか、その表情は随分と穏やかだったが、レイニーが頭を上げると、すぐにぷぃとそっぽを向いて、頬を膨らませた。

「でも！　兄さんがしっかりしていたら、面倒事のいくつかは起こらなかったんですよ？　それを自覚してください！　ハドソン商会を背負って立つんですから‼」

「いや、私としては、ミスティが後継者でも――」

「今はそういう話はしていません！」

そういう話だったと思ったけど、後継者にはなりたくないと言っていたミスティ。

強引に言葉を遮ると、腕組みをしてちらりとレイニーに視線を向ける。

「けど……ボクがサラサ先輩の所で働けるようになったのは、兄さんのおかげです。それだけは褒めてあげます。だから、兄さんのことも許してあげます」

「ミスティ――‼」

その言葉を聞いたレイニーが感極まったように、両手を広げてミスティに飛び付く。

彼としては学校に入る前、小さなミスティに対する感覚だったのだろうが――。

「止めてください、兄さん！　ボクはもう子供じゃないんですっ！」

その言葉通り、ミスティは既に昔のミスティではなかった。

学校で戦闘術も仕込まれた彼女は、咄嗟に身体が動いたのだろう。

飛び込んできたレイニーの胸倉を摑んで腰を捻ると、彼の身体が宙で回転し――。

「ぐえっ！」

無防備に地面へ叩きつけられた兄に、ミスティが「あ……」と小さく声を漏らすが、それを掻き消すような大声がいくつも重なる。

「おっ、さすがお嬢！　腕っ節でもレイニー様以上だな！」

「やっぱ、後継者はお嬢しかいねぇよな！」

「だ、だから、ボクは後継者になるつもりは――！」

「レイニー様も悪くはねぇが、華がねぇんだよな」

「この武勇伝は他のヤツらにも教えてやらねぇと」

「よっしゃ！　野郎共！　咆えろ‼」

盛り上がるハドソン商会の人たちと、何故か始まる葬送の歌。

今度はどんな意味があるのか知らないが、ミスティの抗議は完全に掻き消された。

ミスティは困り顔で、船員たちをバシバシ叩いて止めようとするが、鍛え上げられた彼らからすれば、彼女の平手など大して利きもしない。

結果、周囲の人たちを蚊帳の外に置いたまま、歌は森に朗々と響き続ける。

その平和な光景に、私たちは顔を見合わせて笑い合ったのだった。

Management of
Novice Alchemist

Presented by itsuki mizuho Illustration by fuumi

Epilogue

エピローグ

「うん、そうそう。それぐらいの魔力を維持して……もうちょっとだよ、頑張って！」

「はい！　慎重に、でも確実に……でき、た！　完成、ですよね、サラサ先輩‼」

きらきらとした目で私を見てくるミスティを「ちょっと待ってね」と押しとどめ、私は錬金釜から取りだした錬成具（アーティファクト）を、『むむむ』としっかり検分する。師匠として！

「……うん、問題なし！　錬成具（アーティファクト）の湯沸かし器、完成だよ！」

「やっっったぁぁぁ！」

私が合格を出すなり、ミスティは両手を上げてぴょんと飛び跳ねた。

盗賊騒動の終結から二〇日あまり。私たちは無事に本業へと戻っていた。

私の空気清浄機は既に完成し、店内の環境改善に大きな効力を発揮していて、今作っていたのは、ミスティが担当することになった公衆浴場の湯沸かし器である。

「ホッとしました……。いろんな人が、ボクの顔を見る度に『公衆浴場はいつ使えるようになるんだ』って訊いてくるんですよ？　もう、プレッシャーが凄（すご）くて……」

実のところ公衆浴場の建物は、私たちがヨック村に戻ってきた時点で完成していた。

あとは錬成具（アーティファクト）を設置すれば、すぐにでも使えるという状態。

つまり、村のお風呂事情はミスティ次第だったわけで……強い期待も宜なるかな。

「うん。それに曝されつつも、頑張って成功させたミスティは偉い！」

私の指導方針は褒めて伸ばす。

ロレアちゃんで上手くいったので、二匹目の泥鰌を狙う私である。

「えへへ、ありがとうございます。でも、何でボクが作るって知ってるんでしょう？」

「あ、ゴメン、たぶんそれは、私が理由。アンドレさんに湯沸かし器はミスティが作りますって言っちゃった。だから、そこから広がったんじゃないかと？」

私がさらりとネタばらしすると、嬉しそうに下がっていたミスティの目尻がキリリと上がり、頰を膨らませて私をポンポンと叩いてきた。

「先輩のせいですか⁉　も～！　ボク、すっごく焦ってたんですよ⁉　ただでさえ、高い素材をいっぱい使っているから緊張するのに！」

「ま、ま、良いじゃない。こうして成功したんだから。失敗しても予備はあったし？」

「あっても、高価であることは変わりないですっ！　先輩が採ってきたから余裕があるだけですよね⁉　普通ならここまで高品質なアステロア、買えませんから！」

そう、鮮度が非常に重要なアステロア。生きたままお店に持ち込まれれば、高品質な素材となるが、やはり錬金術師自身が採取して、その場で加工した物と比べれば劣る。

しかし、自分でわざわざ採りに行く錬金術師は少なく、その流通量も少ない。

だからこそ、レオノーラさんも喜んでくれたわけで――。

「でも、私の弟子としてやっていくなら、今後もこんな感じだと思うよ？　それにこれからは、ミスティだって自分で素材を採りに行くことになるんだから」

私が現実を教えてあげると、ミスティが驚いたように目を丸くした。

「む、無理です！　ボクは先輩みたいに、戦えませんから！」

「そこは大丈夫。素材採集に困らないくらいには鍛えてあげるから、安心して？」

「安心できない⁉　そんな話、聞いてないですよ⁉」

「私も師匠から鍛えられたんだよねぇ。たぶん、伝統」

知らないけど。でも、自分で素材を採りに行くのは伝統――かもしれない。

少なくとも、師匠はそうやって腕を上げたらしいし、効果は証明されている。

「もっとも実際に鍛えるのは、しばらく先。まず私が、弟子に与えるに相応(ふさわ)しい剣を作れるようにならないとダメだから。だから今は、公衆浴場に錬成具(アーティファクト)の設置に行こうね。採集者も村の人も待ちわびていると思うし」

「えぇ……？　期待ちょっぴり、不安たっぷりなんですけど……」

「心配ないよ？　きちんと完成していることは、師匠である私が確認したんだから！」

私は「いえ、そういう意味じゃ……」と、何かよく解らないことを呟いているミスティを促して、一緒に湯沸かし器を持ち上げると、店舗スペースへと向かう。

少し前まではあまり近付きたくなかったそこも、空気清浄機が稼働した今は快適空間。

湯沸かし器の完成も相まって軽い足取りで入ってみれば、そこには何故か不満そうに口を曲げ、腕組みで店番をするロレアちゃんの姿。私が『どうしたの？』と問う間もなく、ロレアちゃんはこちらを見るなり、弾けたように捲し立ててきた。

「あっ！　サラサさん、聞いてください！　お父さん、まだフィード商会に返事してなかったんです！　あんなに良い条件を出してもらっていながら、優柔不断すぎです！」

「わ、とっと——え？　返事って……あぁ、フィード商会の傘下に入るって話？」

突然何のことかと思ったけれど、以前、番頭さんが提案していたあれか～。

現時点でも、フィード商会が運んできた物をダルナさんが仕入れて売っているけれど、それはお試し期間的なもの——というか、まだお試し期間だったんだ？

「ですです！　決断遅すぎです！　商人としては致命的です‼」

憤懣遣る方ないと鼻息も荒いロレアちゃんに、私とミスティは顔を見合わせ、持っていた湯沸かし器を一旦床に置いて、話を聞く態勢に入る。

「なるほどねぇ。フィード商会は急かさないとは思うけど……」

「ええ、サラサさんのおかげで。でも普通なら、とっくに淘汰されているはずですっ！」

「ま、普通に考えたら勝負にならないよね。でも、ロレア。ダルナさんにも考えがあるんじゃないの？　ボクも商会の娘だから解るけど、祖先から受け継いだ商会をなくしたくないとか、村唯一の雑貨屋が他の商会の下に入ると、撤退されたときに村人が困るとか」

ロレアちゃんを宥めるようにミスティは頷き、しかしダルナさんを慮ることも言う。

実際、ミスティの言うことは正しい。

大きな商会なら、利益の出ない商売からは撤退するという選択肢もあり得る。

その場合に、ダルナさんが独力で雑貨屋を再開できるのか。不可能ではなくても、かなり大変なことは間違いないはずだが、しかしロレアちゃんはきっぱりと首を振る。

「ウチは商会と誇れるようなものじゃないです。それに、そういう意味では手遅れです。フィード商会に見捨てられるのは、サラサさんに見捨てられるのと同義。そうなったら、ヨック村はどうしようもありません」

「いや、それはさすがに大袈裟じゃ……ないかな？」

「ないです！　ここは完全に採集者あっての村。サラサさんがいなくなれば、採集者の皆さんもいなくなります。また昔のような寒村に逆戻りです！」

そこは否定できない。他の錬金術師が来なければ、だけど。

「……まぁ、それでも昔よりはマシだと思いますけど。領主様が違いますし。でも、正式な領主様って、まだ決まってないですよね？　サラサさん」

「決まってないというか……王領だから、国王が領主？　実質的には代官のクレンシーが領主みたいなものだけど。変更されるという話は聞いてないかな」

「そうですか……。前の人と違って、悪い人ではなさそうですけど、良いこともしてくれてないんですよね、ヨック村には。――サラサさんが関わるまでは」

ロレアちゃんが少し不満げに唇を尖らせると、それにミスティも同意する。

「あぁ、一気に変わった感じですよね。ボクは以前の村をあまり知りませんけど」

その言葉通り、ヨック村はここ最近で大きく変化していた。

街道の拡張工事で村に立ち寄る人も多いし、街道の安全性が向上したことで、採集者を筆頭に、工事関係者以外にも村を訪れる人は増えている。

私が希望していた村の整備拡張も行われ、新しい家が何軒も建ち、村を出ていた若者が戻ってきて人口も増え、最近の村には活気が満ちている。

そしてそれ以外に、身近な場所も変化しつつあるんだけど――。

「ま、お父さんのお尻は私が蹴っ飛ばしてきましたので、今度フィード商会の人が来た時には、正式にお話を受けると思います。サラサさん、よろしくお願いしますね？」

「あ、うん。直接は関係ないけど、番頭さんには言っておくよ」

「助かります。──そういえば、サラサさんは、一応はまだ領主代理なんですよね？」

「まぁね。盗賊たちは捕まえたけど、取り調べは続行中だから。すべて終わってからの解任か、これでもうお役御免か。報告書は送ったから、あとは殿下次第だね」

そういえば、任命状は返しに行かないとダメなのかな？

……ま、そのへんはまた指示があるよね。

「そうなると、また王都に？　最近、留守が多くて少し寂しいです……」

ミスティが来てくれたこともあり、確かに最近、店を空けることが多くなっていた。

呟くように漏らして目線を落とすロレアちゃんに、申し訳なくなる。

「あ～、……ゴメンね？　でも、ミスティたちは残していくから、それで我慢して？」

「えー、サラサ先輩。その言い方は酷くないですか～？」

「三人がいるのは心強いですけど、それとは違うんです！」

両脇から同時に非難されてしまった。

『我慢』は言葉選びがマズかったかも。

更にはタイミング良くお店の扉が開き、アイリスとケイトまで帰宅。

しかし、幸い二人には聞かれなかったようで、店舗スペースにいる私を見て瞠目した後、すぐに嬉しそうに破顔して口を開いた。

「おぉ、サラサ、帰ったぞ！　喜んでくれ、今日は収穫がたっぷりだ！」

「ただいま、サラサ。久し振りの遠出だったけど、錬金素材以外に、秋の恵みもたくさん採れたわよ。みんなで美味しく頂きましょう」

そう言いながらアイリスとケイトが見せてくれたのは、溢れるような山と森の幸。

茸や木の実、果物、山の芋や零余子みたいな物まで。

私はこれ幸いと、二人の話に乗る。

「そういえば、もう秋ですねぇ。みんなで狩りに行くのも良いかもしれません」

大樹海は自然の恵みが豊富。ずっと錬金術ができていなかったから、最近はそちらに力を入れていたけど、折角の機会、ミスティに大樹海の案内をしてあげようかな？

そう思っての提案だったのに、何故かミスティは訝るような視線を私に向けた。

「……先輩、狩りの対象って、秋の恵みですよね？　魔物じゃないですよね？」

「当然だよ？　ロレアちゃんを連れて行くのに、魔物は選ばないよ」

「わ、私も行くんですか？　大樹海に？」

少しだけ目を丸くしたロレアちゃんに、私は『当然！』と頷く。

「大丈夫、仲間外れなんかにはしないから。これも、従業員に対する福利厚生？」

「嬉しいんですか、それ？　むしろ、福利強制のような？」

ミスティは胡乱（うろん）な視線を向けてくるが、強制だなんて失礼すぎる。

私は私なりに、従業員や弟子のことを考えているのに！

「ハハハ、心配しなくても、サラサも危険な所には連れて行かないさ。なぁ？」

「え？」

「「……え？」」

私たちは全員で顔を見合わせ、ケイトがふと思い出したように口を開く。

「……そういえばサラサには、ロレアを冬山に連れて行った実績があったわね」

「冬山に⁉　素人（しろうと）を？　先輩、無茶しすぎです！」

「危険な所と実際に危険かは別だよ？　その辺の井戸だって落ちたら危険だし」

「極論がすぎる！　ロレアもよく行ったね⁉」

「疲れましたけど、楽しかったですよ？　危ないことも——あんまりなかったですから」

「あぁ、やっぱり危ない場面はあったんだ……」

少し言い淀（よど）み、苦笑したロレアちゃんを見て、ミスティはどこか納得したように頷くが、
対してアイリスとロレアちゃんは、懐（なつ）かしむように目を細めた。

「まさか本当に、滑雪巨蟲（スノーグライド・センチピード）と戦うことになるとは思わなかったなぁ……」

「あの大きさはびっくりでしたね！　私、あんなの、初めて見ました！」

「笑顔⁉　巨蟲(センチピード)に遭遇して笑顔⁉　さすが先輩、周りの人も普通じゃないよ……」

「それを言ったら、同じ錬金術師であるミスティこそが、筆頭なんじゃない？」

「……」

もっともなことをケイトに指摘され、ミスティは困ったような、それでいて少し嬉(うれ)しそうな表情で沈黙。それを見たケイトたちは揃(そろ)って笑い、「それにしても」と続けた。

「私たちが出ている間に、隣の工事も随分と進んだみたいね？」

「ええ、他の場所の家造りは一段落したようで、皆さん、頑張ってくれています」

そう、身近な変化というのがこれ。

すぐお隣で家が建設中——というか、この家が増築中。

私がサウス・ストラグにいる間に、いつの間にやらクレンシーが差配していたのだ。

彼曰(いわ)く、『領地のために働くのだから、これぐらいは必要』とのことだったが、私としては困惑しきり。しかし、既に決まったことだからと押し切られてしまった。

もっとも普通の錬金術師が、刻印を刻んだ家を建てる機会なんてそうはないわけで。

一度動き出した以上は、かなり楽しんで取り組んでいたりする。

「ミスティにも、良(い)い経験になってると思うしね？」

「はい、確かに——って、先輩！　ボクたち、工事に行く途中じゃないですか！」

そう言ったミスティが足下を指さすと、アイリスが「おっ」と眉を上げる。

「それは湯沸かし器か。ついに公衆浴場が稼働するのか？　良かったな、ロレア」

「はい！　お店に臭いは籠もらなくなりましたが、それでも中にいると……」

漂う悪臭は浄化できても、悪臭の発生源までは浄化できない。それが空気清浄機。

「それも今日までということね。今後はあまりにも酷い採集者は出入り禁止、かしら？」

「ぇぇ……？　良いんですか、それ」

ケイトの言葉にロレアちゃんはやや困惑気味だが、私は軽く頷く。

「構わないよ？　対処できるのにしない人は知らない。ちょっとぐらいお客を選んでも良いと思うんだ、私は。——さすがに師匠みたいに、貴族を蹴り出すことはできないけど」

「おぉ、貴族にも遠慮なしとは、さすがはオフィーリア様だな！　ロレアも——」

「で、できませんよ！　そういう人に限って、その……」

ロレアちゃんが困ったように言葉を濁し、アイリスがなるほどと頷く。

「むっ、質（たち）が悪いか。……よし、私が許可する。クルミ、やってしまえ！」

「がぅ？」

突然話を振られ、カウンターの隅に座っているクルミが不思議そうに首を傾（かし）げる。

　そんなクルミを慌てて抱きしめ、ロレアちゃんがアイリスに抗議する。

「ダ、ダメですよ！　クルミが怪我したらどうするんですか！」

「いえ、心配すべきはクルミより、採集者の生き死にだと思うけど？」

「……むむぅ」

　ロレアちゃんも、クルミの強さは何度も見ている。

　反論に困って唸るロレアちゃんの表情に、私は小さく笑った。

「ふふっ。ま、迷惑採集者にどう対処するかは、また話し合おう？　取りあえず私たちは工事に行ってくるよ。急がないと、またミスティが嫌味を言われちゃうからね」

「その原因は、先輩ですけどね！」

　そんな事実も、もしかしたらあったかもしれない。

　私は唇を尖らせるミスティを「まぁまぁ」と宥めつつ、再び湯沸かし器を持ち上げる。

「サラサさん、ミスティさん、安全には気を付けてくださいね？　今日の夕飯は、アイリスさんたちが採ってきてくれた秋の恵みで、美味しい料理を作りますから！」

「うん、楽しみにしてる。じゃ、行ってくるよ！」

　公衆浴場で錬成具の動作確認と、押し寄せる人々を見届けたその夜。

私たちは内風呂のありがたみを実感しつつ、ロレアちゃんの料理に舌鼓を打った。

その内容はとても秋を感じられるものだったけれど、若い私たちにはやや力不足。

秋の恵みは名脇役で、主役はやっぱりお肉——ただし、食後は主役に返り咲き。

各種果物の甘酸っぱさに実りの秋を感じ、全員で頬を緩める。

自然と気分は上々、会話も弾んでいた私たちの耳に、共音箱から響く音が届いた。

「——ん？　あれ？　レオノーラさん？　美味しい料理の匂いでも嗅ぎつけたかな？」

「ははは、秋の恵みをこっちにも送れ、と？　さすがのレオノーラ殿でも、そこまで鼻は利かないだろう。あの情報収集能力は驚異だが」

「ですよね。冗談です。——はーい、何ですか？」

などと、和やかに話していられたのはその時まで。

レオノーラさんから齎された情報は、温かな空気を一瞬で吹き飛ばすことになる。

「サラサ、大変よ。グレンジェで正体不明の疫病が発生したわ」

あとがき

先日（といっても、結構前のことですが）、初めて手書きのお手紙でファンレターなるものを頂きました、このご時世に。ありがたや、ありがたや。

わーい、と喜んでいる、いつきみずほです。

さて、この六巻、刊行されるのがアニメの放送直前ということで、それについて書こうかとも思ったのですが……百聞は一見にしかず、という言葉もあります。

文章で長々と語っても仕方ない気がしますので、一言だけ。

『アニメオリジナルのストーリーもあるので、是非見てね！』

話変わって六巻の中身について。ウェブ版をお読み頂いていた方には自明だと思いますが、今巻ではウェブ版が完結した後のお話が描かれています。

そう！　サラサとアイリスのラブラブ新婚生活が！

オマケに、素敵なお姉さま方の艶姿が！

更には、ウェブ版ではついぞ出番のなかった後輩ちゃんも！

良いですよね、慕ってくれる可愛い後輩って。私にもそんな後輩が――いたかどうかは追求してはいけません。作者が泣いちゃいますので。

――などと、一部誇張表現がありつつ。

この巻はシリーズで初めての「続く！」となっております。ええ、今回だけは「七巻でお会いしましょう！」と言えるのです、はい。アニメが放送される関係で。

少々不穏なラストとなっておりますが、現在、頭をぐりぐり捻りつつ頑張って書いていますので、七巻も引き続きお買い上げ頂けますと、大変ありがたく思います。

最後になりましたが、関係者の皆様に謝辞を。

イラストのふーみさん。いつもありがとうございます。今回はアニメ関連のお仕事も重なり、大変だったことと思います。コミカライズを担当してくださっているkirero さん、毎回可愛く元気に動き回るサラサに癒やされています。アニメ制作に関わってくださった多くの皆様。とても良いものを作って頂き、誠にありがとうございます。

そして、読者の皆様。小説と共に、コミックやアニメも楽しんで頂けますと幸いです。

いつきみずほ

お便りはこちらまで

〒一〇二-八一七七
ファンタジア文庫編集部気付
いつきみずほ（様）宛
ふーみ（様）宛

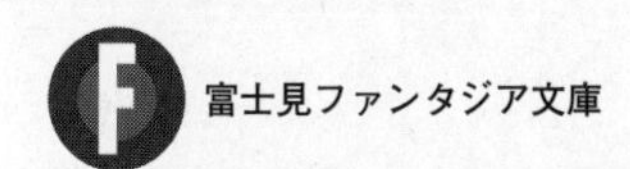

新米錬金術師の店舗経営06

弟子ができちゃった!?

令和4年9月20日　初版発行

著者――いつきみずほ

発行者――青柳昌行

発　行――株式会社KADOKAWA
〒102-8177
東京都千代田区富士見2-13-3
0570-002-301（ナビダイヤル）

印刷所――株式会社暁印刷

製本所――本間製本株式会社

ISBN978-4-04-074689-0 C0193 ◇◇◇

ティナ
四大公爵家のひとつ、ハワード家に生まれた公女殿下。なぜか誰でも扱える程度の魔法すら使うことができない。
変えるはじめましょう
アレン
公爵令嬢ティナの家庭教師を務めることになった青年。魔法の知識･制御にかけては他の追随を許さない圧倒的な実力の持ち主。
発売中！